Long Night

Du même auteur
aux Éditions J'ai lu

NIGHT OWL

2 – Last Light

M. PIERCE

NIGHT OWL – 1

Long Night

Traduit de l'anglais (États-Unis)
par Sylvie del Cotto

J'AI LU

Titre original :
NIGHT OWL

Published by arrangement with St. Martin's Press, LLC.

1

Matt

J'ai menti à Hannah à propos de la photo. Je lui ai menti sur pas mal de choses.

On ne construit pas une relation sur des mensonges, mais je n'avais aucun engagement – enfin, pas avec Hannah. Elle, c'était une fille que j'avais rencontrée sur Internet. Je sortais avec Bethany qui partageait mon appartement, mon lit et ma vie.

Hannah avait les miettes.

— Pas de photo, ai-je dit à Hannah sur Skype. Pas de détails personnels, ni nom de famille ni numéro de téléphone. Rien. Je ne veux pas te connaître ni que tu me connaisses. Nous écrivons ensemble en ligne, c'est tout. Je ne suis pas à la recherche d'un nouvel ami. Juste d'un partenaire d'écriture Fyctia.

— Compris, a-t-elle répondu.

Je me souviens d'être resté à fixer les phrases sur mon ordinateur portable en me demandant si je l'avais vexée. Impossible à dire, des mots figés sur un écran ne rendent pas le ton.

Hannah a enfreint deux de mes règles à peine un mois plus tard, quand elle m'a envoyé un e-mail de son adresse personnelle, hannah.catalano@xmail.com. Dans le coin de son message, il y avait sa photo de profil. Un portrait d'elle. J'ai regardé intensément la minuscule image carrée, puis son nom de famille, et de nouveau la photo. J'aurais dû me connecter illico à Skype pour l'engueuler, mais je ne l'ai pas fait. J'ai cliqué sur la photo, qui m'a dirigé vers sa page Google + et une version agrandie de sa photo.

Elle portait un haut sans bretelles, beige avec une bande de dentelle noire le long de l'encolure. Son décolleté profond disparaissait sous la dentelle. Sa peau était d'une blancheur folle, sans défaut, et ses épaisses boucles châtain foncé retombaient autour de son visage. Ses lunettes rectangulaires étaient ornées d'un petit brillant de chaque côté. Elle envoyait un baiser à l'objectif. À moi.

J'aurais dû fermer la fenêtre sur-le-champ. Au lieu de ça, j'ai continué à fixer la photo d'Hannah, longuement, jusqu'à sentir ma queue durcir dans mon pantalon. J'ai essayé de l'ignorer, mais plus j'observais l'image d'Hannah, plus je bandais. Elle était belle. Je lui en voulais furieusement de m'avoir imposé sa photo et son nom de famille.

Quand ma main s'est faufilée entre mes jambes, j'ai fermé les yeux. C'était la deuxième fois que je perdais la boule en pensant à Hannah. La première fois, c'était une semaine en arrière. Bethany venait de partir en voyage au Brésil. J'aurais pu l'accompagner, mais je n'avais aucune envie de faire du tourisme en Amérique du Sud en traînant ses parents partout.

Du coup, je me suis mis à chatter tous les jours avec Hannah.

Il était tard – environ 2 heures du matin. Le petit copain d'Hannah était déjà couché. Ça voulait dire qu'elle était seule dans son bureau, au sous-sol. De mon côté, j'étais devant mon ordinateur portable, dans la chambre d'amis de mon appartement de Denver.

— Je t'ai envoyé quelques paragraphes, ai-je écrit, mais tu n'es pas obligée de répondre ce soir. Tu n'es pas fatiguée ?

Petit.Oiseau : *Pas encore. Je dors mal en ce moment.*

Petit.Oiseau, c'était le pseudo d'Hannah sur Skype. Le mien, c'était Oiseau2nuit.

Oiseau2nuit : *Prends un truc. De la mélatonine peut-être ?*

Petit.Oiseau : Ça me fait rien.

Oiseau2nuit : *Ah, dommage.*

Avec cette conversation, nous avancions en terre inconnue. Nous avions pour règle de ne correspondre que sur notre projet d'écriture collaborative, rien d'autre. Nous écrivions un récit fantastique au jour le jour, en échangeant des passages par e-mail. C'est comme ça que nous nous sommes rencontrés sur Fyctia, le site d'écriture participative où les écrivains peuvent trouver des partenaires d'écriture.

Le personnage d'Hannah était un humain doté de pouvoirs surnaturels, et le mien, un démon. Elle était Lana. J'étais Cal.

Petit.Oiseau : *Des fois, je fume un peu de l'herbe de Mick pour m'aider à dormir.*

Oiseau2nuit : *C'est vrai ?*

Petit.Oiseau : *Bah oui.* ╰(ツ)╯ *Mick fume non-stop, et il boit tous les jours aussi. Pas mon genre. Mais c'est légal ici.*

Mon ventre s'est serré. Le Colorado avait récemment légalisé l'usage récréatif du cannabis. L'État de Washington aussi. Mon Dieu, est-ce qu'Hannah vivait dans le même État que moi ? Pourquoi cette idée me rendait-elle aussi nerveux ?

Oiseau2nuit : *Ici aussi, c'est autorisé. Je suis dans le Colorado.*

Petit.Oiseau : *Bien reçu, Monsieur-l'agent-secret-détails-personnels-interdits.*

J'ai eu un petit sourire suffisant. Alors comme ça, Hannah attendait que je lui pose la question pour me dire où elle habitait. Je l'avais bien mérité.

Oiseau2nuit : *J'ai le droit de transgresser mes règles.*

Petit.Oiseau : *Suffit de demander.*

Oiseau2nuit : *Quoi ? Demander quoi ?*

Petit.Oiseau : *Arrête, Matt. Tu attends que je te dise où je vis.*

Oiseau2nuit : *Alors dis-le-moi.*

Petit.Oiseau : *Seattle.*

J'ai senti un drôle de petit pincement dans mon ventre. Washington, pas le Colorado.

Oiseau2nuit : *Jamais été dans ce coin.*

Petit.Oiseau : *Tu devrais venir un jour. Super bouffe, super ambiance.*

Oiseau2nuit : *Ton mec a vraiment l'air charmant.*

Petit.Oiseau : *Lol. Le top. Pas grave, je vais bientôt le quitter. Attends, je reviens.*

Hannah a disparu pendant dix minutes. Merde, lui avais-je fait de la peine ?

Petit.Oiseau : *Me revoilà.*

Oiseau2nuit : *Re-Salut ! Ça va ?*

Petit.Oiseau : *Oui, très bien. Je me suis changée pour être plus à l'aise.*

J'ai fixé l'écran pendant une bonne minute avant d'obliger mes doigts à taper ce que ma tête hurlait. Après coup, j'ai scruté la phrase durant une minute de plus avant d'appuyer sur « Entrer ». J'avais dû perdre la tête. Ou me transformer en sale type. Ou les deux.

Oiseau2nuit : *Comment es-tu habillée ?*

Petit.Oiseau : *Lol ! Toutes les barrières s'écroulent ce soir...*

Oiseau2nuit : *Ahah. Désolé. Je ne sais pas ce qui m'arrive. Fais comme si j'avais rien écrit. Tu vas me prendre pour un détraqué.*

Petit.Oiseau : *Non, ça m'a étonnée, c'est tout. Tu n'as rien d'un détraqué, crois-moi. Je suis une fille, et avant je jouais souvent en réseau. Je sais reconnaître un détraqué.*

Oiseau2nuit : *Bon, si tu le dis.*

J'avais les joues en feu. C'était ma première véritable conversation avec Hannah, et je lui avais demandé comment elle était habillée. Moi, un brillant jeune homme de vingt-huit ans, très pris, je me comportais comme un excité de quatorze ans. Ah ben, bravo !

Petit.Oiseau : *Matt, je t'ai dit de me faire confiance. TU N'ES PAS UN DÉTRAQUÉ. Tu es* *même tout le contraire. C'est pour ça que ça m'a fait rire. D'un coup, « M. Je ne cherche pas un ami alors ne m'embête pas avec des détails sur ta vie » me demande comment je suis habillée. Tu veux toujours le savoir ?*

Désormais, je ne rougissais plus de honte mais de colère.

Oiseau2nuit : *Ouais, putain, je veux toujours savoir. C'est pour ça que j'ai demandé, alors réponds ou laisse tomber. Pas la peine de me donner l'impression d'être une grosse merde parce que j'ai posé la question.*

Petit.Oiseau : *C'est bon ! Je suis désolée. T'énerve pas. Je porte un déshabillé bleu.*

Oiseau2nuit : *Un déshabillé... ?*

Petit.Oiseau : *Oui, un petit peignoir fin bleu. Il m'arrive à mi-cuisses.*

Oiseau2nuit : *Rien d'autre ?*

Petit.Oiseau : *Non.*

J'ai senti un élancement entre les jambes. À ce moment-là, je ne savais pas du tout à quoi Hannah ressemblait, mais ça ne paraissait pas déranger ma queue. J'ai soulevé mon ordinateur portable de mes cuisses pour le poser sur le matelas. J'ai mis la main sur mon sexe. Et j'ai attendu. Qu'étais-je en train de faire ?

Petit.Oiseau : *Je... peux te demander comment tu es habillé ?*

Oiseau2nuit : *Un bas de survêtement.*

Petit.Oiseau : *Rien d'autre ?*

Oiseau2nuit : *Non.*

Petit.Oiseau : *Miam...*

Oiseau2nuit : *Hannah, ouvre ton déshabillé.*

Petit.Oiseau : *D'accord.*

J'en suis reste bouche bée. Mon érection a gonflé dans ma main. *D'accord ?* Elle avait accepté mon ordre avec tellement de calme, sans hésiter… Faisait-elle réellement ce que j'avais demandé ? J'ai imaginé une jeune femme assise à son bureau, devant un ordinateur, les pans de son petit peignoir ouverts, dévoilant ses seins ronds à l'écran. J'ai baissé mon pantalon sur mes hanches et libéré ma hampe. Mon corps entier frissonnait. Je devais absolument dire à Hannah d'arrêter, que je n'étais pas célibataire et que nous allions foutre en l'air notre agréable amitié virtuelle et anonyme.

Oiseau2nuit : *Décris ton corps. Écarte les cuisses. Mon Dieu, j'ai le cœur qui bat fort.*

Petit.Oiseau : *Moi aussi. Je les ai écartées. Je mouille rien qu'en te disant ça.*

Oiseau2nuit : *Oh là, Hannah.*

Je me suis mis à caresser ma queue de haut en bas, m'arrêtant pour faire tourner mon pouce sur le gland. Je sentais les longs muscles de mes cuisses et de mes bras se contracter – tendus par l'excitation ou bien me suppliant d'arrêter. Il fallait que ça cesse.

Petit.Oiseau : *Mes seins sont… gros. 90 E. Pour une poitrine naturelle, ils se tiennent bien. Les bouts de mes seins sont rose foncé. Ils sont très sensibles. Je suis bien roulée. Des formes généreuses avec une taille de guêpe, on peut dire.*

J'étais sur le point de jouir. Déjà. J'ai gémi librement dans le silence de l'appartement, tout en ondulant des hanches, mon membre dans ma main. *Oh, mon Dieu. Mon Dieu.* J'ai cherché le clavier de l'ordinateur à tâtons.

Oiseau2nuit : *Fais-moi jouir.*

Petit.Oiseau : *Je me suis rasé les jambes jusqu'en haut. Et je suis… très étroite. Et mouillée. J'en mets partout.*

Oiseau2nuit : *T'es une vraie salope, Hannah.*

Petit.Oiseau : *C'est vrai. J'écarte tellement les jambes que ça fait mal. J'aimerais tellement que tu sois en train de me pilonner.*

L'orgasme m'a pris par surprise, le plaisir me submergeant d'un seul coup. Haletant, j'ai brusquement redressé le dos. J'ai joui dans ma main en poussant un gémissement.

J'en mets partout.

J'aimerais tellement que tu sois en train de me pilonner.

Je me suis écroulé dans les oreillers. La respiration laborieuse. Un filet de sueur coulait de mes cheveux blond foncé à ma mâchoire. Que venait-il de se passer ? Le regard rivé sur l'écran, j'ai attendu. Je ne pouvais pas me déconnecter comme ça ; il fallait que je dise quelque chose. Merci ? Pardon ?

Oiseau2nuit : *Je vais te laisser.*

Petit.Oiseau : *Attends. Tout va bien, Matt. Si tu coupes parce que tu es mal à l'aise, faut pas. On n'est pas obligés d'en parler.*

J'avais déjà eu assez de mal à trouver « je vais te laisser. » Je n'avais rien à ajouter. J'avais besoin de réfléchir, ou d'arrêter de penser. Une chose était sûre, je devais prendre mes distances avec Hannah.

Petit.Oiseau : *Tu sais, je ne fais jamais ça. Je ne voudrais pas que tu imagines que c'est mon genre.*
Oiseau2nuit : *Non. Moi non plus.*

Sans lui laisser le temps de répondre, j'ai fermé Skype et éteint l'ordinateur.

Je ne me suis plus connecté pendant une semaine. Et quelle semaine ça a été ! Hannah envahissait mes pensées. Je me réveillais en pensant à elle, souvent longuement, et j'allais me coucher en pensant à elle. Je pensais à elle sous la douche. Je pensais à elle pendant que j'essayais de travailler, mon tout dernier projet ouvert sur l'écran de l'ordinateur, l'esprit accaparé par un rêve éveillé.

Hannah, Hannah, Hannah. Je ressassais sans cesse les quelques détails qu'elle m'avait donnés d'elle. Une forte poitrine, bien fichue, une chatte serrée.

Un ami m'a invité à déjeuner pendant le week-end.

— Tu connais bien Seattle ? ai-je demandé d'une voix faussement nonchalante.

— Seattle ? Pourquoi ?

— C'est pour une histoire que j'écris. Me suis dit que j'allais te demander. Je n'y ai jamais mis les pieds, j'ai aucun avis sur cet endroit.

— Eh bien, je suis allé à Pacific Northwest plusieurs fois.

Mon ami mâchait en me regardant d'un air pensif. Je fixais mon assiette. J'avais à peine touché à mon repas, mais cédant à son regard insistant, j'ai engouffré une fourchette de risotto.

— C'est plein de hipsters, dit-il. Avec des barbes peu flatteuses. Je vais te dire un bon truc, c'est franchement déprimant, le temps qu'il fait là-bas. C'est tout gris. Enfin, quand on aime ce genre d'ambiance, c'est génial, j'imagine. Il pleut il mouille en permanence, Matt. Tout est humide en permanence.

J'ai bruyamment posé ma fourchette en manquant m'étrangler.

Mouillé. Je mouille. J'en mets partout.

Hannah avait envoyé une proposition de chapitre par e-mail deux jours plus tard. En général, elle répondait en quelques heures. Peut-être qu'elle avait des doutes à mon sujet. C'est clair que j'aurais eu des doutes sur mon compte à sa place. Toutefois, son écriture n'avait rien d'anormal. Nos personnages se rendaient dans une ville portuaire dans l'espoir d'y trouver des informations qui aident Lana à maîtriser ses pouvoirs. Pendant que nous écrivions, je sentais mon personnage tomber amoureux de Lana. J'ai essayé d'y mettre un frein, mais Hannah faisait vivre son personnage féminin avec intelligence et charme. Elle était inattendue et forte, amoureuse du rire, tour à tour garçon manqué et désarmante de féminité.

Hannah. Lana. J'avais commencé à établir des rapprochements. Elle décrivait Lana comme plantureuse, petite, bien roulée. Des formes généreuses. Hannah mettait-elle en scène une version à peine voilée d'elle-même ? Et d'ailleurs, était-ce pareil de mon côté ? Comme moi, Cal était grand, blond, exagérément cynique et maladivement secret.

Une semaine après *l'incident du déshabillé,* j'ai ouvert l'ordinateur dans l'intention de poursuivre notre histoire. Ou peut-être dans l'idée de me connecter à Skype pour discuter avec Hannah. Elle me manquait.

C'est là que j'ai découvert l'e-mail d'hannah.catalano@xmail.com. L'e-mail avec sa photo. La photo qui me faisait bander.

Objet : *Reviens…*
De : *Hannah Catalano*
Date : *Mardi 25 juin 2013*
Heure : *23h15*

Salut, Matt. J'espère vraiment que tu vas lire mon mail. Tu n'as pas répondu à mon post. Notre récit me manque. Et ça me manque de parler avec toi.

Je n'arrête pas de repenser à ce qui s'est passé.

J'ai rencontré Mick sur WoW (je suis une ex-geek) et on a dû discuter deux fois par messages privés. Il écrit vraiment mal. C'était vraiment nul. Mais on a commencé à flirter à distance et je faisais des trucs avec lui par webcam. C'est tout.

Je ne sais pas pourquoi je te raconte ces trucs, sauf que je tiens à ce que tu saches que ce qui s'est passé entre nous, je ne le fais jamais. Mais j'ai bien aimé. Quand tu m'as dit que tu allais jouir, ça m'a excité.

À propos de Mick, je le quitte. Ma sœur arrive jeudi pour m'aider à faire mes cartons, et on partira ensemble en voiture. Je retourne vivre chez mes parents pendant un petit moment. Assez génial, vu que j'ai 27 ans.

Ce que je veux dire, c'est que je vais être sur la route pendant deux ou trois jours et que je resterai connectée sur mon téléphone.
Hannah

Après m'être branlé sur la photo d'Hannah comme un ado en rut, j'ai dû relire son e-mail trois fois. J'ai enregistré ce que j'ai appris de neuf dans ma tête.

Hannah a une sœur. Hannah a vingt-sept ans. Hannah se sépare de son petit ami. Hannah aime me faire jouir ; elle y pense sans arrêt, et ça l'excite. Et à présent, elle avait un visage et un nom, tout ce que j'avais expressément demandé de ne pas connaître. Hannah Catalano. Italienne, donc. Ça expliquait sa silhouette renversante et son épaisse chevelure noire.

Je me suis connecté à Skype.

Oiseau2nuit : *Salut.*

Petit.Oiseau : *Salut ! C'était rapide, lol. Je t'ai envoyé un e-mail il y a un quart d'heure, je crois.*

Oiseau2nuit : *J'ai remarqué.*

Petit.Oiseau : *Ah ah…*

Oiseau2nuit : *J'aime autant être clair, Hannah. Je ne sais pas comment tu interprètes le fait de m'avoir fait jouir avec tes talents descriptifs rudimentaires, alors je vais t'aider à comprendre. Ça ne signifie rien. Ça ne te donne surtout pas le droit de me bombarder l'histoire de ta vie.*

Petit.Oiseau : *Ouah… !*

Oiseau2nuit : *Tu peux faire une phrase ?*

Petit.Oiseau : *Tu… réagis comme un abruti, là.*

Oiseau2nuit : *Tu dis ça comme si c'était nouveau.*

Petit.Oiseau : *C'est nouveau pour moi. Je suis HYPER DÉSOLÉE d'avoir eu l'idée de te prévenir que je serai absente pendant quelques jours. Nous écrivons une histoire ensemble, presque tous les jours, depuis un moment, mais comme tu n'as pas répondu à mon dernier post, j'imagine que c'est fini.*

Oiseau2nuit : *Ce n'est pas fini. Tombe pas dans l'extrême, Hannah. Mais prenons une minute pour réfléchir à la différence entre 1) me dire que tu vas être hors connexion pendant quelques jours et 2) m'imposer ton nom ET ta photo.*

Petit.Oiseau : *... quoi ?*

Oiseau2nuit : *Oui, incroyable mais vrai. Notre petite indiscrétion n'a pas annulé d'un coup mon désir de préserver nos vies privées respectives. Pas de nom de famille, pas de photo, etc.*

Petit.Oiseau : *C'est quoi, ce bordel ? Je ne t'ai pas envoyé ma photo. Ni donné mon nom.*

Oiseau2nuit : *D'accord, hannah.catalano@xmail.com.*

Petit.Oiseau : *Mon Dieu...*

J'ai levé les yeux au ciel et me suis appuyé sur le dossier de ma chaise. J'avais peut-être été un peu plus dur que nécessaire, mais au moins, je m'étais fait comprendre. J'étais furieux. J'étais en colère contre Hannah parce qu'elle assaillait mes pensées, et j'enrageais d'autant plus qu'elle était splendide et me l'avait appris de force.

D'une certaine manière, ma vie serait plus simple si je pouvais imaginer Hannah comme une grosse inconnue boutonneuse sur Internet, ou même une inconnue sans visage sur Internet. Tout sauf cette beauté brune qui envoyait un baiser de ses lèvres roses pulpeuses.

Cinq minutes se sont écoulées, sans un mot d'Hannah.

J'ai tripoté le calendrier de bureau.

Oiseau2nuit : *As-tu quelque chose à ajouter à ton émouvante déclaration ?*

Rien.

J'ai ouvert mon e-mail, puis celui d'Hannah. Sa photo de profil avait changé. Le minuscule portrait d'Hannah Catalano avait disparu, pour être remplacé par un tourbillon violet de galaxies et d'étoiles.

La panique m'a envahi. Elle avait disparu. Sa photo n'était plus là. J'ai cliqué sur la galaxie, et je me suis retrouvé face à une image agrandie… de la galaxie. Je n'arrivais déjà plus à me souvenir en détail du visage d'Hannah.

Oiseau2nuit : *Qu'est-ce qui se passe ? Tu as changé ta photo de profil ? Tu te rends compte que je l'ai déjà vue…*

Petit.Oiseau : *Matt, je suis sincèrement désolée. Je sais que tu ne vas pas me croire, mais c'est la vérité. Je t'ai accidentellement envoyé ce mail de mon compte principal. Je suis tellement gênée que j'ai envie de rentrer sous terre. Je ne me permettrais jamais d'empiéter sur tes limites. Tout va de travers en ce moment. Je craignais de t'avoir effrayé, que tu ne reviennes plus. Alors je me suis assise pour t'écrire, et voilà.*

Oiseau2nuit : *Ah…*

Petit.oiseau : *Ouais… je… je suis pétrifiée. Je m'excuse.*

Oiseau2nuit : *J'ai… j'ai cru que tu l'avais fait exprès. Évidemment. Ouah.*

Petit.oiseau : *Je ne ferais jamais ça. Je te le jure. J'adore écrire avec toi. Je respecte ta vie privée. Enfin, j'essaie…*

J'ai froncé les sourcils en réfléchissant à ce que je lisais. C'était un accident. Et grâce à ma réaction exagérée à cet accident, j'avais perdu l'accès à ma seule image d'Hannah, la fille qui embrasait régulièrement mes pensées.

J'ai lancé une brève recherche d'images d'Hannah Catalano sur Google.

Rien.

Oiseau2nuit : *Veux-tu tout de même savoir ce que j'ai pensé ?*

Petit.Oiseau : *Pensé de quoi ?*

Oiseau2nuit : *De ta photo.*

Petit.Oiseau : *Ah ! Euh… peu importe.*

Oiseau2nuit : *Peu importe ?*

Petit.Oiseau : *Bah oui. C'est… pas grave. Je suis trop embarrassée.*

Oiseau2nuit : *Bon, dans ce cas, tu seras contente d'apprendre que je l'ai à peine regardée. C'était une image minuscule et dès que j'ai compris ce que c'était, j'ai fermé la fenêtre.*

Petit.Oiseau : *Bon… d'accord…*

Oiseau2nuit : *Bah oui. Et merci de l'avoir modifiée aussi rapidement. C'est sympa.*

Petit.Oiseau : *Pas de problème. Alors, je vais… je ferais bien de finir mes cartons.*

Oiseau2nuit : *Mm. Bon courage. Tu auras bientôt ma réponse à ton post.*

Petit.Oiseau : *Cool. Je te répondrai quand je pourrai.*

Oiseau2nuit : *T'en fais pas. Je sais que tu as pas mal de choses à faire en ce moment, et tu seras fatiguée après le déménagement. Dans quel coin vivent tes parents ?*

Petit.Oiseau : *Tiens… je ne te l'ai pas dit ? Ah ah, ça alors ! Quelle soirée super bizarre.*

Oiseau2nuit : *Hein ?*

Petit.Oiseau : *Rien. Ils sont toujours dans la maison de mon enfance. Dans le Colorado…*

2
Hannah

Quitter Mick et ses fesses poilues a été la meilleure décision que j'aie prise ces cinq dernières années. Quitter mon boulot de caissière à la Bank West a été la deuxième meilleure décision. Le gars et le boulot ne me respectaient pas – et ils ne me méritaient pas.

J'ai eu beau demander de toutes les façons possibles, menacer de tout et de n'importe quoi, Mick refusait d'arrêter de fumer et de boire. Il avait la sale manie de me peloter en public, et ces derniers temps, le sexe, c'était, bah, pas très excitant. Plutôt un *truc* rapide, un petit coup vite fait. Quand je regardais Mick, je devais me forcer à me souvenir que je l'avais aimé. Qu'avant, je trouvais son sens de l'humour coincé amusant. Que son visage trop fin au menton pointu, son front dégarni et ses rares cheveux en bataille m'attiraient. Plus ou moins.

Quant à la banque, je suis restée caissière durant trois ans pendant que mon supérieur préféré se faisait virer, que mes amis démissionnaient les uns après les autres et que les promotions me passaient sous le nez. Bon débarras, à tous les deux.

Et bienvenue aux trois jours de route, à rouler à 90 km/h, une remorque accrochée à ma Honda Civic, m'éloignant de tout ça en pensant à Matt.

— Ouh ouh !

Ma sœur agitait son iPod sous mon nez.

— Hein ? Quoi ?

— Pour la... troisième fois. (Elle a coupé ma playlist Lana Del Rey.) Je peux changer de musique, s'il te plaît ?

— Ah, oui, si tu veux.

Je gardais le regard rivé sur l'autoroute.

Je sentais Chrissy m'observer pendant qu'elle branchait son iPod.

— Alors ?

Elle a posé les pieds sur le tableau de bord, tandis que les enceintes se mettaient à cracher du hip-hop.

— Alors quoi ?

Je lui ai jeté un coup d'œil. Comme toujours, la beauté de ma sœur m'a saisie. Vingt et un ans, et un petit corps ferme de danseuse. Au grand désarroi de nos parents, elle mettait de l'argent de côté pour s'acheter un appartement, et s'offrait ses cours de danse en travaillant dans un club de strip-tease. Elle avait beau affirmer que ça lui plaisait, j'en doutais.

— Alors, qui est ce nouveau type ?

Elle haussa un sourcil parfaitement épilé.

Notre père nous appelait toutes les deux des briseuses de cœur, mais Chrissy et moi étions pratiquement opposées. Mon style est clairement naturel. J'ai les cheveux très longs, je préfère les lunettes aux lentilles de contact, je me maquille très peu et je fais juste assez de sport pour souligner mes courbes généreuses.

Ma sœur est une rebelle. Elle a des tatouages, six piercings, ne sort jamais sans eyeliner, teint sa coupe Pixie en brun et blond.

Et avec moi, elle a toujours été mystérieusement perspicace.

— Un nouveau type ? Il n'y a personne de nouveau, ai-je dit. Tu peux baisser ce truc ? Ou au moins trouver une chanson qui ne m'arrache pas les oreilles ?

— Ma cocotte, vaudrait mieux que tu t'y fasses.

Chrissy s'est mise à se trémousser dans son siège, les bras en l'air. Ses bracelets cliquetaient à ses poignets.

— C'est ce qu'on va écouter quand je t'apprendrai à *twerker*.

— Pardon ?

— Je t'ai déjà vue danser, Han. Tu as besoin d'aide. Après, tu pourras le montrer à ton nouveau mec. Il va devenir dingue. Il habite dans le Colorado ?

Oui. Oui, il est dans le Colorado.

— Quoi ? Non ! Enfin, non, j'ai pas de nouveau mec. Sois pas bête.

— Ah ! bien sûr, s'est esclaffé Chrissy. Tout ce que je sais, c'est que tu n'aurais jamais largué ton boulot et ton mec sans une bonne motivation. Désolée, Han, mais tu n'as pas assez de couilles.

J'ai dégluti et me suis concentrée sur les lignes blanches qui se déroulaient devant moi, dans la nuit.

Je mourais d'envie de parler à Matt. J'avais pensé à lui non-stop en chargeant la voiture, et depuis le départ.

Écarte les cuisses. Fais-moi jouir. Mon Dieu, j'ai le cœur qui bat fort.

Mais que pouvais-je dire à Chrissy ? *C'est vrai, frangine, j'ai rencontré un garçon qui s'appelle Matt. Sur Internet. Je connais trois choses à son sujet, ni plus ni moins. Il vit dans le Colorado, il écrit merveilleusement bien et il prend son pied en parlant en ligne avec des inconnues en petite tenue. Le coup de foudre au bout des doigts.*

Je ne savais même pas à quoi Matt ressemblait. Je savais comment était Cal – grand, blond, beau garçon, élancé –, mais Matt pouvait aussi bien être un homme des cavernes de cent cinquante kilos. Beurk, il était sûrement comme ça. Les stéréotypes n'existent pas sans raison, et Matt se trouvait être un dragueur sur Internet d'âge indéterminé qui avait joui en cinq minutes quand j'avais évoqué mes gros seins (et qui avait interdit les photos, comme c'est pratique). Quelle idée déprimante… J'ai platement regardé ma sœur.

— Rends-toi utile, ai-je marmonné. Aide-moi à trouver un motel.

Nous nous sommes arrêtées à trois heures du matin aux Cascades. Ma sœur s'est jetée sur le lit du motel et s'est endormie. Je me suis assise dans la salle de bains pour vérifier mes e-mails pour la centième fois. *Enfin !* Deux e-mails de Matt. L'un en réponse à mon post. L'autre sans objet.

Objet : *(sans objet)*
De : *Matthew S.*
Date : *Samedi 29 juin 2013*
Heure : *2h46*
Salut Hannah,

Je viens de t'envoyer un post. Comment se passe ton déménagement ? Tu es un petit oiseau courageux. Au fait, tu vas envahir ma région. Le monde est petit, hein ?

J'aimerais te dire que j'espère que tu ne m'en veux pas après ce qui s'est passé (l'incident du déshabillé, comme j'aime l'appeler). Je sais que c'était super louche. Ça ne m'étonnerait pas d'avoir baissé dans ton estime. D'ailleurs, je me pose des questions sur moi. Excuse-moi d'avoir été con avec la photo. Je ne t'ai pas vue sur Skype alors j'imagine que tu es toujours sur la route. Je vais enfreindre une autre de mes règles. Si tu veux m'appeler, mon numéro est le 555 -774-5761.

Matt

Objet : *Super louche*
De : *Hannah Catalano*
Date : *Samedi 29 juin 2013*
Heure : *3h20*
Salut, tu dors ?

Objet : Re : *Super louche*
De : *Matthew S.*
Date : *Samedi 29 juin 2013*
Heure : *3h21*
Non. J'attends.
Matt

J'ai senti ma respiration s'accélérer pendant que je lisais la réponse de Matt. *J'attends.* Comment un mec pouvait-il paraître attirant et sûr de lui en quelques mots sur un écran ? Il attendait. Que je lui téléphone. Inutile de le préciser, je le savais.

D'une main tremblante, j'ai enregistré Matt dans mes contacts et appelé son numéro. Pendant que ça sonnait, la panique m'a serré la gorge.

Je suis sur le point de parler à Matt. Je vais entendre sa voix. Je ne connais même pas ce type. Que suis-je en train de faire, putain ? Ça pourrait être un harceleur psychopathe. Nous ne devrions pas franchir cette ligne. Je peux encore raccrocher. Raccrocher tout de suite.

Oui, je vais ra…

— Hannah ?

J'ai dégluti en me laissant glisser le long du mur de la salle de bains.

— Hannah, c'est toi ?

La voix détendue et claire de Matt a tourbillonné dans mon oreille. Il avait un accent de la côte Est – New Jersey, peut-être New York– et était vaguement enroué. Il devait avoir sommeil. Il était ultra sexy.

J'ai éprouvé le vif besoin de lui demander de répéter mon prénom. *Hannah, Hannah, Hannah. Fais-moi jouir.* Un flot de chaleur a envahi mes cuisses.

— Bon, d'accord, a-t-il dit avec un petit rire qui a fait fondre mon bon sens. Nous allons jouer à la conversation à sens unique. Je suis Matt, c'est sympa de…

Une fois de plus, il est parti d'un rire tranquille. Sa voix débordait d'amusement, mais pas de chaleur. Il paraissait dédaigneux. Il semblait prêt à s'esclaffer pour un rien, pour le seul plaisir de rire pour faire résonner sa voix caressante.

Je n'ai pas pu m'empêcher d'imaginer les yeux diaboliques qui devaient accompagner cette voix. Des yeux verts, ai-je décidé. Vert foncé, secrets et aussi denses que la forêt.

— J'allais dire que ça me fait plaisir de te rencontrer, a-t-il poursuivi, mais d'un point de vue technique, on peut dire qu'on s'est déjà rencontrés en ligne. Maintenant, on se rencontre par téléphone. Peut-être…

Il a laissé sa phrase en suspens. Le silence était pesant, puis j'ai entendu des bruissements.

— C'est pas vrai, Nate ! Si c'est toi qui m'emmerdes, je te jure que je vais péter ton putain de…

— Désolée, je…

Je me suis décalée vers la porte de la salle de bains, je l'ai ouverte et refermée, puis je me suis rassise contre le mur. Formidable. *Désolée, c'est glauque mais j'étais en train de tremper ma culotte en écoutant ta voix.*

— … désolée. J'ai dû m'enfermer dans la salle de bains. Ma sœur dort.

Matt a gardé le silence avant de demander :

— C'est pour ça que tu chuchotes ?

— Oui, elle est très fatiguée. On est dans un motel, on vient de s'arrêter. Le mur qui sépare la salle de bains de son lit est sûrement en contreplaqué, alors…

— Bon… dommage. J'avais envie d'entendre ta voix. Je veux dire, à son volume normal. (Il a gloussé.) Tu crois que tu peux quand même me dire quelques mots ? Je calmerai ta sœur si jamais elle se réveille.

J'ai eu un sourire narquois en imaginant ma sœur tout feu tout flamme discuter avec ce personnage désinvolte.

— Je ne crois pas que ce soit une bonne idée. Mais, euh… bien sûr. Que puis-je dire ?

— De ta voix normale ? Pourquoi pas, les chaussettes de l'archiduchesse sont-elles sèches ?

— D'accord. (Je me suis raclé la gorge. Soudain, j'étais douloureusement consciente de ma voix.) Euh. Bon. Les… les chaussettes de l'archi…

Un éclat de rire a retenti dans mon oreille. Fort, aigu et presque cruel.

— Oh non, Hannah ! (J'ai entendu un claquement puis une certaine agitation.) Oh, putain ! Tu allais vraiment le dire… Les chaussettes… de l'archiduchesse… mon Dieu.

Matt a encore éclaté de rire. Je fixais mes genoux.

— Qu'est-ce qu'il y a de si drôle ? ai-je murmuré.

— Hannah. Hannah, je suis désolé.

Je l'ai entendu respirer plusieurs fois pour se calmer.

— Bon, a-t-il dit, je suis désolé. Fais comme si j'avais rien dit. J'ai un étrange sens de l'humour. Ça… ça m'a semblé amusant. Tu as une voix charmante. Va comprendre.

Va comprendre ? Qu'entendait-il par-là ?

— Bon, tu voulais que je te téléphone pour une raison précise ou tu cherchais juste une façon de te distraire à une heure aussi tardive ?

— Je pense qu'on peut parler de distraction matinale, Hannah.

— Peu importe. Écoute, je ne sais pas trop pourquoi je…

— Je pense tout le temps à toi.

Ses mots m'ont arrêtée net. Ses mots, et quelque chose dans sa voix. De l'honnêteté.

— Ce qu'on a fait, a-t-il continué ? Ou ce que tu m'as fait…

Ma gorge est devenue sèche. *Ce que je lui ai fait.* Ça aurait dû me dégoûter, l'idée qu'un inconnu prenne du plaisir grâce à quelques détails sur mon anatomie, mais non. Ça m'intriguait. Entre mes jambes, la chaleur pulsait.

— Tu sais de quoi je parle, a-t-il insisté.

Sa voix se teintait d'agacement à la moindre contrariété.

— Ou… ouais, ai-je réussi à articuler. Ouais.

— Ça t'a plu ?

— Ouais.

— Tu as dit que tu avais envie que je te pilonne.

— Ouais…

J'avais du mal à croire que ce beau parleur inconnu me dicte mes sentiments. J'avais du mal à croire que je l'acceptais aveuglément. Et j'avais du mal à croire que la richesse de mon vocabulaire se résume soudain à « ouais ».

— Hannah, tu m'as fait jouir très fort. Et j'ai recommencé, en pensant à toi. J'aimerais te rendre la pareille.

Ses mots ont résonné dans le silence.

Rendre la pareille. *Fais-moi jouir.*

— Oui, ai-je chuchoté d'un filet de voix.

— Oh, Hannah, dis-moi comment tu es habillée.

Des frissons me sont descendus le long de l'échine tandis que je verrouillais la porte de la salle de bains en me jetant un coup d'œil dans le miroir. J'avais le visage en feu. J'avais dû me mordre les lèvres étant donné qu'elles étaient enflées et luisantes.

— Un débardeur bleu ciel et un jean.

— Enlève le jean. Quoi d'autre ?

J'ai cligné des paupières, puis fermé les yeux. J'ai tiré sur mon jean d'une main, et l'ai fait glisser sur mes mollets avant de dégager mes pieds. Je me suis observée dans le miroir. Je m'attendais à lire de la confusion sur mon visage (*étais-je en train de perdre la boule* ?), mais je n'ai vu qu'un regard vitreux d'excitation.

— Un soutien-gorge à balconnet gris et un string bleu avec une bande de dentelle noire autour de la taille.

— Putain, un string ? Parfait. Mon Dieu, tu es parfaite. Allonge-toi. Pose le téléphone près de ton oreille. Je veux que tu aies les deux mains libres.

J'ai obéi automatiquement. J'étais malléable entre les mains de cet étranger. Même pas entre ses mains ! Au son de sa voix sexy, douce, exigeante et stimulante. J'ai attrapé deux serviettes propres pendues à la barre et je les ai étalées sur le sol, avant de m'étendre dessus et de poser mon iPhone contre mon oreille.

— Je parie que tes seins sont magnifiques dans ces balconnets. Hannah. Tu devrais relever ton débardeur pour les libérer. Comment sont-ils, hein ? Pressés l'un contre l'autre, bien en haut ? Tu aimes les montrer ? Serre-les pour moi. Écarte les cuisses. C'est comme ça que tu es, une fille qui aguiche les hommes avec ses beaux nichons ? Je parie que ça te plaît. Ça t'a plu de me rendre fou dans ton déshabillé, de me faire bander.

— Oui, ai-je dit d'une voix haletante. Oui, oui, oui.

J'ai remonté mon débardeur moulant, je l'ai roulé en boule au-dessus de ma poitrine, et j'ai exposé mon soutien-gorge et mes seins à la salle de bains déserte. J'imaginais Matt planer au-dessus de moi. Je l'imaginais avec son petit sourire suffisant, me dire que j'aimais exhiber mes seins. Était-ce vrai ? J'ai serré les bonnets de mon soutien-gorge en me mordillant la lèvre pour ravaler un gémissement.

— Tu as le bout des seins sensibles. Tu me l'as dit. (Matt a eu un petit rire.) Tords-les, Hannah. Frotte-les et tire dessus. N'hésite pas à te faire mal. Je parie que tu es trempée.

— Oui, ai-je susurré. Mon Dieu, Matt… je le sens, je suis toute mouillée.

Je les sentais vraiment, les ruissellements de désir qui m'inondaient le sexe. Matt a pronfondément inspiré entre ses dents serrées.

Les mains tremblantes, j'ai dégrafé mon soutien-gorge et écarté les bonnets de mes seins. Quand j'ai pincé un mamelon entre mes doigts, j'ai retenu mon souffle. J'étais terriblement sensible ! Une flèche de plaisir m'a transpercé le sexe.

N'hésite pas à te faire mal. J'ai tordu mon téton, et poussé un petit cri.

— Hannah !

Pour la première fois, j'ai perçu un tremblement dans la voix de Matt. Il perdait son sang-froid. Il se laissait emporter *avec moi.* Je me suis mise à trembler.

— Fais-le avec moi, ai-je murmuré. Matt, je t'en prie.

— Je le fais. Obligé. Peux pas me retenir. Hannah… vas-y. Écarte ton minou, caresse ton clito. Jouis avec moi. J'en ai tellement besoin. Mais qu'est-ce que tu me fais ?

La pointe de mes seins était déjà douloureusement durcie. J'ai repoussé mon string sur le côté, et j'ai passé le doigt sur mon clito. Mon entrejambe était entièrement trempé.

— Toute mouillée, ai-je dit dans un souffle. Partout. Hyper mouillée. Matt, mon Dieu.

— Dis… dis encore mon prénom. Encore.

— Matt, mon Dieu, Matt, je… suis au bord.

La gêne m'échauffait. Toute seule, il me fallait parfois jusqu'à vingt minutes pour atteindre un bon orgasme. Là, avec la voix insistante de Matt dans mon oreille, j'étais incapable de freiner le tourbillon de plaisir qui m'emportait toujours plus haut.

— Oh, mon Dieu. Putain, je j…

— Jouis !

Matt a poussé un gémissement saccadé. Mon minou s'est mis à palpiter et le plaisir a traversé mon corps comme une onde de choc. Je tremblais sur le carrelage. Le miel coulait sur mes doigts. *Un pur bonheur.*

J'ignore combien de temps je suis restée comme ça, à reprendre mon souffle, à ressentir les derniers effets de l'extase. Les battements de mon cœur ralentissaient peu à peu à un rythme paresseux. J'aurais pu dormir pendant une éternité. Au bout du fil, Matt soupirait et prenait une profonde inspiration après l'autre. Sa voix a finalement brisé le silence.

— Est-ce que le bleu est ta couleur préférée ?

— Quoi ? ai-je dit avec un sourire nonchalant. Ah, oui. Comment tu le sais ?

— J'ai deviné, a-t-il murmuré.

— Et toi, quelle est ta couleur préférée ?

— J'en ai pas.

— C'est triste, non ?

— Mais non, a-t-il répondu en ricanant. J'en ai une, en vérité. Mais ça va te faire rire. Je ne te la dirai pas.

— Quoi ? Je ne rirai pas, sûrement pas.

Sauf que j'ai bel et bien ri, et j'ai perçu de la satisfaction et du bonheur dans mon rire. J'avais l'impression qu'on discutait sur l'oreiller. Comme avec Mick, au début, quand on s'entendait bien. Dommage que rien ne dure.

— C'est sûrement une couleur ridicule comme… fuchsia. Je suis tombé juste ?

— Je dirai rien. Dis donc, il se fait tard.

— Je suis sûr qu'on peut même dire qu'il est tôt, Matt.

Il a éclaté de rire.

— Touché, petit oiseau. Tu as hâte d'être chez toi ?

— Oui et non. Ma famille me manque. Le Colorado aussi, c'est là que j'ai grandi. Mais je suis à peu près certaine que je vais me sentir seule.

— Seule ? Tu seras en famille.

— Pas ce genre de solitude.

— Ah… (J'ai entendu son sourire à travers sa voix.) Mais la solitude n'existe pas. Seule l'idée de la solitude existe.

Clignant des yeux, je me suis redressée. *La solitude n'existe pas. Seule l'idée de la solitude existe.*

— Matt, tu viens vraiment de citer une phrase de *Ten Thousand Nights ?* ai-je demandé en riant. Tu es fan des bouquins de Pierce ?

J'ai entendu un clic, puis le silence.

— Matt ?

Intriguée, j'ai considéré mon téléphone. Il avait raccroché. Il était près de 4h pour moi, 5h pour lui. Je lui ai envoyé un SMS.

Je crois qu'on a été coupés. Ou alors tu as raccroché parce que tu t'es senti mal à l'aise. De toute façon, il est tard. Tôt, je veux dire;) Bonne nuit. Bonjour. Et merci.

Le matelas de l'hôtel était comme une plaque de béton, mais j'ai sombré dans le sommeil en quelques secondes. Ma nuit a été remplie de rêves. Mes rêves, pleins d'yeux verts rieurs, de requêtes murmurées et de gémissements étouffés.

3
Matt

Hannah a prononcé mon nom pour la première fois dans la salle de bains d'un motel, quelque part entre Washington et le Colorado.

Mon Dieu, Matt… je le sens, je suis toute mouillée.

Ça m'a fait un truc. Comme si un tour de clé avait activé mes sens.

Ensuite elle m'a demandé si j'étais fan de mes propres livres. Ça aussi, ça m'a fait quelque chose. Ça m'a fait raccrocher.

Il était 5h du matin, et j'arpentais l'appartement en soupesant mon accès de décisions stupides. Décision stupide numéro un : donner mon numéro de téléphone à Hannah. Décision stupide numéro deux : citer mon livre. Quelles étaient mes chances qu'Hannah ait lu mes livres ? J'ai enfoui ma tête dans mes mains en râlant. Assez élevées, quand on sait que j'ai publié quatre best-sellers nationaux. Décision stupide numéro trois : le sexe au téléphone avec Hannah. Je ne connaissais même pas cette fille. J'avais une photo (celle qui s'effaçait rapidement de ma mémoire), un nom et un âge, quelques détails sans importance, et une fixation grandissante. Et une petite amie.

Et d'abord, quel genre de fille était Hannah ? Quel genre de fille s'adonne au téléphone rose avec un inconnu rencontré sur Internet ? J'étais mal placé pour la juger. Après tout, quel genre de gars s'adonne au téléphone rose avec une inconnue rencontrée sur Internet ? Au moins, Hannah était célibataire. Je pouvais peut-être considérer l'incident du déshabillé comme un accident, mais le sexe par téléphone, c'était clairement tromper. J'étais en passe de devenir un salaud, et rapidement en plus.

J'ai attrapé mes Dunhill de secours, et j'en ai allumé une sur le balcon. J'ai « arrêté » de fumer il y a cinq ans, en même temps que l'alcool et la drogue, mais j'ai toujours un paquet de clopes sous la main pour les moments comme celui-ci. À 7h, j'étais toujours en train de fumer, le regard perdu sur la ville. C'était un matin frais et dégagé ; la journée s'annonçait caniculaire. La ville s'éveillait autour de moi. Les joggers se croisaient dans la rue, les chiens aboyaient et les klaxons retentissaient.

Je m'étais considérablement calmé et j'avais plus ou moins réussi à démentir ma stupidité à grand renfort de logique.

Citer mon livre : et alors ? Aucune chance pour qu'Hannah en déduise que j'étais M. Pierce. À la lumière du jour, ma légère attaque de panique me semblait absurde.

Donner mon numéro de téléphone à Hannah (plus le sexe au téléphone) : j'avais suivi les conseils médicaux professionnels de mon psychiatre, « m'ouvrir à de nouvelles expériences », « m'autoriser à avoir besoin des autres » et « dépasser les limites imposées par les normes sociales. » Beau travail.

Mon téléphone a signalé un message. J'avais reçu un court e-mail de Bethany. Elle était à Gramado.

« N'oublie pas d'arroser le citronnier. Tu manges bien ? Je ne vais pas m'embêter à te décrire cette ville puisque tu la connais déjà. Je regrette que tu ne sois pas là. Tu n'as pas intérêt à ressembler à un squelette quand je rentre. N'oublie pas, les trucs dans le frigo ont une date de péremption. Bisous, Bethany. »

Elle était comme ça, ma petite amie, un instinct maternel excessif et tout le tralala. Je lui répondrais plus tard. Pour l'heure, j'avais envie de rester comme ça, perdu dans mes pensées avec Hannah.

J'ai ôté mon tee-shirt et je me suis affalé sur le canapé avec un carnet de croquis et un crayon. Laurence était réveillé. Ses longues oreilles ont pivoté dans ma direction comme des antennes paraboliques. Il s'est étiré et a sautillé vers sa litière.

— Salut, mon pote, ai-je dit au lapin, en tapotant mon crayon sur une page vierge.

J'ai entrepris de dessiner le souvenir qui me restait de la photo d'Hannah. J'ai commencé par ses yeux, qui étaient grands et sombres, puis j'ai tracé son nez fin, et je suis descendu vers ses lèvres pleines et expressives. J'ai essayé de capturer la douceur de son visage, son contour ovale encadré d'épaisses boucles brunes. J'ai noirci l'ombre de ses lunettes. D'un trait léger, j'ai esquissé l'encolure de son haut, et suggéré son décolleté d'une tache noire. J'ai considéré le portrait d'un regard critique. Pas mal, mais pas tout à fait ça. J'ai fermé les yeux. J'ai redoublé d'efforts pour me remémorer la photo. Sa voix au téléphone m'est revenue à l'esprit. Ni trop aiguë ni trop grave, veloutée et féminine. *Qu'est-ce qu'il y a de si drôle ?* La colère la rendait adorable.

Fais-le avec moi. Matt, s'il te plaît.

Je me suis lentement réveillé à midi. J'étais étendu sur le canapé, mon carnet de croquis ouvert sur les cuisses, en érection. Évidemment.

J'ai fixé le citronnier jusqu'à ce que mon tronc d'arbre ramollisse. Ensuite j'ai appelé Hannah. Elle a répondu à la fin de la deuxième sonnerie.

— Allô ? a-t-elle dit d'une voix légèrement éraillée.

— Salut, petit oiseau.

— Oiseau ? a-t-elle gloussé. Désolé, trésor, c'est la sœur d'Hannah. Elle conduit.

J'ai lancé des regards noirs à mon croquis en envisageant de raccrocher.

— Tu devrais peut-être prendre le volant, ai-je grommelé, ou éviter de répondre au téléphone de ta sœur.

— C'est elle qui me l'a donné, « monsieur mal embouché ».

J'ai entendu Hannah dans le fond. Elle avait l'air ennuyée, mais je ne comprenais pas ce qu'elle disait.

— Qu'est-ce qu'elle a dit ? ai-je demandé.

— Elle a dit que j'avais intérêt à arrêter de te provoquer. Elle a dit salut aussi. Hé, c'est toi le nouveau mec d'Hannah ?

— De quoi ?

Je me suis redressé. Mon carnet est tombé sur le sol. Un nouveau mec ? Hannah avait un nouveau mec ? La colère – doublée d'une bonne dose de jalousie– m'a serré la poitrine.

— Ouais. Le nouveau mec. C'est toi, son nouveau mec ?

— Non, je...

Les sons ne parvenaient plus à franchir mes lèvres. Hannah m'avait dit qu'elle avait quitté son copain, mais elle avait omis de préciser qu'elle le quittait pour un autre. J'imagine que ça faisait de nous deux ordures infidèles. Parfait. Alors pourquoi étais-je blessé ? Pourquoi avais-je l'impression qu'elle s'était servie de moi ? De toute manière, je ne pouvais pas être avec Hannah. Je ne pouvais même pas la rencontrer – pas sans risquer de voir ma légère obsession virer à l'infidélité consommée. Je n'étais pas comme ça. À moins que si ? J'avais la nausée.

— La Terre appelle « Monsieur mal embouché » ! a crié la sœur d'Hannah.

— Va te faire foutre, ai-je lancé en coupant la communication.

4

Hannah

— Va te faire foutre ? (La main sur la hanche, j'ai lancé un regard furieux à Chrissy.) Attends... Il a dit « va te faire foutre » et il a raccroché ?

— Bah ouais. Sauf si ça a coupé pile au bon moment, ce qui n'arrive jamais. Mais, euh, Hannah, j'ai des doutes sur ce type. Il m'a un *peuuuu* l'air d'être un connard.

Ma sœur a plissé les yeux en faisant traîner le mot « un peu ». Je n'ai pas pu m'empêcher de rire. « Un peu l'air d'un connard », c'était gentil. Malgré tout, j'avais envie de comprendre ce qui l'avait énervé.

Nous étions devant un motel de Billings, dans le Montana. Il était deux heures du matin. Il me restait encore une heure à tenir le volant, mais je désirais parler à Matt, et j'avais quelque chose à prendre dans la remorque.

C'était parce que je passais mon temps sur la route que je pensais constamment à Matt. L'autoroute sans fin, le paysage répétitif, la musique insupportable de ma sœur – et notre séance de téléphone rose explosive de la veille. C'était ridicule ! Je m'entichais d'un type dont je ne savais rien et que je n'avais jamais vu.

— Je te le répète, ai-je dit en faisant coulisser le haillon à l'arrière de la remorque, qui s'est ouverte bruyamment. Tu l'as appelé… « monsieur mal embouché ».

J'ai pincé les lèvres.

— Et il a tout de suite dit : « Va te faire foutre » et a raccroché ?

— Oh, c'est pas vrai ! Oui ! C'est comme ça que ça s'est passé, Hannah. Il y a quoi entre toi et ce trouduc ?

— C'est un bon ami, ai-je menti, et je crois qu'il est bel et bien en rogne. Je lui ai envoyé un SMS depuis Perkins, et j'ai appelé. Pas de réponse.

— Il est peut-être occupé. Je ne sais pas. Que cherches-tu là-dedans ?

— Euh… des vêtements.

Je me suis massé la nuque. Ma sœur ne me quittait pas du regard. J'avais le sentiment qu'elle voyait clair dans mes deux mensonges, et qu'il n'était pas impossible qu'elle m'ait entendue dans la salle de bains, la veille.

— Ouais, bon. Je n'ai pas besoin d'aide. Faut juste que je fouille un peu, c'est tout. Tu peux aller nous prendre une chambre.

— Mouais, a fait Chrissy en tournant les talons avant de partir vers le motel.

Ouf.

À ce stade, je savais que je cracherais le morceau si elle insistait. Je me faisais l'effet d'une gamine de treize ans, bouillonnante d'excitation et qui n'attend qu'une occasion pour papoter de son dernier coup de cœur. Il a fait ceci, il a dit cela. Pitié. Je me maîtrisais mieux que ça.

Me hissant au bord de la remorque, j'ai allumé la lampe-torche accrochée à mon porte-clés et scruté le fatras de cartons et de meubles. Au bout d'un quart d'heure de lutte, je suis parvenue à extirper le bon carton de la pile. Le mot LIVRES était inscrit au marqueur noir sur le côté. J'en ai extrait mon exemplaire usé des *Ten Thousand Nights* de M. Pierce. J'ai feuilleté ses pages cornées et parcouru les passages soulignés jusqu'à tomber sur la citation de Matt.

La solitude n'existe pas. Seule l'idée de la solitude existe.

J'ai soupiré et passé mes jambes hors de la remorque. Quelle déclaration, et quel étrange concept… celui selon lequel la peur de la solitude n'est que la peur d'un fantôme. À la fin du livre, j'avais glissé des extraits du blog littéraire du *LA Times*, et des coupures de presse du *New York Times Book Review*. J'en ai déplié un et j'ai lu attentivement les premières lignes.

Le mystère M. Pierce,
en tête des ventes avec Harm's Way

13 novembre 2009

Presque deux ans après la parution du best-seller Ten Thousand Nights, Harm's Way, *le dernier roman de M. Pierce, arrive en tête des meilleures ventes. Comme dans le précédent ouvrage,* Harm's Way *chevauche (ou piétine) la limite qui sépare la fiction de genre de la littérature. Moitié thriller, moitié enquête façon Milan Kundera,* Harm's Way *absorbe le lecteur…*

J'ai sauté quelques lignes.

On ne sait pas grand-chose sur l'auteur, qui refuse de participer à toutes les signatures auxquelles il est invité, comme aux tournées et à toutes sortes d'apparitions publiques en rapport avec sa production. Depuis la parution de Ten Thousand Nights, *Knopf n'a pas dit un mot. On raconte que l'agent qui représente l'écrivain travaille à Granite Wing Agency, mais cette information n'a jamais été confirmée.*

Peut-être qu'à l'instar d'autres célèbres reclus de la littérature, dont Thomas Pynchon et J.D. Salinger, M. Pierce redoute les effets de la publicité sur sa vie et son œuvre.

Le désir d'anonymat de l'auteur attise la curiosité de ses admirateurs. Des pages « officielles » de fans de M. Pierce ont commencé à voir le jour…

Avec un petit sourire satisfait, j'ai replié l'article pour le ranger. Qu'on laisse l'écrivain en paix ! Je possédais les quatre livres de M. Pierce – *Ten Thousand Nights, Harm's Way, Mine Brook* et *The Silver Cord* – tous publiés entre 2007 et 2012. Ça m'était égal de ne jamais découvrir qui était cet écrivain, et de toute manière, les photos des jaquettes sont toujours déprimantes. Tout ce que je voulais, c'était un nouveau texte de M. Pierce, et vite.

J'ai examiné mon téléphone. J'avais dit à ma sœur que j'avais appelé et envoyé un SMS à Matt depuis Perkins. En vérité, j'avais appelé deux fois.

Et envoyé quatre messages écrits.Son silence me torturait. Avait-il des appréhensions au sujet de notre... notre quoi ? Notre amitié qui n'en était pas une ? Notre engagement tordu à nous faire mutuellement jouir ?

— Et merde, ai-je marmonné.

J'ai composé son numéro une nouvelle fois.

Il y a eu deux sonneries.

— Hannah.

— Matt ! Salut. Ne raccroche pas, s'il te plaît. As-tu raccroché au nez de ma sœur ?

— Oui.

— Je suis désolée, je n'aurais pas dû la laisser répondre. Elle est un peu...

J'ai froncé les sourcils. Nerveuse ? Agressive ?

— Elle est très bien, a fait Matt d'une voix tranquille. Je n'avais plus rien à dire, c'est tout.

— Ah, alors tu es comme ça ? Tu raccroches quand tu n'as « plus rien à dire » ?

— Bah oui, et alors ?

Il a poussé un soupir exagéré, comme si ça l'épuisait de me parler.

— Tu as besoin de te branler pour être de bonne humeur ? C'est l'impression que ça donne.

J'ai perçu le rire hésitant et voilé de Matt.

— Tu es marrante, petit oiseau.

— Je ne suis pas d'humeur à rire, là, tout de suite.

— Tu es super mignonne.

— Quoi ? ai-je bredouillé. Ne dis pas n'importe quoi. Je... j'essaie de...

— Tu essaies de comprendre ce qui se passe entre nous ? Laisse tomber. Je ne pense pas qu'il existe des règles pour ce genre de situation ni d'instructions utiles. De toute façon, ça n'a aucune importance.

Il y a eu un long silence. Je retenais mon souffle. Aucune importance ? En un sens, ce truc avec Matt – cette « situation » – *comptait* pour moi. Elle me plaisait. Je la désirais. Elle me donnait vaguement l'impression qu'elle m'échappait mais ça aussi, j'aimais bien.

— Aucune importance, a-t-il répété calmement. (Il s'est éclairci la voix.) Alors, c'est qui le type que tu as rencontré ?

— Quoi ? Un type ?

— Bah oui, ta sœur a parlé de ton nouveau mec. Le nouveau mec d'Hannah.

— Ah… elle a dit ça ? Je ne l'ai pas entendu.

— Enfin, elle m'a demandé si *j'étais* ton nouveau mec, ce que je ne suis pas de toute évidence, et ce qui… de toute évidence, laisse entendre que tu as rencontré… *un mec*.

Sa voix laissait transparaître une pointe d'émotion, et ce n'était pas de la curiosité. C'était de la colère mal contenue.

Cette révélation m'est lourdement tombée dessus.

Matt croyait que je l'aidais joyeusement à jouir et que je partageais des moments intimes au téléphone tout en construisant une nouvelle histoire de cœur.

— Matt ! ai-je dit d'une voix cinglante.

— *Quoi* ? a-t-il rétorqué sur le même ton.

— Je n'aurais pas fait tout ça si j'avais eu quelqu'un dans ma vie. Mon Dieu ! Tu ne voudrais pas essayer d'avoir une meilleure image de moi rien qu'une minute ? D'abord, cette histoire de photo et maintenant ça. Je sais bien que tu ne me connais pas, mais franchement, tu projettes ta vacherie sur moi. Je ne suis pas une névrosée sournoise qui recherche un moment de plaisir *par téléphone* juste parce qu'elle n'a pas le cran de tromper pour de vrai son nouveau mec qui n'existe pas, *crois-moi.*

Je serrais si fort *Ten Thousand Nights* que mes ongles s'enfonçaient dans la couverture. D'accord, j'allais un peu loin mais il le méritait. J'ai écouté le silence. J'ai vérifié sur mon petit écran si Matt n'avait pas simplement « plus rien à dire ». Il était toujours en ligne.

— Allô ? Matt ?

Son petit ricanement familier a attisé ma colère.

— Ma vacherie ? a-t-il murmuré.

— Oui, bon... tu as compris. (J'ai détendu mes doigts autour du livre.) Au fait, je sais que tu as plagié M. Pierce l'autre soir. Bien essayé.

Matt s'est encore réfugié dans le silence.

— Hé... je rigole. Tu as bien cité *Ten Thousand Nights*, mais c'était génial. Pierce est l'un de mes écrivains préférés.

— Ah bon ? C'est le seul livre que j'ai lu de lui. Me demande pas pourquoi. Tout le monde en parlait, j'ai dû me sentir obligé. J'imagine que cette phrase m'a marqué. Je trouve qu'il parle pour ne rien dire. Comment es-tu habillée ?

Sa brusque transition du rejet blasé à ma tenue m'a laissée sans voix.

— Vêtements, a-t-il cru bon de préciser. Sur toi. Je veux savoir comment ils sont.

— Je suis dehors, ai-je dit d'un air penaud, toujours assise dans la remorque.

— Je m'en fiche. Je ne cherche pas du sexe par téléphone, même si ça me dérangerait pas. C'est anormalement facile de jouir avec toi, Hannah. Inhabituellement satisfaisant aussi.

J'ai soupiré et appuyé ma tête contre la paroi métallique de la remorque.

— Je serai bientôt chez moi. J'aurai ma chambre, avec une porte qui ferme.

— Je ne peux pas penser à ça maintenant, a dit Matt. Ne fais pas de projets, je ne suis pas réel.

— Quoi ?

— Tu ne me connais pas. Ça m'effraie de t'avoir à proximité. Dis-moi comment tu es habillée.

— Une… petite robe noire froncée à la taille. Un soutien-gorge noir sans bretelles, un string noir.

— Encore un string. Tu l'as choisi pour moi ? Tu savais qu'on allait se parler ?

— Oui, ai-je répondu en rougissant. Et non. Je l'ai choisi pour pouvoir te le dire. Mais j'ignorais qu'on se parlerait. Je l'espérais.

— Hannah… (Pendant un bref instant, Matt a semblé chagriné. Il a repris d'une voix égale.) Mon Dieu, Hannah. Je pense tout le temps à te baiser. J'ai envie de sentir mon corps contre le tien, ma queue en toi. Ça me rend dingue. Est-ce que ça te fait peur ?

— Non. Non, je… j'y pense moi aussi.

— C'est vrai ? Raconte-moi.

— Oui.

J'ai retroussé les lèvres et dégluti. Il me demandait de lui décrire mes fantasmes ? C'était complètement déstabilisant.

— Franchement, ça m'étonne de ne pas avoir quitté la route. Je me perds en permanence dans mes rêves éveillés, des images hard.

Oups, le choix des mots.

— Hard ? Très intéressant, a gloussé Matt. Moi, je vais te raconter. Aujourd'hui, quand j'ai pris ma douche, j'ai imaginé que tu étais là. Je pensais à ton corps souple contre le carrelage froid, mon bras autour de ton cou, ton cul contre ma bite.

J'ai fermé les yeux.

— Continue, ai-je chuchoté, provoquant le petit rire de Matt.

Je me suis surprise à sourire en entendant ce son qui était en train de devenir mon préféré.

— Tu es un petit oiseau très gourmand, hein ? Je pensais à tes seins pressés contre le carrelage. Je ne serais pas tendre, Hannah. Je t'obligerais à écarter les jambes et je te peloterais comme si tu m'appartenais.

Un gémissement s'est échappé de mes lèvres. J'ai plaqué la main sur ma bouche en jetant des regards inquiets sur le parking. J'étais seule. On n'entendait que le vent et le vrombissement des rares camions qui longeaient le motel.

— Je te ferais gémir bien plus fort que ça. Même si tu n'es pas prête, j'enfoncerais ma queue en toi… et tu tremblerais à mon contact. Je fouetterais ton cul pour te sentir te contracter de surprise.

— Mon Dieu, ai-je soupiré.

Je fondais littéralement sur place, avachie contre la paroi de la remorque. J'allais avoir une bonne raison de changer de sous-vêtement avant de dormir.

— Je crois que ça suffit pour l'instant, a déclaré Matt, d'une voix soudain sérieuse. Crois-le ou non, je m'efforce d'être convenable ce soir. Ou ce matin, plutôt.

— Convenable ?

Je me suis sentie redescendre lentement sur terre. C'était fou, avec lui, il suffisait d'un rien pour que je décolle.

— Mmm, convenable. C'est-à-dire essayer d'avoir un échange avec toi sans que je finisse par sortir ma queue… même si j'ai besoin de me branler pour être de bonne humeur.

J'ai ri en levant les yeux au ciel.

— Bon, d'accord, assez de mots excitants pour ce soir. Mais une seule nuit convenable ne suffira pas à laver ta réputation, Matt. Désolée.

— Hé, je ne suis pas comme ça en temps normal. D'habitude, je garde secret mon côté dépravé.

— Pffft, tu n'es pas dépravé.

— Dis-le à ma queue. On dirait un chien ces temps-ci – au moindre signe d'attention, elle devient complètement excitée.

J'ai gloussé et cligné des yeux.

Avais-je réellement… gloussé ?

— Euh, ai-je fait en triturant l'ourlet de ma robe. Bon, alors.

Pas d'allusion au sexe. Super, très bien, sauf que j'ignorais si nous étions capables d'avoir une *conversation normale* tous les deux.

— Non seulement c'est une partenaire de téléphone rose de première classe mais sa conversation brillante laisse à coup sûr un homme sans voix.

— Matt ! Je réfléchis. (J'ai ramené une boucle de cheveux derrière mon oreille.) Je me demandais si tu voulais raccrocher… ou si on pouvait bavarder un moment. De sujets convenables.

Matt est resté silencieux.

Je commençais à m'attendre à ses silences, comme à ses éclats de rires et à son sarcasme.

— Bavardons, a-t-il finalement répondu.

C'est ce que nous avons fait. Ou plutôt, je lui ai parlé. Pendant une heure et demie, je suis restée assise au bord de la remorque et je lui ai parlé de Mick, de mon enfance dans le Colorado, de ma sœur et de mon frère, de mes parents, de mon travail à la banque et des petits boulots merdiques avant ça, et d'une douzaine d'autres faits insignifiants.

Matt était le champion de l'esquive. Il était doué pour écouter aussi. Dès que j'essayais de ramener la conversation vers lui, il me renvoyait immanquablement mes questions. Ça aurait dû m'agacer – en général, je déteste parler de moi – mais là, c'était un soulagement. J'en avais besoin. Pour la première fois depuis des années, quelqu'un souhaitait connaître mes opinions et mes sentiments sans se contenter d'une réponse rapide. Et Matt n'agissait pas par pure politesse. Il riait, posait des questions ; il me rappelait où j'en étais quand je perdais le fil. À la fin, j'avais présenté à Matt l'histoire de ma vie en accéléré. Et je n'avais glané qu'une seule information à son sujet. Il avait vingt-huit ans.

— Nous sommes à Billings, ai-je dit à la fin de l'appel.

Matt a brièvement évoqué le Montana avec enthousiasme. Il a fait allusion à son idole, Norman Maclean, aux randonnées et à l'escalade qu'il aimait pratiquer dans le parc national de Glacier – puis, comme s'il avait laissé s'échapper deux perles précieuses, il s'est fermé comme une huître.

— De l'escalade ? ai-je osé le pousser.

— Mmm.

Mmm semblait être la réponse fourre-tout préférée de Matt puisque ça pouvait aussi bien signifier oui que non, ou attends que je réfléchisse, je m'ennuie, ça me fait rire, ça me gêne, je suis excité – à peu près tout et n'importe quoi.

— C'est cool. Alors tu dois adorer le Colorado. Tu es branché vie au grand air, on dirait ?

— Mmm.

— Cool…

Je me suis raccrochée aux faits nouveaux : vingt-huit ans, Norman Maclean, vie au grand air. Exactement ce qu'il me fallait pour alimenter mes fantasmes : un jeune homme cultivé au corps svelte et musclé de grimpeur. Oui, volontiers.

— Je ferais bien d'aller me coucher, ai-je dit à contrecœur. (J'ai vérifié l'heure. 3h40.) Dis donc, j'ai pas vu le temps passer.

— *Optima dies,* a marmonné Matt avec lenteur.

— Quoi ?

— C'est du latin. Laisse tomber.

J'ai froncé les sourcils.

— D'accord. Bon. Ah oui, dormir. Je pense que si on reprend la route de bonne heure et qu'on roule bien, on arrivera dans le Colorado dans la soirée. Je répondrai à ton post le plus tôt possible.

— C'est pas urgent. Tu auras de quoi faire en arrivant chez toi.

— C'est vrai, mais j'ai envie de l'écrire. Notre récit sur Fyctia me manque… beaucoup.

— Dans ce cas, j'ai hâte, a-t-il dit.

Entendant un petit déclic électronique, j'ai jeté un œil à mon téléphone. Matt avait disparu.

Note personnelle : Apprendre à ce jeune homme à dire au revoir.

5
Matt

Tu projettes ta vacherie sur moi.

— Les dernières pages que tu m'as envoyées, a dit Pam en se penchant au-dessus de la table, sont très sympas. Mais j'ai des questions sur le rythme du récit. Je distingue l'arc narratif de ton intrigue principale, et j'aimerais préciser que l'histoire doit en être à un tiers de son développement. Le chemin est encore long. Ai-je raison ? Je ne voudrais pas te mettre la pression, mais j'aimerais estimer les délais dans ma tête.

Les mots de Pam ont résonné en périphérie de ma zone d'attention. Sympa. Rythme. Délai.

Tu projettes ta vacherie sur moi. Hannah avait entièrement raison. Comme je trichais, je partais du principe qu'elle en faisait autant. Je m'étais ridiculisé. J'étais même allé jusqu'à m'emporter en pensant à l'homme imaginaire qu'Hannah trompait, tout en ignorant ma propre trahison qui était pourtant bien réelle. Cette situation partait dans tous les sens.

— Matthew ?

J'ai senti qu'on tirait sur ma manche. J'ai baissé les yeux sur la main parfaitement manucurée de Pam.

— Désolé. Ah, je...

Je me suis passé la main dans les cheveux en faisant un petit sourire à Pam qui m'a répondu d'un sourire pincé tout professionnel.

— Je dors mal en ce moment. Je deviens noctambule ou je ne sais quoi.

Nous étions assis à une table isolée du Flight of Ideas, ma librairie-café préférée de Denver. Pam était tirée à quatre épingles, comme toujours, ses boucles d'un blond froid coiffées sévèrement autour du visage. Pam avait trente-six ans, mais son maquillage crayeux, son rouge à lèvres foncé ainsi que son austère jupe-tailleur la rangeaient plutôt du côté des quadragénaires. Pam était mon agent depuis sept ans. J'aurais presque pu dire que je lui faisais implicitement confiance, si j'avais jamais fait confiance à quiconque.

— Désolée pour toi. Revenons à ton roman.

Elle a étalé ses doigts en éventail sur son ordinateur portable. La plupart du temps, j'appréciais ses manières ultra-professionnelles. Toutefois, aujourd'hui, je ne souhaitais rien d'autre que de rejoindre Hannah dans mes rêveries, dans mon appartement avec air conditionné.

— Je ne peux pas te donner de date de remise, ai-je dit. Je n'en ai pas. Ça sera fini quand ça sera fini. (J'ai mâchouillé l'extrémité de mon touilleur.) Au fait, Pam, explique-moi pourquoi on continue à se donner rendez-vous dans des lieux publics alors que j'ai clairement spécifié que je préférais le téléphone, le chat vidéo, ou même que tu viennes chez moi de temps en temps ?

— Question de commodité, Matthew. Contrairement à certains, j'ai un planning serré. Tu sais que je fais tout mon possible pour satisfaire tes demandes. Toutefois, je crois que ce ne sont que des « demandes », non ? Ou sont-elles devenues des exigences ?

Avec un petit sourire narquois, je me suis laissé aller contre le dossier de la banquette et j'ai regardé autour de moi. Encore une chose que j'appréciais avec Pam : elle ne donnait pas dans la flatterie. Elle renvoyait ce qu'elle recevait.

— Mmm, les requêtes sont quand même là. Il m'arrive d'aimer émerger de mon grenier pour voir comment les gens vivent.

J'ai souri avec malice et poursuivi à voix basse :

— Mais, Pam, ne va pas croire que je ne vois pas clair dans ton jeu. Dans ton petit cœur profondément diabolique, tu nourris l'espoir qu'un jour, quelqu'un nous remarque, nous entende, ou je ne sais quoi, et que mon identité soit mise à jour, et que tu sois enfin libre de faire de moi l'auteur chéri très en vue de tes rêves. Je te vois déjà m'exhibant dans le monde entier comme un singe savant. Imagine un peu la publicité ! Oh, et ça ferait de toi... (j'ai indiqué mon touilloir à Pam, qui m'observait avec un sourire tolérant) Pamela Wing, agent dudit écrivain très en vue. Plutôt pas mal.

— Tu as fini ?

— Mais oui, ai-je ri, pour l'instant.

— Bien. Tu devrais vraiment garder tes envolées théoriques pour tes romans, là où je peux les annoter pour raison de bavardage et d'allusion excessive.

— Tu sais que tu n'es pas mon éditrice, j'espère ? Ou ta folie des grandeurs s'est encore développée ?

Nous avons poursuivi notre badinage pendant une demi-heure, après quoi je suis rentré me réfugier chez moi.

Un jogging à travers la ville ou un tour dans les montagnes m'auraient fait du bien, mais ces derniers temps, j'avais du mal à m'éloigner de mon téléphone, de mon ordinateur et d'un endroit isolé où je puisse gérer mon érection quotidienne pour Hannah.

J'ai essayé d'écrire. J'ai fini affalé dans mon fauteuil de bureau, le regard dans le vide. Plus ou moins à l'heure du dîner, j'ai envoyé un e-mail à Hannah.

Objet : *Vacherie*

Expéditeur : *Matthew S.*

Date : *Dimanche 30 juin 2013*

Heure : *19h37*

Salut Hannah,

J'ai aimé discuter avec toi hier soir. À l'avenir, tu devrais être plus prudente avec tes données personnelles. Nous, les prédateurs du web, nous nous nourrissons de ce genre d'éléments. Par exemple, maintenant que je sais que tu aimerais avoir le super-pouvoir de voler, je suis tout près de deviner où se trouve ton refuge secret.

Et j'ai envie de projeter plus que ma vacherie sur toi.

(Je me suis bien tenu hier soir. Maintenant, les paris sont ouverts.)

Téléphone-moi quand tu peux. Je m'ennuie.

Matt

Après avoir envoyé le message, j'ai erré dans mon appartement comme un zombie. J'ai considéré la quarantaine de Tupperware entassés dans le congélateur, tous étiquetés individuellement. Oui, ma petite amie avait non seulement cuisiné et congelé l'équivalent de deux mois de repas pour moi, mais elle avait prévu l'ordre dans lequel je devais les manger. J'ai pris ce qui ressemblait à des nouilles surgelées, périmées à la mi-juillet. Je les ai passées au micro-ondes pendant deux minutes. Le dîner mystère : du bœuf Strogonoff. J'étais toujours en train de pousser mon repas du bout de ma fourchette quand Hannah m'a envoyé un SMS.

9900 Sienna St. in Aurora. Nous avons une politique de la porte ouverte. Sauf ce soir, un ancien pote de lycée m'invite à sortir. Je garde mon téléphone sur moi. Super contente d'être rentrée chez moi !

Je l'ai appelée aussitôt.

— Salut ! a-t-elle répondu. (J'entendais un chien aboyer dans le fond, et des gens parler tous en même temps.) Non, je suis si...

— Mais qu'est-ce qui te prend ? ai-je grondé. J'ai du mal… à croire que tu aies pu m'envoyer ton adresse. Tu as perdu la tête ?

— Ah non, ne commence pas. Je ne veux pas de ta mauvaise humeur ce soir. Je suis hyper contente d'être chez moi, alors tu ne vas pas me jouer ton mal embouché un jour de fête. Allez !

— Hannah. (Ma voix tremblait de colère.) Tu ne me connais même pas.

— Je sais, ce n'est pas la première fois que tu me le rappelles. Ce n'est pas faute d'essayer.

— Peu importe. Je pourrais être n'importe qui. Tu ne peux pas distribuer ton adresse à des inconnus croisés sur Internet. Avec ce genre de comportement, on ne peut qu'attirer un accident grave. Images-tu à quel point ça me trouble ?

— Je commence à m'en faire une idée.

Elle a bâillé dans mon oreille. Quel diablotin…

— Heureusement pour toi, je ne suis pas un psychopathe, mais je…

— Oui, d'accord, Matt. J'ai compris. Je jure solennellement de ne plus jamais donner mon adresse à tous ceux que je croise sur Internet, patati patata. Mais c'est ma vie, c'est ma vie que je mets en *danger,* ou je ne sais pas quoi. Et je n'ai pas donné mon adresse au premier cinglé venu, d'accord ? C'est à *toi* que je l'ai donnée. C'est *toi* que j'ai envie de rencontrer.

Mes pas m'avaient amené au salon, où j'ai scruté mon portrait d'Hannah. Chaque fois qu'elle prononçait mon nom, un sentiment de satisfaction m'envahissait.

Mon Dieu, Matt… je le sens, je suis toute mouillée.

Comparés aux yeux dont je me souvenais d'après la photo d'Hannah, ceux de mon croquis étaient éteints. J'avais la possibilité de la rencontrer. De rencontrer ces yeux noirs malicieux.

J'ai jeté un œil à une photo encadrée au mur – le visage de Bethany et le mien écrasés l'un contre l'autre, tous deux souriant largement sur fond de Miami Beach. Bethany. Ma petite amie.

— Tu veux me rencontrer, ai-je répété en cherchant à éprouver l'incroyable impact de ces mots.

Je n'avais jamais ressenti de désir aussi vif de toute ma vie. Mon corps entier réagissait à l'idée d'avoir Hannah près de moi. Mon fantasme de la douche m'a traversé l'esprit.

— Oui, a dit Hannah. J'ai envie de te rencontrer. Cette idée me rend super nerveuse mais j'aimerais te rencontrer.

— Mais pas ce soir.

— Euh, non, malheureusement. Sauf si tu désires faire la connaissance de mon pote de lycée.

— Un garçon alors ?

— Oui, Matt, un copain. Un ami de sexe masculin. Ne te fais pas de fausses idées.

— Je ne m'en fais aucune, ai-je marmonné, mais lui peut-être. Il t'emmène où ?

— Je ne sais pas. Dans un bar. Je suis fauchée comme les blés, il m'invite.

— Super.

L'amertume me gagnait à toute vitesse. Hannah sortait dans un bar avec un ancien camarade véreux du lycée. D'après ce qu'elle m'avait raconté sur son adolescence, je savais que ses camarades de lycée n'étaient pas ce qu'on pouvait appeler de jeunes érudits. Plutôt des fanas de jeux vidéo et des rebuts du système scolaire.

— Essaie d'avoir l'air un tantinet content pour moi.

J'ai répondu d'une sorte de bruit. Hannah a gloussé. Putain, ce son. Pourquoi fallait-il qu'elle sorte avec un raté ce soir ? Pourquoi ne passait-elle pas sa soirée à haleter et à gémir dans le téléphone pour me faire jouir ? J'avais besoin d'un orgasme – avec elle. Terriblement besoin.

— Tu es mignon, tu sais, a-t-elle dit.

— Je préfère dire séduisant. Eh oui, je le sais.

— Ah ! snob aussi.

Derrière elle, quelqu'un répétait le nom d'Hannah en criant.

— Ça aussi, je le sais. On t'appelle.

— J'ai remarqué. Apparemment, le meilleur moyen d'attirer l'attention dans cette maison, c'est de faire l'enfant. Enfin bref.

Hannah s'est mise à l'écart et a repris en murmurant.

— Je te... je t'envoie un SMS en rentrant, d'accord ? Nous pourrons bavarder si tu es encore debout.

— Mmm.

— Et je... je porte un string en satin bleu clair, a-t-elle chuchoté.

J'ai soufflé en fermant les yeux. Tout a ralenti autour de moi.

— Bien, ai-je dit avant de raccrocher.

6
Hannah

Après ma brève conversation avec Matt, aller au Lot 49 avec Evan Rexer était la dernière de mes envies.

Ne nous méprenons pas, le Lot était un petit bar branché, et j'adorais la référence à Pynchon, mais après qu'Evan eut bu sa première bière, il m'est clairement apparu que Matt avait raison – Evan avait une *idée derrière la tête.* Il passait son bras pommelé de taches de rousseur autour de mes épaules à la moindre occasion, me serrant contre lui en frôlant mes seins « par inadvertance ». Dégueu. Même si Evan avait eu du charme, ce dont il manquait royalement, je n'aurais pas apprécié. Il était en surpoids, et sa barbe en broussaille m'évoquait trop nettement le corps velu de Mick. J'ai envoyé un bref message à Matt.

Hélas, je m'avoue vaincue… pour cette fois. Ce crétin ne pense qu'à me sauter.

La réponse de Matt ne s'est pas fait attendre.

Est-ce que ça va ?

J'ai rapidement renvoyé :

Très bien, juste énervée. J'ai hâte que la soirée se termine. Je ne voulais pas t'inquiéter.

Cette fois, la réponse de Matt a mis quelques minutes à m'arriver. En la lisant, j'entendais presque son timbre sarcastique, relevé d'un étrange mélange de colère et d'amusement.

Eh bien, je me suis inquiété. Tu vas devoir t'en remettre à moi. Envoie un SMS si tu as besoin d'un chauffeur, même si je ne te promets pas de te reconduire chez toi.

J'ai frissonné en rangeant mon téléphone dans mon sac. Une impression puissante, celle de savoir qu'il me suffisait d'appeler mon séduisant inconnu pour qu'il vienne me libérer de ce bar bondé et de cet excité boutonneux. Evan m'a pincé la taille. Je me suis écartée de lui en me tortillant.

— Tu m'as fait mal, ai-je grommelé.

Je doutais qu'il m'ait entendue avec la musique forte et déformée que jouait un groupe. J'ai soupiré et siroté mon Long Island. L'alcool me faisait tourner la tête, probablement parce que j'avais le ventre vide. Dès notre arrivée à la maison, après avoir embrassé mes parents, mon frère et le chien, je n'avais fait que traîner ma déprime de pièce en pièce.

Retourner vivre chez ses parents à vingt-sept ans, ce n'était pas glorieux. Je n'avais pas assez d'argent de côté pour me prendre un appartement. Ma mère m'avait promis de me déléguer une partie de son travail de retranscription et de me payer au noir le temps que je retombe sur mes pieds. Si j'appréciais son geste, et que j'apprécierais encore plus cette rentrée d'argent, c'était un sale coup pour ma fierté. Était-ce réellement ma vie ? Comment avais-je pu décrocher mon bac avec félicitations, puis une bourse d'études supérieures, et retourner chez mes parents pour taper des rapports médicaux ?

J'ai reconnu la chanson qui dominait les éclats de voix dans le bar. Le groupe faisait une reprise presque acceptable de « Jigsaw Falling into Place[1] ».

— Parfait ! me suis-je exclamée en riant.

J'ai terminé mon verre d'une généreuse gorgée.

— Quoi ? T'en veux un autre ? a crié Evan.

— Non ! Je vais danser.

— Ah…

Devant sa mine défaite, j'ai failli être désolée pour lui. Je savais qu'Evan ne me rejoindrait pas sur la piste. Il était du genre à jouer à *Donjons & Dragons*, et à se déguiser pour l'avant-première du dernier *Star Trek*.

— Je vais terminer ma bière ! a-t-il crié.

Je suis descendue de mon tabouret haut et je me suis fondue dans le petit groupe qui dansait devant la scène. Les musiciens et quelques danseurs ont coulé des regards avides dans ma direction, mais j'ai fermé les yeux et je les ai ignorés. J'adorais cette chanson. Quand le tempo s'est accéléré, je me suis mise à danser. J'ai levé les bras en l'air. Ma jupe froissée à volants est remontée sur mes cuisses au moment où j'ai tourné sur moi-même. Mon esprit a vagabondé jusqu'à Matt. Il me manquait. Je ne savais pas trop comment

1. « Les pièces du puzzle s'emboîtent. »

quelqu'un que je n'avais jamais vu et avec qui j'avais discuté quelques heures plus tôt pouvait me manquer, mais c'était le cas. J'avais envie qu'il soit là. Je voulais qu'il danse avec moi, sentir ses mains sur mon corps et sa voix dans mon oreille. Notre projet d'écriture me manquait aussi. Écrire avec Matt était devenu le point culminant de mes journées, et bien que l'intrigue fût plutôt kitsch, ça me poussait à me dépasser. Mon style était maladroit comparé au sien, je bloquais sur les nuances du langage et la syntaxe ; je retournais chaque mot dans tous les sens. La prose de Matt était naturellement fluide. Il s'appropriait les mots sans crainte, que ce soit sur un ton familier ou soutenu, et n'hésitait pas à sacrifier les règles de grammaire au profit d'une tournure de phrase. Et pourtant, il était calé en grammaire. Une fois, il a attiré mon attention sur mon « emploi abusif et chronique de l'apostrophe » en me critiquant d'un ton cinglant.

— Et ton « emploi abusif » des phrases tronquées, alors ? ai-je rétorqué.

— C'est délibéré, a-t-il répondu. Aucun rapport avec ce que tu fais – des maladresses. Tu connais sûrement les œuvres surréalistes de Picasso, mais as-tu déjà vu *Science et Charité ?* L'art n'est pas un assemblage accidentel. Il faut maîtriser les règles avant de prétendre les enfreindre.

J'ai souri en roulant de plus en plus lentement des hanches, pour m'arrêter à la fin de la chanson.

Nous avons quitté le bar vers 22h30, surtout parce que je me suis inventé des crampes. Evan divaguait sur les jeux en ligne. Il a essayé de me prendre la main en traversant la rue, mais je me suis rapidement dégagée.

— Franchement, Evan... ai-je soufflé.

J'étais sur le point de m'emporter quand quelque chose a attiré mon regard. Quelques mètres plus loin, presque en face du Lot, la silhouette d'un homme de grande taille s'est révélée sous un lampadaire. Il se tenait de biais et avait une laisse à la main. Au bout de la laisse se trouvait une petite boule de poils avec de grandes oreilles.

Evan a pouffé de rire.

— Oh non, a-t-il dit en me soufflant son haleine chargée de bière au visage. Ce type promène un lapin, ou je rêve ? Tu parles d'une tarlouze.

J'ai pivoté pour me diriger vers l'homme qui m'ignorait. Même quand j'ai traversé la pelouse. Même alors que je l'observais ouvertement. Il avait les cheveux châtain clair, négligemment ébouriffés, et portait un tee-shirt gris près du corps et un jean. Ce garçon savait choisir ses jeans. Le tissu délavé soulignait ses cuisses fines et son derrière étroit, et a priori, la taille basse recouvrait à peine son bas-ventre. Son beau visage était rasé de près. Je l'ai examiné de la tête aux pieds, de ses tongs à ses cheveux.

Putain, j'espère que Matt est aussi renversant.

Mais ça ne pouvait pas être Matt. Aucune chance. Je le connaissais peut-être mal, mais j'étais en mesure d'affirmer qu'il n'était pas du genre à avoir un lapin domestiqué, et encore moins à l'emmener en balade en pleine nuit attaché à un...

— Minuscule harnais, ai-je bredouillé, le regard rivé sur le lapin.

Hyper chou. J'en oubliais l'attrayant jeune homme et le charme niais de la scène. L'animal, à lui seul, était adorable. Il était de la taille d'un ballon de football. Il avait de grands yeux ronds noirs, et sur sa fourrure, ses poils noirs dessinaient une sorte de smoking. L'homme gardait le regard perdu dans le vide. Zut, ce salopard ne m'accordait pas un seul coup d'œil. Le lapin a sautillé vers ses pieds.

— Désolée, je… je lui ai fait peur ?

L'homme a serré les dents. Il a hoché la tête de manière presque imperceptible. Son regard était accroché à un graffiti sur un mur comme si sa vie en dépendait. Hésitant, Evan restait en retrait sur le trottoir, manifestement intimidé par le jeune Adonis et son lapin.

— Il est trop craquant, ai-je susurré en m'accroupissant près du lapin. Je peux le caresser ? Sans lui faire peur ?

L'homme ne bougeait pas. À quoi jouait-il ? Peut-être était-il complètement déchiré. Quand j'ai tendu la main vers l'animal, il s'est couché sur le sol en se faisant petit. Finalement, l'homme s'est baissé pour prendre le lapin effrayé dans ses bras. Il l'a serré contre son ventre en lui caressant la tête et les oreilles. J'ai souri. Comme je restais immobile, les yeux noirs de l'inconnu se sont brièvement posés sur moi. Il affichait un petit sourire suffisant. Lorsqu'il a pris mon poignet, je l'ai laissé guider ma main sur le corps du lapin.

— Il est tout doux, ai-je murmuré.

Je fixais les longs doigts de l'homme sur les miens. L'alcool devait me faire de l'effet ; mon bras a frissonné de désir. J'avais envie de me pencher pour sentir son parfum frais. De poser les mains sur son torse.

J'ignore combien de temps je suis restée accroupie là, avec sa main sur la mienne et le corps chaud du lapin sous ma paume. Le va-et-vient des caresses me détendait entièrement.

De son côté, le jeune Adonis, était de plus en plus tendu, si bien que je l'ai cru sur le point d'exploser. Mais sa main sur la mienne était tendre. Les muscles sinueux de son avant-bras étaient contractés et remontaient jusqu'à sa belle gorge. Il m'effrayait. Je le désirais.

Avec un sentiment de culpabilité, je me suis souvenue que Matt attendait que je l'appelle en rentrant. Je me suis écartée juste au moment où l'homme s'est relevé. Nous avons pris nos distances en titubant. Il s'est éloigné d'un pas précipité et a disparu au coin de la rue. J'ai dit au revoir à son dos. Même sa démarche, pareille à celle d'un prédateur en chasse, était sexy. Étourdie, j'ai reporté mon attention sur Evan.

— Il te plaît, le charmeur de lapin ? a-t-il demandé en passant son bras potelé autour de ma taille.

— Evan, va te faire foutre.

J'ai repoussé Evan avant de m'enfuir, tout en cherchant mon téléphone dans mon sac et en essayant de héler un taxi sans grande conviction. Je savais que je pouvais appeler Matt, mais soudain la ville me semblait immense et anonyme, et l'idée de rencontrer cet inconnu exigeant me terrifiait. De plus, j'étais toujours sous le coup de l'étrange moment que je venais de passer avec ce garçon, devant le bar. Pourquoi cette rencontre silencieuse me pesait-elle autant ? Pourquoi n'avait-il rien dit ? Pourquoi s'était-il obstiné à éviter de me regarder ?

Quand un taxi s'est arrêté devant moi, je l'ai accueilli avec soulagement.

Une fois chez moi, j'ai constaté que mon père avait déjà installé mon lit dans une pièce du sous-sol. J'étais donc officiellement devenue la squatteuse du sous-sol. J'imagine que je ne pouvais pas m'en plaindre. Le sous-sol était aménagé et, pendant l'été, j'y serais au frais, sans parler de l'intimité que j'y trouverais. Pour l'instant, la chambre était encore triste et impersonnelle. Dès le réveil, j'entreprendrais de déballer mes livres. Avec des livres, on peut égayer n'importe quel endroit. Je me suis affalée sur le lit et j'ai composé le numéro de Matt. Pas de réponse. J'ai laissé passer vingt minutes avant de rappeler. Pas de réponse.

Tu me manques, Matt.

J'ai envoyé ces mots et fixé le plafond. *La solitude n'existe pas,* me suis-je dit. J'avais une boule dans la gorge.

Si la solitude n'existait pas, quel était ce sentiment qui m'oppressait ?

7
Matt

Viens chez moi. Je passe te prendre. J'ai besoin de toi.

J'ai regardé le message que je venais de composer. Je l'ai effacé. Je l'ai réécrit, et encore effacé. Je n'arrivais pas à réfléchir.

J'ai traversé fiévreusement mon appartement en ôtant mes vêtements, baissant mon jean et mon caleçon pour dégager mon érection.

— Hannah, mon Dieu, Hannah, ai-je murmuré.

J'emplissais les pièces de mon appartement de mes plaintes tourmentées. Je me suis tiré les cheveux, juste pour sentir la douleur, debout dans la cuisine plongée dans l'obscurité. J'ai tendu les bras de part et d'autre de l'encadrement de la porte de ma chambre.

Je savais déjà que j'allais la voir. Que je la verrais ce soir.

Et tandis que j'arpentais l'espace, rongé par le tourment, une partie de moi était restée paralysée sur la pelouse en face du Lot 49. Qui sait ce que je faisais là, en pleine nuit, avec mon lapin ?

Je croyais avoir plusieurs heures à tuer avant qu'Hannah ne m'appelle.

J'avais installé le petit harnais et la laisse sur Laurence, et je l'avais porté jusqu'à l'espace vert le plus proche, où je l'avais laissé faire un peu d'exercice – et c'est là que je l'avais vue. Elle dansait. À travers la devanture vitrée du Lot 49, elle apparaissait et disparaissait dans la foule de la piste de danse. Les mains en l'air. Ses longues boucles brunes reconnaissables entre toutes fouettaient son dos et sa jupette tournoyait autour de ses hanches. Son beau visage était tourné vers le ciel, ses yeux fermés. Avait-elle le même visage quand elle jouissait avec moi ?

Hannah.

J'étais incapable de m'en aller. Incapable de détourner le regard. Je me laissais absorber par l'image de ses cuisses puissantes, de sa taille toute fine et de ses fesses rondes. Quelles étaient les chances qu'elle se rende dans ce bar, à quelques pas de chez moi ? Je l'ai perdue de vue dans l'endroit mal éclairé. Hannah dans son string soyeux, à quelques pas de moi. J'étais pris du désir de tenir ce sous-vêtement entre mes doigts. J'avais besoin d'un contact intime. Cette idée suffisait me faire frémir malgré la chaleur de cette nuit d'été. J'ai sombré dans le fantasme et, tout à coup, la voix d'Hannah, douce et familière, s'est adressée à moi. Je n'osais pas parler, de crainte qu'elle reconnaisse ma voix. J'osais à peine la regarder. Mes yeux auraient clairement révélé mon identité. Et cette proximité. Nos genoux se cognant. Je sentais son pouls à son poignet. Je voyais sa poitrine se soulever sous son débardeur ample à perles. Rien d'autre n'existait plus. Le monde se résumait à moi et à Hannah et à l'électricité qui passait entre nous. Je voyais qu'elle le sentait à ses sourcils froncés. Ce n'est qu'en faisant appel à toute ma volonté que j'avais réussi à ne pas dire son nom – et à ne pas la prendre dans mes bras quand elle s'est penchée vers moi. Que m'arrivait-il, à la fin ?

Mon membre était déjà suffisamment tendu pour percer un trou dans la cloison. Au lieu de ça, j'ai fumé une cigarette en me concentrant sur la photo de Bethany et moi à Miami Beach. Je me suis obligé à la regarder longuement. Sans me chercher d'excuses. Après tout, je pouvais me dire tout ce que je voulais à propos de Bethany – qu'elle était étouffante, qu'elle était comme une deuxième mère, qu'elle me harcelait sur mon travail d'écriture plus que dix Pam réunies – rien ne justifierait ce que je m'apprêtais à faire. À une époque, j'avais voulu Bethany. Assez pour l'inviter à venir vivre chez moi, et pour partager sa vie pendant deux ans. Mais je voulais Hannah plus fort, et il n'y avait rien à ajouter.

J'ai pris une longue douche, mes valseuses congestionnées me faisaient souffrir le martyre. Je ne me suis pas parfumé. Je me suis brossé les dents, séché les cheveux à la serviette et j'ai pris tout mon temps pour m'habiller, jetant finalement mon dévolu sur un jean foncé et un tee-shirt noir à encolure en V. Je croisais mon regard dans le miroir à la moindre occasion.

Tu es en train de le faire. Tu la désires. Tu la prends.

J'ai fait les cent pas dans le but de recouvrer mon calme. Plus que tout, je tenais à être l'homme tranquille et assuré qu'Hannah avait rencontré par téléphone, à l'époque où tout cela n'était encore qu'un petit jeu anodin. À l'époque ? Un jour en arrière. Merde. Comment les choses s'étaient-elles emballées aussi vite ?

Le temps que je quitte le parking au volant de ma voiture, il s'était écoulé une heure et demie. Hannah avait appelé deux fois et envoyé un message.

Tu me manques, Matt.

Je n'arrivais pas à trouver une seule chanson que j'aie envie d'écouter. J'ai conduit sans musique et tué une autre demi-heure à rouler dans les rues familières de Denver. Me donnais-je le temps de changer d'avis ? Si je devais le faire, autant être certain de ne pas commettre une erreur. Je refusais de faire d'Hannah une erreur.

À minuit et demi, j'ai entré l'adresse d'Hannah dans mon GPS et quitté la ville avec une pointe de regrets. L'atmosphère froide de Denver était peut-être tout ce qui avait empêché le tourbillon de mes émotions de prendre le dessus. Le désir. La colère. La confusion. La peur.

J'ai facilement localisé son domicile. La rue était sombre. D'après ce que je voyais, la maison était ancienne et vaste, bâtie dans le fond d'un grand jardin et entourée d'arbres. J'ai coupé le contact. Voilà que je me trouvais super flippant, garé devant la maison d'Hannah sans y avoir été invité. Mais elle souhaitait me rencontrer. Et je lui manquais. Et elle avait parlé de leur politique de la porte ouverte qui, je l'espérais, n'expirait pas à minuit. Ce n'est qu'alors que j'ai craint qu'Hannah dorme déjà. Les lumières de la maison étaient éteintes. Comme celles de la plupart des autres résidences de la rue. En plus, elle avait eu une longue journée. Je pensais à Hannah dans son lit. Hannah couchée sur le dos, endormie dans sa nuisette et son string, ses magnifiques seins se soulevant lentement, ses jambes repliées et écartées. Ou Hannah sur le ventre, avec son derrière en l'air, en forme de cœur.

Je pourrais grimper sur elle, la réveiller d'un baiser. Frotter mon corps contre le sien. J'ai senti un élancement entre mes jambes. J'ai baissé les yeux vers mon sexe.

— T'emballe pas, ai-je grommelé.

Putain… c'était ça, ma vie ? J'en étais à traquer une fille rencontrée sur Internet, garé devant chez elle à minuit, tout en parlant à ma queue ? J'ai baissé le rétroviseur pour me regarder dans le miroir. Mon reflet m'a fait rire. Même si je flippais, j'avais la même tête que d'habitude : l'air las, troublé, furieusement impatient. Et cent pour cent salopard. J'ai adressé un petit sourire à mon image.

— Très bien, ai-je dit. Message reçu.

J'ai pris mon téléphone et envoyé un message à Hannah.

8

Hannah

J'avais du mal à trouver le sommeil. J'étais fatiguée et sur les nerfs en même temps. Comment était-ce possible ? Je m'étais levée encore au beau milieu de la nuit, et j'avais emmené Wyoming faire une grande balade en voiture avant de boucler ma soirée par un Long Island super costaud. J'aurais dû m'endormir à peine couchée.

Matt ne répondait pas au téléphone. Et il y avait aussi cette étrange rencontre, devant le bar. Qu'on me traite de folle, mais tandis que je me retournais pour la centième fois dans mon lit, je commençais à sentir que le choc de cette vive attirance me libérait de l'envoûtement de Matt. Au risque de me répéter et qu'on me traite de folle.

Pourtant, ça m'ennuyait. Le bar ne manquait pas de garçons charmants, et plus d'un m'avait regardée avec insistance, mais ils ne m'intéressaient pas. Je voulais juste danser et penser à Matt. Matt qui m'observe, Matt qui me touche, Matt qui murmure à mon oreille. Putain. Personne ne m'avait jamais fait frémir de désir comme Matt avec sa voix – jusqu'à ce que je ressente exactement la même chose face à cet inconnu devant le bar. Donc ça ne provenait pas d'un truc spécial lié à Matt. Ni de Matt et moi, ensemble, d'une alchimie démente. C'était juste parce que j'étais bouillante. C'était insupportable de déprécier cet état particulier… ce que je ressentais quand la voix de Matt faiblissait dans l'urgence…

Il le faut. C'est plus fort que moi. Hannah… Mon Dieu, vas-y. Jouis avec moi.

Je me suis redressée et assise sur mon lit, j'ai consulté ma boîte mail. Rien. J'ai lancé mon navigateur. Quelle était cette phrase bizarre que Matt avait prononcée au téléphone ? *Optima…* quelque chose. Il avait dit que c'était du latin.

J'ai lancé « optima expressions latin » sur Google.

Trouvé : *Optima dies. Optima dies, prima fugit.* Les jours les plus heureux sont les premiers à s'envoler.

Mes yeux commençaient à me piquer. Pourquoi dire ça ? Pour me mettre la puce à l'oreille ? Avait-il depuis le début l'intention de se débarrasser de moi comme d'une mauvaise habitude dès que je serais dans le Colorado ? Les jours les plus heureux… les premiers à s'envoler.

Matt avait dit qu'il avait peur de me savoir à proximité. Il m'avait interdit de faire des projets. Soudain, j'ai su que c'était fini. Quelle qu'ait été notre relation – notre flirt absurde– c'était terminé.

J'ai lu la page web. C'était une citation de Virgile, vulgarisée par l'exergue de *Mon Ántonia* de Willa Cather. Cather… ce nom me disait quelque chose. Après m'être creusé les méninges pendant quelques minutes, j'ai tapé « M. Pierce épigraphes » dans Google.

Je le savais. Il avait mis en exergue de *The Silver Cord* une citation de Willa Cather : « Quoi que nous ayons raté, nous possédions en commun le précieux, l'incommunicable passé. » Elle était extraite du roman, *Mon Ántonia*. Troublante coïncidence. Matt aimait-il lire Virgile ou Willa Cather ? Ou les deux ? À l'évidence, il lisait beaucoup. Et grâce à notre projet d'écriture commun, je savais également qu'il aimait écrire.

Lorsque mon téléphone a sonné, j'ai sursauté. Mais qui m'envoyait un message à 1h du matin ? Ça, c'était ma première pensée. La seconde : Pourvu que ce soit Matt.

Va dehors.

La gorge nouée, j'ai dégluti. J'étais paralysée. Dehors… ? Mon Dieu !

Matt était dehors. Soit il était dehors, soit il m'ordonnait d'avoir un orgasme sur le gazon devant la maison. Putain. Matt était devant chez moi, c'était clair. *Bordel.* Fais marcher ta tête !

Je me suis péniblement hissée hors du lit et j'ai titubé vers la porte. Je portais un boxer-short qui me couvrait à peine les fesses, et une nuisette en dentelle blanche renforcée sous la poitrine. Oh, et le string en satin bleu parce que, c'était pathétique, mais je tenais à le porter quand Matt me rappellerait. J'ai attrapé un vieux manteau de mon père que j'ai enfilé avant de sortir par la porte coulissante de la véranda.

Bordel. Matt était venu. Il était là. J'étais sur le point de faire sa rencontre. Et s'il était moche comme un pou, que trouverais-je à dire ? *Euh… salut… bon, je vais aller me coucher.* Un plan d'enfer. Et bravo pour ta légèreté, Hannah.

J'ai contourné la maison en pilotage automatique. Je voulais découvrir Matt avant qu'il ne me voie. C'était facile étant donné qu'il tournait le dos à la maison, les mains en appui sur une Lexus noire. Putain de merde.

Un vrai cliché. Voiture noire, homme étrange, milieu de la nuit. Il allait me kidnapper. J'allais devenir un sujet d'actualité, de ceux dont on dit : « Je suis désolée pour cette fille, mais elle l'a bien cherché. » Cherchais-je les ennuis ?

Ce soir, les ennuis étaient incarnés par un corps harmonieux près d'une belle voiture garée devant ma maison, qui m'attendait. Je n'éprouvais pas la moindre peur. Juste de l'allégresse à l'état brut. Le charme n'était pas rompu. Au diable le canon du bar. Matt était là, et je n'avais pas encore vu son visage que je mouillais déjà.

J'ai traversé le jardin en trottinant, incapable de forcer mes pieds à ralentir. Mes seins rebondissaient dans le mouvement. Les joies du bonnet E.

— Matt ! ai-je crié.

Il s'est retourné. Je ne vois pas grand-chose sans mes lunettes, mais j'ai immédiatement compris qui j'avais en face. Le mec au lapin. Le jeune Adonis. Le type devant le bar. J'ai ralenti le pas. J'avais du mal à absorber l'information. M'avait-il… suivie jusque chez moi ?

Il s'est avancé, s'éloignant de la voiture, me dévorant de ses yeux noirs. Il a surgi devant moi en une longue enjambée. Le mec au lapin. C'était Matt. Le jeune Adonis. L'homme que je désirais.

— Oui, a-t-il dit comme s'il avait lu dans mes pensées. C'était moi, devant le bar. Par hasard, une coïncidence.

Pour autant que ça semble improbable, dans la réalité, sa voix était encore plus sexy qu'au téléphone.

Il m'a attirée contre lui, enlevant le manteau de mes épaules. Qui est tombé dans l'herbe. Mon Dieu, c'était bien réel.

— Matt, ai-je murmuré.

Il s'est plaqué contre moi. J'étais exagérément consciente de la pointe durcie de mes seins contre son torse. Comme il me dépassait d'une tête, il a naturellement calé son menton sur mes cheveux. J'ai passé les bras autour de sa taille. Je sentais vivement les muscles, la chaleur de son corps élancé, les battements accélérés de son cœur. J'avais l'impression que je risquais de m'évanouir si je le lâchais.

— Hannah, a-t-il dit dans un râle.

Il explorait mon corps d'une main virile, me retenant fermement de l'autre. Même si j'en avais eu envie, je n'aurais pas pu m'enfuir. Cette prise de conscience – ainsi que la force de Matt– m'a fait trembler d'excitation. Il n'était pas timide.

Je ne serais pas tendre, avait-il affirmé au téléphone. Il n'avait pas menti. D'un geste brusque, il a parcouru mon dos, puis mes fesses qu'il a serrées et pelotées. Sa respiration était de plus en plus saccadée à mesure qu'il me touchait. Brusquement, il a tiré sur mon petit boxer-short d'un coup sec pour le coincer dans ma fente – la culotte qui rentre dans les fesses dans toute sa splendeur – et a claqué mes fesses nues.

— Ouille, ai-je fait dans un souffle.

Je me suis balancée entre ses bras. La vache, il était déjà en érection ?

Bougez, mes mains, bougez ! J'avais envie d'être à la hauteur de son désir ardent ; de l'agacer du bout des doigts, de trouver le courage de toucher son érection. Au lieu de ça, je miaulais comme un chaton, accrochée à lui.

— Ma f... famille, ai-je articulé tandis que ma bouche déposait une tache humide sur son torse.

Son tee-shirt était si doux et son torse si ferme. Mais si quelqu'un de ma famille jetait un coup d'œil par la fenêtre de devant, il aurait une belle vue sur mes fesses nues (et sur un étranger en train de les caresser).

— Oui... ? a murmuré Matt à mon oreille. (Je la retrouvais enfin – sa voix cruelle et douce. Si le diable avait une voix, elle ressemblerait à celle de Matt. J'avais les jambes en coton.) Tu crois qu'ils nous observent ? Et les voisins ?

Pendant qu'il parlait, Matt remontait mon petit short de plus en plus haut dans la raie de mes fesses. Il faisait tout pour me mettre mal à l'aise. Et ça me plaisait.

— Je l'espère bien, a-t-il poursuivi. Tu le mérites, Hannah. Tu mérites d'être humiliée pour te punir de me rendre complètement dingue. Imagines-tu à quel point ?

Pour la seconde fois, le plat de sa main a durement frappé mes fesses.

— Oh ! ai-je grogné en me plaquant contre lui.

— Putain, a-t-il dit d'une voix rocailleuse. Montre-moi tout. Vas-y, montre-moi.

Sans attendre ma participation – ce qui était aussi bien étant donné que je semblais incapable du moindre mouvement – Matt a remonté ma nuisette d'un coup sec, faisant jaillir mes seins lourds du bustier. J'ai senti ma peau s'électriser. Je savais que j'avais pris une couleur rouge vif. Matt m'a fait pivoter sur moi-même, coinçant mon dos contre son torse, et mes fesses contre son bas-ventre. Oui, il était bel et bien dur comme du marbre dans son jean. Son membre était comme happé entre mes fesses.

Quand il a commencé à me caresser les seins, en gémissant doucement, je me suis tortillée.

— Maintenant, tout le monde peut te voir, a-t-il chuchoté, son souffle balayant mon oreille. Tous ces gens dans ces maisons. Que vont-ils dire ? (Il a ricané.) « Regarde cette petite salope, ils vont dire, regarde comme elle laisse cet homme lui faire des choses dégoûtantes sur le trottoir. »

J'ai gémi. Sans grande conviction, j'ai levé les bras pour cacher mes seins, mais Matt a repoussé mes mains. Il a pris mon sein en coupe, en a pincé la pointe, l'a tordue du bout des doigts. Haletante, j'ai laissé ma tête rouler contre son épaule. Mes bras sont mollement retombés le long de mon corps.

— C'est bien, Bébé, laisse-toi aller. Tu aimes ça. Je sais que ça te plaît.

Ses mains massaient ma poitrine, sa paume et ses doigts effleurant mes mamelons. Je me contractais chaque fois qu'il touchait les pointes sensibles. Il avait raison, putain, il avait raison. L'idée que l'un de mes voisins puisse être en train de regarder Matt me brutaliser m'excitait malgré moi. Je me suis léché les lèvres. J'avais l'impression d'avoir la bouche pleine de sciure de bois. Je devais réagir, ne serait-ce que pour lui faire part de ce que j'en pensais.

— J'aime ça, ai-je murmuré d'une voix rauque. Ça me plaît… encore. Matt, s'il te plaît.

Matt a brusquement faibli. Son étreinte ferme s'est relâchée, et ses gestes possessifs se sont adoucis. Ses mains caressaient mon ventre à présent. Il s'est penché pour embrasser la commissure de mes lèvres. Une vive étincelle de désir m'a traversée au contact de sa bouche. Ma langue a dardé entre mes lèvres pour partir à la découverte des siennes. Allez, donne-moi plus…

— Je sais, a-t-il dit. Je sais ce que tu veux, et je ne veux pas te partager avec tout le voisinage.

J'aurais pourtant juré le contraire. Aucune réponse n'a franchi mes lèvres.

— Une autre fois, je te donnerai envie de demander. Je t'obligerai à le dire, à me supplier. Mais, Hannah… (Sa voix a faibli. Merde, j'adorais ça.) J'ai besoin de ça aussi.

Matt a lentement tendu le bras pour ouvrir la portière arrière de sa voiture.

— Après toi, petit oiseau. Mets-toi à quatre pattes. Je vais te prendre par-derrière.

J'ai avalé ma salive. Comment pouvait-il être aussi cru et irrésistible à la fois ?

Je n'ai pas hésité – mais j'aurais pu. J'aurais pu rentrer chez moi. Matt ne me contraignait pas. Il ne me touchait même pas. Malgré sa force et son insistance, il me laissait entièrement libre de décider de la suite.

Je l'ai frôlé en montant dans l'habitacle frais tout en cuir, tout en luttant pour contrôler mes tremblements. Matt était juste derrière moi. Je sentais presque son regard sur mes fesses.

La voiture, exagérément spacieuse, sentait le neuf. Matt a refermé la portière derrière nous. Je me suis agenouillée au-dessus de la large console centrale, les genoux d'un côté, les mains de l'autre, et j'ai jeté un timide coup d'œil par-dessus mon épaule. Je suis restée bouche bée. Matt baissait son jean, juste assez pour dégager sa queue. J'ai forcé sur mes yeux le temps qu'ils s'adaptent à l'obscurité. Quand il l'a libérée, j'ai dû émettre un son puisqu'il a brusquement levé les yeux vers moi. Il m'a adressé son petit sourire suffisant.

— Ça te plaît ? a-t-il chuchoté.

Mes yeux sont revenus sur son sexe malgré moi. Oui… s'il te plaît. Je n'ai rien pu faire de mieux que hocher la tête en voyant Matt se caresser, promener lentement sa main sur son membre large et d'une longueur intimidante. Son regard brûlant guettait ma réaction.

— Regarde autant que tu veux, a-t-il dit à voix basse. C'est pour toi que je bande. Je t'ai vue danser, Hannah. Au bar. Quand danseras-tu pour moi ? Quand m'offriras-tu un spectacle ?

J'ai laissé retomber ma tête en expirant. Mes longues mèches bouclées se sont étalées sur la banquette.

— J'ai envie de toi, ai-je dit dans un souffle.

Il a baissé mon minuscule short jusqu'à mi-cuisses. Je l'ai entendue prendre une inspiration. Évidemment, j'avais toujours mon string.

— Tu es vilaine, petite cochonne. (Dans un gémissement, il a écarté mes fesses en les malaxant.) Tu es parfaite. Regarde ça.

J'ai écarté les genoux au maximum, et constaté avec satisfaction que mon geste le faisait gémir. Il succombait.

Il a posé un doigt sur mon sexe, enfoncé le string en satin en moi, me faisant rouler des hanches pour mieux accueillir son doigt.

— Putain, Hannah…

Il a commencé à fouiller dans sa poche. Un préservatif, ai-je compris.

— Non, je… ai-je bredouillé. J'ai un stérilet, je…

J'avais envie de sa peau. Que Matt me donne ça, maintenant, fougueusement. J'aurais voulu être capable de le lui dire, mais toutes mes forces me servaient à me retenir de baver.

Clignant des yeux, Matt m'a regardée. En un seul geste, il a tiré sur mon string et s'est placé au-dessus de moi. J'ai su qu'il allait me pénétrer quand j'ai senti son gland contre mes lèvres, tandis que sa main s'empressait de guider son sexe vers mon intimité.

— Ah, mon Dieu ! me suis-je écriée quand il m'a violemment prise, s'enfonçant jusqu'à la garde.

J'étais tellement étroite pour lui, ou lui tellement gros pour moi, ou bien les deux, que j'avais l'impression qu'il risquait de me déchirer. Matt a poussé un gémissement rauque quand il m'a pleinement pénétrée.

— Hannah ! Putain, Hannah…

Il répétait mon nom à l'infini, en même temps qu'un chapelet de jurons. Une main plantée sur la banquette, l'autre tenant mon sein, il me baisait. Chaque fois qu'il allait en moi, ses doigts pressaient mon sein. Et pendant tout ce temps, il disait des cochonneries. Chaque coup de boutoir m'emmenait plus loin. Il me disait que je mouillais pour lui, toute serrée. Que c'était presque douloureux. Il me disait que j'avais besoin de bien me faire baiser et que j'étais sienne – sa salope, son bébé – que je le faisais tellement bander qu'il n'arrêterait jamais de me baiser.

J'avais envie d'imiter les mouvements de son bassin, mais l'exiguïté de l'endroit et la pression de ses hanches me clouaient sur la console. Mon clitoris frottait même contre le bord arrondi.

J'ai commencé à me tortiller – entre la queue de Matt et la console.

— Oh, mon Dieu, Matt, je…

Plus tard, j'aurais tout le temps de rougir de honte à l'idée d'avoir niqué avec un accessoire de la voiture de Matt à cent mille dollars. Dans l'immédiat, Matt ne valait pas mieux que moi.

— J'ai besoin de jouir, a-t-il geint. Bébé, je veux jouir.

— Vas-y, ai-je haleté.

Son simple aveu a fait monter mon excitation d'un cran. Mon intimité le serrait et inondait son sexe. Il a tremblé en se plaquant tout contre mes fesses, s'enfonçant encore plus pour jouir tout au fond de moi.

La réalité s'est évanouie. Des filets de sueur coulaient de mon menton sur le siège.

Une fois le plaisir consumé, je me suis effondrée sur la console et je suis restée là le temps de reprendre mon souffle. De ses mains puissantes, Matt m'a attirée sur ses genoux. Ses bras m'ont enveloppée. Je me suis blottie contre lui sans me soucier de mes vêtements entortillés.

— Petit oiseau. (Il a déposé un baiser sur le dessus de ma tête.) Mon petit oiseau.

J'avais enfin retrouvé mes capacités motrices, même si la parole continuait à me faire défaut. J'ai caressé son torse, embrassé son cou. Je respirais son odeur rafraîchissante.

Petit oiseau, m'appelait-il. *Son* petit oiseau. Et d'une certaine façon, ça me donnait l'impression d'être ce qu'il y avait de plus précieux au monde.

9

Matt

Hannah tirait sur le bas de son short pendant que la clim désembuait les vitres. Derrière ma provocation, j'espérais vivement qu'aucun des voisins d'Hannah n'ait assisté à notre performance. Nous pourrions être traînés en justice pour outrage à la pudeur. Ça ferait bizarre. Pire que tout, l'idée qu'un autre homme voie le corps d'Hannah me faisait monter le sang à la tête. Je n'aime pas partager. Ce qui me plaisait, c'était d'humilier Hannah. Quand je l'avais mise à nu, et qu'elle ne savait plus où se mettre, j'avais adoré ça.

— Ça m'ennuie de te dire ça, ai-je fait remarquer en la regardant brièvement triturer son short, mais je ne vois pas comment ce boxer pourrait protéger ta pudeur. Laisse tomber.

J'ai remonté son minuscule short en haut de ses cuisses. Ma main s'est perdue entre ses jambes, jusqu'à son minou encore gonflé d'excitation. Hannah a écarté les jambes à mon contact. Putain, j'étais prêt à recommencer, tout de suite. Encore et encore. Tout pourvu que mon corps enflammé trouve un peu d'apaisement.

— J'avais cru que j'aurais les idées plus claires après t'avoir baisée, ai-je avoué. (Je regardais obstinément droit devant tandis que je caressais son intimité à travers le tissu.) C'est raté. Tu as l'intention de communiquer avec moi dans les minutes qui viennent ? J'ai tendance à laisser les femmes sans voix mais là, c'est trop.

Je lui ai adressé un grand sourire. Elle fixait ma main. D'un geste hésitant, elle a caressé mon avant-bras du bout des doigts. J'ai serré les dents. Elle ignorait l'effet que sa main avait sur moi.

— C'est… dur, a-t-elle dit dans un soupir. Sans blague. Dur de parler avec toi si tu… me fais ça.

— Désolé. (J'ai retiré ma main pour la poser fermement sur le volant.) Voilà.

Du coin de l'œil, je voyais qu'Hannah m'observait.

— Bon, a-t-elle dit en riant, le souffle court, c'est peut-être tout simplement difficile de te parler alors que tu es juste là.

— Essaie. Je ne suis pas dans ta tête.

— Très bien. Euh… (Elle a posé le doigt sur les commandes du tableau de bord.) Sophistiqué… tu dois pouvoir voler jusqu'à la lune dans cette voiture, non ?

— Pas tout à fait, ai-je répondu en gloussant. Mais tu peux commander un massage, régler la température de chaque siège, réserver des places de cinéma et une table au restaurant, obtenir un itinéraire et… (j'ai ouvert Pandora, et « 10 Mile Stereo » de Beach House s'est répandu dans la voiture) écouter de la musique, bien sûr.

— J'aime bien. (Hannah a courbé l'échine en souriant, ce qui m'a fait sourire.) Ah, les garçons et leurs jouets !

— Eh oui, j'ai failli prendre le coupé ce soir, c'est ma voiture préférée. Pas assez spacieuse, malheureusement.

Hannah a pouffé.

— Comment ça, Matt, pas assez spacieuse ?

J'ai souri en coin et secoué la tête. C'est vrai, je m'enflammais dès que je parlais voiture mais en bavardant, Hannah reprenait vie.

— Au fait, Matt, tu as *un lapin* ? Dis-moi que cette adorable créature ne te sert pas qu'à attirer les filles la nuit.

— Il me sert à tout un tas de choses.

J'ai démarré en me passant la main dans les cheveux. Baiser Hannah ou conduire, c'est tout ce que je voulais. Ou les deux. Je ne pouvais pas laisser sa présence me consumer sans rien faire.

— Tu veux aller faire un tour ? ai-je proposé. Tu dois être fatiguée, mais…

— Si c'est possible, oui.

Hannah a jeté un œil par la fenêtre. J'ai vu la même chose qu'elle : le monde endormi, de jolis jardins devant des maisons plongées dans l'obscurité, et le manteau roulé en boule sur le gazon. Notre nuit.

— Allons-y, a-t-elle dit.

Je me suis éloigné du trottoir et j'ai roulé vers l'est, laissant les lumières de la ville loin derrière nous. La vitesse et le confort de la voiture me détendaient. Putain, j'étais tellement sur les nerfs jusque-là – même après avoir joui. Je me retenais.

J'avais envie de tellement plus : de la pincer fort, de la serrer plus fort, de la fesser plus fort, de la baiser plus fort – mais je redoutais de la faire fuir en dépassant les bornes.

— Il s'appelle Laurence, ai-je repris. Comme Laurence Sterne. Des génies, l'un et l'autre. Il est très pimpant, très intellectuel. Et non, il ne me sert pas à appâter les filles. C'est évident que je n'ai besoin de rien de spécial pour attirer les filles le soir.

Devant mon grand sourire, Hannah a ri en levant les yeux au ciel. Je rêvais de la voir à la lumière du jour. D'être nu avec elle.

— Je l'ai pris quand je suis venu vivre ici. Je me sentais seul, j'imagine. On m'a dit que c'étaient des animaux de compagnie tranquilles et propres. Tu connais toute l'histoire de Laurence.

J'ai monté le son. « Billy Holiday » de Warpaint passait à la radio. Parfait : une musique douce, la nuit qui s'étirait devant moi et Hannah dans ma voiture. Je me suis laissé aller à sourire.

— Ça m'étonne que tu n'aies pas de « rabbit », Hannah.

Elle a compris mon allusion au vibromasseur ; je l'ai su à sa façon de rire.

— J'aimerais bien. Je n'avais que deux jouets, et… je ne sais pas. Ils me rappelaient trop de souvenirs, et puis il y en a un qui était à moitié cassé. Alors je les ai jetés à la poubelle en déménageant.

— Dommage. Mais maintenant, tu m'as moi.

— Ouais… a-t-elle murmuré.

Maintenant, tu m'as moi. Merde, je ne voulais pas dire ça.

Nous avons roulé à travers la campagne pendant deux heures, bavardant, écoutant la musique entre quelques plages de silence. Nous n'évoquions que des sujets sans importance. C'était agréable de ne pas avoir à éluder les questions. Toutes les demi-heures, je demandais à Hannah si elle était fatiguée. Non, pas du tout, répétait-elle avec un sourire touchant. Nous nous sommes arrêtés en bordure d'un sentier qui s'enfonçait dans les hautes herbes.

— Viens, a dit Hannah, les étoiles vont être magiques.

Après avoir pris une couverture dans le coffre, nous avons longé le chemin, les yeux d'Hannah plantés dans le ciel et les miens sur Hannah. Elle était belle. Au bout d'un certain temps, elle m'a pris la main. J'ai repéré un petit coin à l'écart du sentier – pas si facile dans la prairie du Colorado – et j'ai étalé la couverture. Hannah s'est allongée dessus, un grand sourire aux lèvres.

— Tu prends toute la place, ai-je dit en ricanant.

— Il y a de la place, a-t-elle dit, sur moi.

Sous mon regard scrutateur, Hannah s'est tortillée pour enlever son short, son string et elle a remonté son débardeur juste assez pour offrir ses seins nus à l'air de la nuit. La regarder m'enivrait. Elle a écarté les jambes en soutenant mon regard.

— Quel bel homme tu es… dommage que tu ne te voies pas. Tu as l'air perdu.

— Je me sens perdu, ai-je confié à voix basse.

Cette fois, nous avons adopté un rythme plus modéré. Hannah m'a pris par les cheveux pour guider mon visage vers ses seins. Je les ai embrassés, sucés, léchés et mordus. Elle a gémi quand j'ai engagé un doigt en elle. Et quand j'ai approché ma bouche de son sexe, elle s'est mise à geindre plus fort.

— Caresse tes seins, ai-je ordonné avec douceur.

Levant les yeux, j'ai vu ses mains se porter sur ses seins avec obéissance. Je me suis léché les lèvres. Elle avait une odeur musquée, un goût puissant et sucré. J'ai replongé la tête entre ses cuisses tandis qu'elle se massait les seins et poussait des cris déchaînés et indécents dans l'obscurité.

J'ai rapidement bandé trop fort pour avoir les esprits clairs. Après m'être débattu pour baisser mon jean, j'ai libéré ma queue. Tandis que je m'agenouillais devant le sexe d'Hannah, trois doigts en elle et mes lèvres, ma langue et mes dents torturant son clitoris, je caressais mon membre durci.

Elle a joui un peu avant moi. Elle était encore sous le coup de l'extase quand je me suis placé sur elle pour libérer ma semence dans son sexe.

— Parfait, ai-je murmuré.

Hannah a tendu les bras vers moi. J'ai fait rouler son corps vibrant sur le mien, et nous avons ri, enlacés dans le noir.

Le soleil était déjà levé quand je me suis garé devant la maison d'Hannah. Il était presque six heures du matin. Dans la voiture, nous essayions de nous dire au revoir. Un nuage noir planait au-dessus de moi à l'idée de mon appartement vide et d'une journée sans elle. Quand la reverrais-je ? Serait-ce mal venu de poser la question ?

— Bon, c'était sympa de te rencontrer, a dit Hannah en riant sans enthousiasme.

J'ai regardé mon téléphone en fronçant les sourcils. Quand tout échoue, raccrochez-vous bêtement aux appareils électroniques.

— Mmm…

— Ah, je vois. (Elle a donné un petit coup de poing dans mon épaule.) Qu'est-ce qu'il y a ?

— Rien.

— Matt. Je n'ai pas de travail, pas d'obligations à part conduire ma sœur au boulot et promener le chien. Nous allons nous revoir, et même dès que je me réveille.

Je l'ai regardée avec insistance. Mon désespoir était si visible que ça ?

— Très bien, ai-je dit. Je t'appelle.

— Quand tu sors du boulot ? m'a-t-elle pressé.

Zut, le boulot. Manifestement, Hannah était convaincue que j'avais un travail normal. Je ne souhaitais pas lui mentir plus que je ne lui mentais déjà, mais je tenais à éviter de la mettre au courant de ma carrière d'écrivain et de l'énorme héritage que je bâtissais. Je ne voulais pas qu'Hannah ne voie en moi qu'un gros compte en banque. Je ne voulais pas qu'Hannah voie M. Pierce en me regardant. Je voulais qu'Hannah me voie, qui que je sois réellement.

— Oui, ai-je répondu prudemment. Je t'appelle en partant du boulot.

Tout sourires, elle m'a embrassé sur la joue. Je me suis tourné pour prendre son visage entre mes mains, et rapprocher nos bouches l'une de l'autre. Malgré notre nuit, les meilleurs moments de sexe de toute ma vie, nous ne nous étions pas encore vraiment embrassés. Elle a inspiré puis s'est abandonnée contre moi. J'ai gémi en l'embrassant. Ses bras chauds se sont enroulés autour de mon cou. Quand nous nous sommes enfin éloignés, Hannah a longuement plongé ses yeux dans les miens.

— C'est pas vrai, a-t-elle marmonné. Tu as les yeux verts.

— Mmm... Je m'appelle Matthew Sky. Matthew Robert Sky Junior.

Des présentations, un premier baiser, et même un long échange de regards – Hannah et moi franchissions tout cela, portés par l'excitation.

— Sky, a-t-elle répété, ses yeux foncés scintillant dans le noir. Matthew Robert Sky Jr. J'aime bien.

— Ça tombe bien, ai-je dit avec un sourire suffisant. Oh, et... moi aussi, ça m'a fait plaisir de te rencontrer, Hannah. Plus que plaisir.

Ma main s'est attardée sur sa poitrine. J'ai senti les battements de son cœur s'accélérer. Je savais que je devais entretenir l'illusion que je menais une vie de bureau, mais sur le moment, mon souci était de savoir où nous pourrions partager un petit coup rapide. J'ai levé les yeux vers la maison au moment où quelqu'un s'élançait sur la pelouse d'une démarche irritée.

— Qu'est-ce que...

— Mon Dieu, a grommelé Hannah.

Elle est sortie maladroitement de la voiture dans le but d'intercepter la fille. Sûrement la sœur d'Hannah. Les mêmes cheveux noirs, les mêmes jolis yeux et la même bouche expressive, mais à la place des formes généreuses et de la peau soyeuse d'Hannah, cette fille était toute en muscles et tatouée de partout. Et beaucoup trop de piercings pour les compter aussi. La fille a doublé Hannah en trombe et a passé la tête par la vitre ouverte, côté passager.

— Salut ! Oh, waouh ! Waouh ! Super sympa…

Je regardais droit devant moi. Je ne savais pas si elle parlait de moi ou de ma voiture ou des deux.

— Salut, ai-je murmuré.

— Ah, ça doit être Monsieur mal embouché !

— Et tu dois être la strip-teaseuse.

— En plein dans le mille. Je suis Christine. Chrissy, si tu préfères. (Elle a frappé le flanc de ma voiture.) Je suis une Dyno Girl. Le Dynamite Club, tu sais. Tu y es déjà allé ? Dans le centre de Boulder. Tiens, il faut absolument que vous veniez tous les deux un jour.

J'ai coulé un regard vers Hannah qui, hésitante, se tordait les mains derrière sa sœur.

— Tu as entendu, Hannah ? Apparemment, il faut qu'on aille y faire un tour.

Hannah a blêmi, puis rougi jusqu'aux oreilles. Adorable. Elle m'a lancé un regard noir et a tiré sur la main de Chrissy.

— On y va, a-t-elle sifflé.

— Je suis sérieuse ! a insisté Chrissy.

— Je vois ça, ai-je dit en souriant comme un idiot, mais je crois que ta sœur et moi n'avons pas très envie de te voir agiter les seins, sans vouloir te faire de peine.

— Mais non, pas quand je travaille, espèce d'andouilles. Mais sérieux, les couples s'amusent bien. Pensez-y !

— Allez, on y va, salut !

Hannah m'a adressé de grands gestes d'au revoir en tirant sa sœur vers la maison. Je lui ai répondu d'un signe, immobile derrière le volant. Qu'est-ce que…

La nuit avait été surréaliste, mais la sœur d'Hannah l'emportait haut la main. En riant, j'ai démarré. En un sens, l'interruption de Chrissy était tombée à pic. Quoi d'autre aurait pu me séparer d'Hannah ? En rentrant chez moi, j'ai changé l'eau du bol de Laurence, et je me suis installé directement à mon bureau. Le sommeil pouvait attendre. Mon dernier projet en date était ouvert sur l'écran de l'ordinateur – un roman pseudo-dystopique intitulé *Le substitut*. Avant Hannah, j'avançais vraiment bien sur ce texte. Même si c'était mon premier ouvrage de science-fiction (en fait, je méprisais ce genre jusqu'à ce que cette histoire me vienne), je savais que *Le substitut* avait des chances de devenir mon œuvre majeure. Mais le roman pouvait attendre. J'ai réduit la fenêtre Word, ouvert Firefox et navigué sur lelo.com.

10

Hannah

J'ai considéré la liste des travaux confiés par ma mère d'un air dubitatif. Ça, elle ne blaguait pas en proposant de me déléguer une partie de son travail, mais avais-je mon mot à dire sur le jour où je *commencerais* à m'y mettre ? Bien sûr que non, sinon j'aurais choisi un meilleur moment.

J'avais dormi jusqu'à 14 heures, et je m'étais réveillée excitée. Je me souvenais de quelques scènes de mon rêve – les bras musclés de Matt qui me plaquaient contre lui, sa tête pressée fougueusement contre mon sexe – et pendant un bref instant de panique, j'ai craint d'avoir fantasmé la nuit entière. Mais non. J'avais le dos et les membres endoloris suite à nos ébats dans la voiture de Matt, et dans le champ bosselé. De plus, quand je suis entrée en titubant dans l'espace commun du sous-sol, Chrissy m'a aussitôt sauté dessus.

— Bonjour, Beauté ! (Chrissy et Jay jouaient à la PS3. Elle a jeté sa manette.) Alors, tu vas me raconter si tu t'es tapé ce trésor, oui ou non ? Parce que si c'est juste un ami, j'aimerais *vraiment* que tu me files son numéro.

Je l'ai regardée de travers. Imaginer Matt avec ma sœur – ou Matt avec quiconque, en réalité – me faisait serrer les poings. Toutefois, je savais que Chrissy n'était pas le genre de Matt. Elle était trop agressive ; Matt était trop autoritaire. Les voir l'un en face de l'autre ce matin m'avait donné l'impression d'assister à un combat de catch, et avec plus de temps, ils auraient fini par sortir les griffes.

— Il est à moi, ai-je déclaré. Enfin, en quelque sorte. Et puis il a sept ans de plus que toi.

— Un félin se cache en chaque homme ! a crié Chrissy tandis que je sortais du sous-sol.

Bon, j'avais oublié que la PS3 et la Xbox 360 se trouvaient en bas. Adieu l'intimité. En même temps, je n'avais pas prévu d'inviter Matt dans ma chambre. Pas pour… pas pour coucher, tout du moins.

Des frissons agréables me parcouraient la peau tandis que je préparais le café en sifflotant. Pas pour coucher, la bonne blague ? Je serais capable de baiser avec lui dans un placard. Mes pensées me ramenaient à toutes les manières dont il m'avait touchée. Mes fesses, mes seins, mon sexe. Mon Dieu, je raffolais de sa façon de me traiter, comme s'il avait des droits sur mon corps. Comme si je lui appartenais. J'adorais sa voix, qui réclamait, ordonnait, rabaissait et qui, en fin de compte, transmettait un besoin extrême. C'était sans doute ce que je préférais – entendre Matt perdre la tête.

J'ai besoin de jouir, Bébé. Fais-moi jouir.

Je regrettais de ne pas réussir à exercer un peu de mon pouvoir féminin sur lui. Malheureusement, je devenais complètement zinzin en sa présence. Il fallait que ça change. Je suis entrée dans le bureau d'un pas traînant.

Mon père avait dû déballer mes affaires et installer mon bureau avant de partir travailler, ce que j'ai constaté avec une pointe d'inquiétude. D'abord mon lit, et maintenant l'ordinateur. Il était impératif que je termine de défaire mes valises avant que mon père ne s'en charge à ma place. Je me sentais assez minable comme ça en revenant vivre chez mes parents. Je devais montrer à mes parents que j'allais être productive. En d'autres termes, je devais me rendre utile à la maison et commencer à chercher du travail, au lieu de foncer sur le premier garçon qui croisait mon chemin pour être happée dans une histoire merdique.

Donc… sortir prendre un verre, faire une nuit blanche, baiser et dormir jusqu'à 14 heures était un excellent début à mon été de glandeuse. Ouille. Prise d'un sentiment de culpabilité, je me suis attelée aux tâches que ma mère m'avait envoyées par e-mail. C'était important pour elle. Elle travaillait comme infirmière à mi-temps et faisait en plus des travaux de retranscription à la maison, sans compter qu'elle continuait à rembourser les emprunts qu'elle avait souscrits pour financer ses études d'infirmière. Peut-être que je refuserais son argent au moment où elle me paierait. Je me demandais combien de temps je pouvais faire le plein de ma voiture et payer mes courses avec les sept cents dollars qui me restaient sur mon compte. Pouvais-je garder ma mutuelle ?

Il m'a fallu deux heures pour venir à bout des exercices simples confiés par ma mère. Je rêvassais trop.

J'ai ouvert ma boîte mail en faisant craquer mes doigts, souriant comme une imbécile heureuse. Enfin, je pouvais composer l'épisode suivant de notre récit collaboratif. Ça m'avait terriblement manqué.

Lana et Cal installaient un campement au bord de la rivière, au milieu de nulle part. Je prenais peut-être mes désirs pour la réalité, mais je sentais que la tension sexuelle grimpait entre nos personnages. Est-ce que ça contrarierait Matt si ça devenait scabreux ? Si oui, il avait suffisamment de talent pour trouver une transition vers une scène agrémentée de rideaux qui flottent dans le vent – ou d'herbes hautes dans le vent, dans ce cas précis.

Mmm, le champ. J'ai rêvassé un instant, revivant le regard de Matt sur moi alors que j'étais couchée sur la couverture, ma nudité exposée rien que pour lui. Avec son physique, comment pouvait-il être en manque de sexe – pourtant, il semblait affamé. Avait-il seulement faim de moi ? Soudain, j'ai eu l'impression qu'il faisait chaud dans le bureau. Zut. J'ai commencé à écrire.

J'ai entraîné Lana et Cal dans les tâches quotidiennes d'un bivouac, soigner les chevaux, allumer un feu, installer les couches – puis je me suis concentrée sur Lana. Elle souffrait de courbatures d'avoir trop monté à cheval, le visage noirci par la poussière du chemin. La rivière semblait fraîche et noire, tourbillonnant doucement au point le plus profond. Elle sortit un morceau de savon de son sac et se déshabilla le plus discrètement possible. Après qu'elle était entrée dans l'eau en jetant un regard à Cal par-dessus son épaule, j'ai envoyé mes paragraphes à Matt. Un e-mail de lui est apparu presque au même moment. Je n'ai pas pu m'empêcher de sourire en remarquant qu'il avait utilisé un autre compte. Son compte principal, apparemment.

Objet : *Mal embouché*

Expéditeur : *Matthew R. Sky Jr*

Date : *Lundi 1er juillet 2013*

Salut, Hannah

Nous irons dîner vers 20h. Je passe te prendre à 19h. J'ai besoin de te pénétrer.

Matt

Je me suis ratatinée sur ma chaise de bureau. Putain. Sa candeur dingue et sexy était de retour.

Mets-toi à quatre pattes. Je vais te prendre par-derrière.

Sans oublier son ton despotique. Alors que ç'aurait dû m'agacer – c'était plus un ordre qu'une invitation galante– j'étais émoustillée. J'allais revoir Matt. J'allais pouvoir m'assurer qu'il était réel et que tout cela m'arrivait pour de vrai. Peut-être que cette fois, j'allais réussir à me comporter comme la femme intelligente et assurée que j'étais, pas comme l'écervelée rougissante de la nuit dernière.

J'ai passé l'heure et demie suivante à me préparer. J'ai déballé quelques cartons de vêtements, pris une douche et je me suis épilée. J'ai emprunté le parfum et le maquillage de ma sœur, et revêtu une robe-bustier courte de couleur bleue. En dessous, je portais un push-up gris sans bretelles avec un liseré beige et un string assorti. À la dernière minute, j'ai ajouté des pendants d'oreilles et un bracelet en argent.

Matt est arrivé à sept heures précises. Je l'espionnais depuis une fenêtre de devant. Debout, il était appuyé contre sa voiture, l'air de s'ennuyer. La vache. Il portait un pantalon gris clair et une élégante chemise d'un blanc immaculé. Son épaisse chevelure était mouillée et peignée vers l'arrière. Pendant que je l'observais, il a vérifié l'heure, puis a fait un petit sourire en direction de la maison. Merde, il me regardait directement ! D'un bond, je me suis écartée des stores. Pas cool du tout.

Au moment où je suis sortie pour aller le rejoindre, j'ai cru voir son petit sourire présomptueux faiblir. Gagné ! Peut-être. C'était difficile à dire. Les petits sourires de Matt étaient un cocktail de saveurs – deux tiers de gentillesse, un tiers d'amusement malicieux, le tout agrémenté d'une pointe de lubricité. Et cent pour cent salopard suffisant.

Quand Matt est venu à ma rencontre, j'ai cru qu'il allait m'attraper pour me peloter les fesses. J'en avais envie, même si Chrissy nous épiait par la fenêtre. Matt était très appétissant dans cette tenue habillée. Au lieu de ça, il m'a enlacé avec douceur et m'a embrassée sur la joue. L'air a quitté mes poumons. Mon Dieu, cette chemise rentrée dans son pantalon qui soulignait ses hanches bien dessinées. J'ai humé son eau de toilette.

Au moment où il m'a ouvert la portière, j'ai failli tomber dans sa voiture. Une fois de plus.

— Il y a un endroit à Boulder que j'aime bien, a dit Matt en conduisant. (Il regardait la route, l'air sérieux. Tout le contraire de l'homme qui m'avait promenée pendant des heures à travers la prairie, la nuit.) Le Number Nine. On y mange très bien. Je déteste les endroits formels, mais on s'en moque.

Je l'ai regardée, intriguée.

— Alors tu m'emmènes là juste pour me faire plaisir ?

— Bien sûr. (Il a vérifié son iPhone.) Je me suis dit qu'un repas te ferait plaisir.

— C'est pourri, Matt, ai-je sifflé.

— Pardon ?

Il survolait les stations de radio de son Pandora et conduisait trop vite, avec un détachement agaçant. Il ne me regardait même pas.

— Je ne suis pas l'une de ces idiotes que tu dois faire boire et manger avant de la baiser. Je suis vraiment navrée que tu te sentes obligé de supporter un gentil dîner en ma compagnie.

Matt a ricané. Quel con !

— Hannah, j'aime bien manger.

Il s'est arrêté sur une station. J'ai reconnu les Lumineers. Comme de bien entendu, cette ordure avait bon goût en matière de musique.

— Et je suis content de dîner avec toi, a-t-il poursuivi. Je voulais simplement dire que tout ce qui est trop formel… me met mal à l'aise, tu comprends ? Ne t'en fais pas, après le dîner, nous ferons quelque chose que j'apprécie vraiment.

Il a voulu me prendre la main. Elle est restée rigide sur ma cuisse pendant trois bonnes secondes.

— J'adore quand tu t'emportes, a murmuré Matt.

Il a posé ma main sur sa cuisse, la pressant fermement. Oh, non, pas encore ça. Je sentais ma capacité à faire une phrase m'échapper doucement.

— Tu es splendide, Hannah. Je sens que tu as envie de te faire baiser, vu la robe que tu portes. Je m'exécuterai, ne t'en fais pas. Je me suis retenu hier soir, mais pas cette fois. C'est vilain de t'habiller comme ça. J'adore.

Matt a rapproché ma main de son sexe et l'a laissée là. Il fixait la route avec froideur. Il a tendu la main pour serrer mon sein, introduisant quelques doigts dans mon décolleté. Je bouillonnais de la tête aux pieds.

— Matt, ai-je fait d'une voix suraiguë.

Les voitures nous doublaient et nous en doublions d'autres, et je savais que des gens avaient vu la main de Matt sur mon sein.

— Quoi ? C'est ce que tu veux, Hannah. Inutile de le nier. Tu as envie que je me serve de toi. Je t'apprécie, petit oiseau, et je raffole de ton corps…

Il a pivoté dans son siège. La musique parut lui déplaire puisque sa main abandonna mon sein pour régler la radio sur du dubstep. Puis, comme si de rien n'était, il a repris mon sein en faufilant la main dans mon décolleté.

Nous avons fait presque tout le chemin jusqu'à Boulder comme ça. Quand j'ai essayé de rapprocher ma main de sa queue, il l'a repoussée et s'est mis à me taquiner. Il a dit que ça ne l'étonnait pas que j'aie envie de toucher son sexe. Il a inséré les doigts dans le bonnet de mon soutien-gorge, pincé la pointe de mon sein, l'a tordue et l'a gardée comme ça.

— N... non, ai-je dit le souffle court, mais sans chercher à l'arrêter.

Pourquoi ? Je mouillais tellement que je craignais de marquer ma robe d'une tache humide.

— Ça va, Bébé, ça va, m'a-t-il apaisée. Ne lutte pas. Ce soir, je vais te baiser très fort. Ne pense qu'à ça.

J'ai fermé les yeux. Je ne sentais plus la pointe de mon sein, mais Matt réajustait sans cesse la position de ses doigts, tordant plus fermement en pinçant pour stimuler mes nerfs. J'étais dans le brouillard quand, une fois garés, nous avons marché jusqu'au restaurant. J'avais du mal à comprendre comment Matt parvenait à garder son sang-froid. Putain, j'avais envie de lui faire perdre la tête ce soir. Où était passée ma force féminine ? Au moins, au restaurant, il ne pourrait pas jouer avec moi. Ce temps me servirait à me reconcentrer.

Le Number 9 était un petit restaurant faiblement éclairé et je vis d'emblée que c'était hors de prix. Matt avait réservé une table.

— Tu es vraiment présomptueux. Qu'est-ce qui t'a fait croire que j'accepterais de sortir avec toi ?

— Rien du tout, a-t-il répondu. (Il a parcouru le menu d'un air grave. J'aimais sa manière de regarder les choses – soit avec dédain soit avec une soif évidente.) Je désirais être le centre de son attention. Merde. Étais-je en train de tomber amoureuse d'un inconnu ? Ce n'était pas le programme de mon été productif. Il a refermé le menu en soupirant.

— Si tu avais refusé, je serais venu avec Laurence, j'imagine.

J'ai eu un rire moqueur.

— Quoi, tu n'as pas d'amis ?

— Pas beaucoup, a-t-il dit.

Il m'a regardée dans les yeux, et soudain je me suis sentie… désolée pour lui. J'ai eu un pincement au cœur. Mais qui était donc ce jeune homme au physique renversant qui vivait seul avec un lapin et écrivait des histoires en ligne avec des inconnus ?

Le plat le moins cher du menu coûtait trente dollars, et je l'avais repéré. Mais Matt avait autre chose en tête. À l'arrivée du serveur, Matt lui a passé notre commande avant que j'aie eu le temps d'ouvrir la bouche.

— Elle va prendre une poêlée de Saint-Jacques et un verre de votre meilleur vin blanc. Je prendrai une roulade de veau et un Coca. (Il m'a souri.) Nous échangerons si tu n'aimes pas les fruits de mer. Le blanc va bien avec les Saint-Jacques, crois-moi.

— J'adore les fruits de mer. Tu ne bois pas ?

— J'ai arrêté il y a cinq ans, a-t-il répondu avec indifférence.

Le dieu sexy était également sobre. J'ai classé cette information dans le dossier Matt.

Nos assiettes sont arrivées, des œuvres d'art. La mienne consistait en un arrangement de généreux morceaux de Saint-Jacques parsemés d'échalotes et d'un tourbillon de sauce au beurre ; celle de Matt était une cascade de rouleaux d'épinards et de viande. Nous avons partagé. Les saveurs étaient exquises, et Matt avait raison, le vin complétait le plat à la perfection. Le vin me tournait la tête, et j'étais comme envoûtée par Matt, riant et discutant avec lui comme au cours de notre virée nocturne.

Matt m'a interrogée sur le travail que j'avais effectué dans l'après-midi. Eh oui, pour quelqu'un qui se sentait mal à l'aise dans les lieux guindés, il entretenait la conversation avec naturel et avait l'air à sa place dans ce restaurant, alors que moi, j'avais le sentiment de pas y être.

Le serveur est venu vérifier si nous ne manquions de rien.

J'avais prévu de payer ma part, même si je redoutais l'addition, mais Matt a simplement eu un petit sourire en coin quand j'y ai fait allusion.

— Une autre fois, Hannah. J'ai déjà réglé l'addition.

Comment avais-je pu rater ça ? Bah, en me noyant dans le sourire ravageur de Matt, j'imagine.

Main dans la main, nous sommes sortis du restaurant, et nous avons remonté Pearl Street.

S'il avait hâte de me pénétrer, il ne le montrait pas. Ses yeux parcouraient les vitrines des boutiques. De temps à autre, il me souriait en baissant la tête vers moi. Bénie soit notre différence de taille. Heureusement que j'aimais les hommes grands.

J'ai remarqué que les gens nous regardaient. Manifestement, nous avions tout d'un couple. Un beau couple, j'espérais. Je me sentais éclipsée par l'homme élégant qui m'accompagnait.

Soudain, Matt s'est arrêté. J'ai suivi son regard vers une enseigne lumineuse à l'entrée d'une allée. Les lettres formaient le mot DYNAMITE.

— C'est une blague, a-t-il dit sèchement.

— Ah… tiens, ai-je fait en secouant la tête. J'imagine que c'est bien de savoir où c'est. Ma sœur ne va pas tarder à me réclamer de la conduire au travail, je le sais.

— Ça fait un bout de chemin depuis Denver, a dit Matt d'une voix insondable.

Ses yeux étaient fixés sur les lettres orange fluo. Qu'avait-il en tête, avec cet air sombre ?

— Allons faire un tour à l'intérieur.

— Attends… ai-je protesté en riant.

Matt m'a tirée dans l'allée, et avec mes talons, je l'ai suivi prudemment pour éviter de me tordre la cheville. Je n'étais jamais entrée dans un club de strip-tease. Ça promettait d'être intéressant.

— Tu es fou, ai-je dit pendant qu'il payait nos entrées.

Il m'a regardée en me faisant son sourire suffisant. Oh oh, je connaissais cet air-là. Ça sentait les ennuis à plein nez.

Le club était étonnamment bondé. La musique était si forte que j'avais les idées confuses. L'éclairage était criard, rouge et jaune. Un rideau de perles était tendu devant certaines cabines, et des fauteuils de velours rouge étaient disposés autour un podium. Trois filles aux seins nus se pavanaient sur la piste, se dirigeant vers les hommesqui tendaient des billets. Tout le monde avait un verre. Je me suis hissée sur la pointe des pieds pour chuchoter à l'oreille de Matt.

— Je crois que nous devons prendre à boire.

Matt a jeté un œil aux filles, puis m'a considérée en souriant.

— Ça, c'est vraiment tordu, m'a-t-il murmuré.

— Contente que tu le penses ! C'est tordu, en effet. Que faisons-nous ici ?

— On s'amuse, a-t-il dit en sortant son portefeuille tout en allant vers la scène.

Il avait attiré l'attention d'une charmante danseuse avec un carré blond. Ils se sont brièvement penchés l'un vers l'autre, le temps d'échanger quelques mots, et Matt lui a passé un billet. Elle a écarquillé les yeux puis a souri. Merde, combien lui avait-il donné ?

Matt est revenu vers moi et m'a pris la main. Nous avons suivi la strip-teaseuse blonde vers le fond de la boîte, puis dans un couloir. Le silence m'a saisie en entrant dans une salle de taille moyenne, aux murs recouverts de miroirs. Il y avait quelques ottomanes, un canapé en velours noir, une chaise simple sans accoudoir et une table. Je me suis rapprochée de Matt.

— Salut, trésor, a dit la fille. Je m'appelle Kelly. Ne sois pas nerveuse, ma chérie.

Ma chérie ? Elle devait avoir dans les vingt-cinq ans. Elle était mignonne, cependant, et d'un calme incroyable pour quelqu'un qui ne portait qu'un string et des talons aiguilles.

— Ton petit copain m'a dit que vous aviez envie de vous amuser un peu tous les deux, a-t-elle poursuivi en nous regardant tour à tour d'un air entendu.

Mon petit copain ? J'ai lancé un regard noir à Matt, mais ma colère s'est dissoute dès que j'ai croisé son regard. Oh… non. Il était là – ce regard assoiffé de sexe et captivant qui me rendait prête à tout pour le satisfaire. Les battements de mon cœur se sont accélérés. J'ai souri faiblement.

— Oui, ai-je répondu posément.

Matt m'a serré la main, puis est allé s'appuyer d'un pas tranquille contre le mur pour nous contempler. Évidemment, il ne pouvait pas s'asseoir. Impatient… dominateur. Enivrant.

— Assieds-toi, a-t-il ordonné en indiquant la chaise du menton. Fais-lui un lap dance, a-t-il demandé à la strip-teaseuse.

Je me suis enfoncée sur ma chaise. Horriblement consciente du regard de Matt posé sur moi, j'étais incapable de croiser son regard. Je savais que je piquais un fard. La strip-teaseuse m'a chevauchée et s'est mise à danser en ignorant Matt. Elle m'a fait un clin d'œil, s'est léché les lèvres et a rapproché ses seins de mon corps tout en frottant ses fesses contre mes cuisses.

Quand j'ai pris conscience que je mouillais, j'ai eu un choc. Je n'étais pas portée sur les filles, pas vraiment, alors que m'arrivait-il ? Ça devait venir de Matt. Il m'observait, se délectait de mon embarras. Il bandait probablement.

— Touche-la, a-t-il commandé à voix basse.

Devant mon air interrogateur, la fille m'a pris les mains pour les poser sur ses seins. Quand je les ai serrés, elle a gémi.

Bon, me suis-je dit, compris – sauf que l'ordre suivant de Matt m'a prise de court.

— Montre-lui les tiens, Hannah.

Aussitôt, la strip-teaseuse s'est pressée contre mes cuisses.

Lui montrer les miens ? Il voulait que je...

— Vas-y, a grondé Matt en se penchant en avant. Montre-lui tes gros nichons, Hannah.

D'une main tremblante, j'ai dégrafé ma robe pour la baisser juste assez. Par chance, j'avais choisi une robe sans bretelles. J'ai fait descendre mon soutien-gorge sans le détacher. J'avais les pointes dressées. J'ai entendu Matt exhaler lourdement.

— Bien, a-t-il approuvé.

La strip-teaseuse a soulevé mes seins pour les presser contre les siens. J'ai gémi. Putain, cette fois il y avait bien une tache humide sur ma robe.

Soudain, Matt nous a rejoints d'un pas raide.

— Pousse-toi, a-t-il grogné à la fille.

Imperturbable, la strip-teaseuse a accepté le billet que Matt lui tendait, nous souriant à tous les deux, et a disparu. La porte s'est refermée dans un cliquètement. Me toisant du regard, Matt m'a redressé le menton comme si j'étais une enfant désobéissante. Mes jambes tremblaient.

— Mon Dieu, Hannah, a-t-il murmuré, tu es parfaite. Ça t'a plu ? Tu aimes me faire bander comme ça ? Regarde ma queue.

Mon regard a suivi la ligne des boutons de sa chemise jusqu'au tissu tendu de son pantalon. J'ai dégluti.

— Ça a l'air bon, non ?

J'ai hoché la tête.

— Ça t'a plu de montrer tes nichons à cette fille ? (Il a gloussé et a pressé mes seins d'un geste impitoyable.) Tu es ma garce à moi, Hannah ?

— Oui, ai-je répondu dans un souffle.

J'ai posé les mains sur les siennes. Dans ma tête résonnait la phrase *Puissance féminine* ! *Puissance féminine* ! C'était *mon* tour de lui faire perdre la boule, zut alors.

Me laissant glisser au bas de la chaise, je me suis agenouillée aux pieds de Matt. Sans lui laisser le temps de réagir, j'ai baissé son pantalon et son boxer d'un geste sec et je me suis emparée de sa verge – la vache, j'avais oublié qu'elle était aussi grosse– et j'ai entrepris de sucer avidement son gland.

— Mmm ! a gémi Matt. Ohhh… putain…

Gagné ! Ses petits cris me chauffaient à blanc. J'ai enroulé la langue autour de son gland, branlant sa tige d'une main, malaxant ses couilles de l'autre.

— Hannah… martelait-il. Mon Dieu… Que… fais-tu…

Quand j'ai levé la tête, ses yeux m'ont fait frissonner. Il était barré, complètement parti. Une mèche de cheveux est retombée sur son sourcil. Il avait la tête baissée, les lèvres entrouvertes. Comme subjugué, il regardait ma langue et ma bouche lustrer sa queue.

— Mmm, ne cessait-il de gémir.

Il a serré les dents. Il luttait – repoussait l'orgasme, faisait tout son possible pour recouvrer son sang-froid. Hyper sexy. J'ai accéléré le rythme. Avec de longs mouvements de succion, j'ai aspiré sa queue dans le fond de ma gorge. J'ai ignoré mes petits bruits de haut-le-cœur tandis que son membre énorme emplissait ma bouche. Je n'avais aucun moyen de l'accueillir pleinement, mais je m'arrangeais au mieux avec ma main et mes lèvres. J'ai rapidement senti le goût de son sperme. J'ai gémi, la bouche pleine de son sexe. Matt a reculé en chancelant. Il s'est adossé contre un miroir. Je ne quittais pas sa hampe des yeux.

— Hannah, a-t-il grommelé.

Je me suis avancée à quatre pattes, lui souriant. Mes seins se balançaient sous moi.

— Tout va bien, Matt, ai-je susurré en me léchant les lèvres. (C'était délicieux d'être enfin maîtresse de la situation.) Je sais que tu en as besoin. Viens. Je parie que tu es déjà sur le point d'exploser.

Je le taquinais, mais quand je l'ai repris dans ma bouche, j'ai constaté avec étonnement que j'avais vu juste. Au bout de quelques minutes seulement, Matt était sur le point de jouir. Ses bourses se sont contractées dans ma main. Son membre palpitait dans ma bouche.

Quand je l'ai surpris à regarder sur le côté, j'ai compris ce qu'il voyait : nous, notre reflet dans le miroir.

Sa poitrine se soulevait lourdement. Il avait l'air éprouvé et délirant. Ça me plaisait follement.

— Ma queue, mon Dieu, ma queue, Hannah, a-t-il supplié.

J'ai rapproché ma tête de son sexe, sans le quitter des yeux.

— Ah, oui… putain… non… attends, pas encore… Hannah, non.

J'aurais pu hurler ma victoire.

Malgré ses protestations, Matt allait et venait par petits mouvements impuissants dans ma bouche humide. J'ai serré sa verge plus fort et accéléré la cadence. Arquant le dos, il s'est écarté du mur, me tirant les cheveux, et a joui violemment, inondant le fond de ma gorge de son sperme.

— Putain ! a-t-il crié.

J'étais certaine que son cri avait résonné dans le couloir.

J'ai avalé ma salive et je me suis assise sur mes talons.

— Tu as un goût délicieux, ai-je murmuré.

Matt s'est adossé au mur en chancelant.

Sans lui laisser le temps de me rendre la monnaie de ma pièce, j'ai remis mon soutien-gorge et ma robe en place, pressé les fesses de Matt dans ma main, et je me suis dirigée d'un pas laborieux vers la porte. Honnêtement, j'avais peur de m'attarder dans cette pièce avec lui. Ses yeux verts ne me quittaient pas, même s'il n'avait pas encore remonté son pantalon. J'avais clairement la sensation d'être en cage, devant un lion apaisé à peine sorti du sommeil.

Je lui ai envoyé un baiser depuis la porte.

— On se retrouve dehors, ai-je lancé avant de filer hors du club.

11

Matt

Préparer l'appartement pour Hannah :

1. Gagner du temps (un jour)
2. Nourriture surgelée (Pam ?)
3. Photos, albums photos
4. Vêtements et produits de toilette de Bethany
5. Trucs de fille (surtout salle de bains)
6. Mes livres
7. Mes travaux d'écriture

J'ai relu ma liste.

J'ai levé les yeux vers la télé.

Très troublant. Ma liste semblait infiniment plus importante que les reportages sur les émeutes au Brésil, où ma petite amie était justement en vacances.

Toutefois, je savais que Bethany était en sécurité. Elle m'avait envoyé un e-mail dans la matinée.

Si jamais tu te fais du souci, ce dont je suis sûre puisque je sens ton inquiétude jusqu'en Amérique du Sud (sarcasme), mes parents et moi-même allons bien. Nous avons manqué de peu les émeutes de Florianopolis mais à présent, nous sommes à l'abri du danger. Je ne vais pas tarder à te téléphoner si tu ne m'écris pas. Les repas te plaisent ? Bisous, Bethany

Sa menace de me téléphoner me paraissait très réelle – et très dissuasive.

Il me serait impossible de prendre un appel de Bethany en présence d'Hannah ; or j'avais envie de passer tout mon temps avec Hannah. La déposer chez elle la veille au soir m'avait coûté cher.

Je l'avais reconduite dans un silence hébété – c'était la première fois qu'une fille me faisait jouir aussi vite et aussi fort avec sa bouche. Son effronterie m'enrageait, mais elle me plaisait également. J'aimais être surpris. J'aimais qu'on me provoque. Je ne souhaitais qu'une chose, passer prendre Hannah, la ramener chez moi, la plaquer contre le plan de travail de la cuisine, la fesser jusqu'à lui arracher des larmes. Et la baiser fort et la faire jouir, aussi.

J'avais sacrément cette fille dans la peau. Le pire était sa déception quand j'avais garé la voiture devant chez elle. Elle avait tenté de le cacher, mais c'était une mauvaise comédienne. Elle venait de me sucer comme personne de toute ma courte vie, et j'avais dû lui paraître offusqué.

Sans cela, pourquoi terminer la nuit aussi abruptement ? Pour quelle autre raison ne l'avais-je pas invitée chez moi ?

Ses interrogations étaient aussi manifestes que sa peine.

Elle m'avait remercié pour le dîner.

J'avais à peine répondu.

J'étais déjà en proie à mille questions.

Comment pourrais-je inviter Hannah chez moi alors que tout indiquait que j'avais une petite amie. « Une fille habite ici ! Là, des tampons ! », hurlait l'appartement.

Étape 1 : gagner du temps

Objet : *Dynamite*
Expéditeur : *Matthew R. Sky Jr*
Date : *Mardi 2 juillet 2013*
Heure : *8 : 15 AM*
Bonjour, Hannah,
J'ai des choses à faire ce soir après le travail. Comme ça risque de durer, si tu n'as pas de mes nouvelles, tu sauras pourquoi.
Matt

J'ai envoyé l'e-mail, et appelé Pam.

Étape 2 : Me débarrasser des plats surgelés étiquetés qui risquent d'éveiller les soupçons. Ce serait dommage de jeter de la nourriture à la poubelle, et de toute façon, je n'ai pas le cœur sec à ce point. J'ai éprouvé un sentiment de culpabilité en songeant que Bethany s'était donné la peine de cuisiner et de classifier mes repas.

Mon comportement commençait à soulever la question évidente : pourquoi ne pas tout simplement rompre ? L'appeler et s'y coller. Autant être clair, c'était inévitable.

D'accord, mais pas tout de suite.

Plaquer ma copine par téléphone pendant ses vacances, c'était aussi mal que de la tromper dans les mêmes circonstances, et deux faux pas...

Merde, j'y penserai plus tard.

— Matthew ? résonna la voix guindée de Pam.

— Salut, Pam. (J'arpentais la cuisine.) J'ai un service à te demander. J'aimerais que tu passes prendre un truc.

— Tu as des nouvelles pages à me remettre ?

Pauvre Pam, tellement ridicule dans son exaltation. J'ai souri en coin en considérant l'amoncellement de Tupperware dans le congélateur. Pam était la seule personne de ma connaissance qui puisse les conserver et me les rendre sans poser de questions. Pour elle, j'étais simplement M. Pierce, écrivain excentrique.

— De nouvelles pages ? ai-je répété en refermant la porte du congélateur. Euh… pas tout à fait…

Pam était partie avec trois sacs de plats surgelés (en m'assurant qu'elle me les rendrait à ma demande), j'ai passé mon appartement au peigne fin pour éliminer toute trace de Bethany.

Je comptais sur le hip-hop pour me faire oublier mon ignoble attitude, mais après « 99 Problems » et « Heartless », j'ai balancé mon iPod dans un coin.

Tout est rentré dans des sacs matelot : les photos de Bethany et moi, tous mes albums photos, ses rasoirs, son maquillage, ses shampooings et ses produits de beauté en tout genre, ses bijoux et ses vêtements, mes livres, mes manuscrits, mes décomptes de droits d'auteur et de cession de droits pour le cinéma – putain, j'ai même fourré mes taxes d'imposition dans ces sacs. Comme si Hannah allait fouiller mes dossiers. Je devenais parano.

J'ai tout enfermé dans le coffre de ma Lincoln. Je me faisais l'effet d'un truand qui cache un cadavre. Ça commençait à devenir barjot. En retournant chez moi, j'ai encore été assailli par la culpabilité.

J'avais l'impression d'avoir couru dix kilomètres, sauf que j'étais toujours aussi stressé. De plus, je n'avais plus rien à manger à part quelques boîtes de soupe, des pâtes et des céréales. Génial.

Il était 19 heures.

Il m'avait fallu la journée entière pour transformer mon domicile en piaule de célibataire, et à la fin de cette expérience, je me sentais sale et vidé. De plus, Hannah me manquait. Sa voix et le parfum sucré de son shampooing me manquaient. Ses jambes écartées me manquaient. Ses joues empourprées me manquaient, son con humide...

J'ai vérifié mes e-mails.

Elle avait envoyé un épisode de notre récit la veille, mais rien depuis.

J'ai ajouté quelques paragraphes au *Substitut*. Ils étaient secs et lourds, comparés à mes fantasmes délurés d'Hannah.

Je pouvais l'appeler, mais j'avais déjà brûlé toutes mes cartouches pour la journée. Et puis je ne tenais pas à passer pour un pauvre type qui n'a pas de vie.

Étais-je un pauvre type sans vie personnelle ? Il fallait que je prenne rendez-vous avec mon psychiatre. Il m'aidait toujours à réfléchir quand je me sentais coincé, et il était l'une des rares personnes à savoir que Matthew Sky était M. Pierce.

Il n'hésitait pas à me dire mes quatre vérités. Seulement, je n'étais pas certain de vouloir entendre la vérité toute nue au sujet d'Hannah.

Je savais déjà que le prix d'un plaisir intense est une peine intense.

Je savais également qu'avec Hannah, l'exaltation retomberait tôt ou tard et qu'elle en souffrirait. Malheureusement, je ne serais pas en mesure de la préserver – de la protéger contre ma stupidité, mes choix égoïstes.

Ces pensées finirent par trop s'accumuler. J'ai pris une douche et me suis résignée à passer la soirée avec ma main, et mon misérable croquis d'Hannah (et le souvenir de sa bouche chaude m'arrachant un orgasme contre mon gré), mais en sortant de la douche, j'ai constaté que j'avais deux appels en absence.

Tous deux d'Hannah.

J'ai enfilé un boxer-short et l'ai rappelée.

— Matt ?

— Salut.

J'ai souri de façon obsessionnelle au son de sa voix. Ma queue aussi a réagi au quart de tour. Formidable, j'étais comme le chien de Pavlov.

— Tu m'as téléphoné ? ai-je demandé.

— Oui. Matt, je...

C'était peut-être parce que j'avais encore la tête dans les affaires de ma copine, mais j'ai soudain été pris d'un sentiment d'effroi.

— Je t'écoute, ai-je dit paisiblement.

— Bah, déjà, je te dérange pas ? Tu as dit que tu avais des choses à faire, je sais, mais je ne veux pas...

— Non ! Non. (J'ai ébouriffé mes cheveux humides.) J'ai réussi à m'échapper plus tôt que prévu. Je suis chez moi, je glande, rien de plus.

Bon, j'aurais pu le dire autrement.

— Oh, a fait Hannah d'une voix distante. Tu aurais pu m'appeler si tu n'avais rien de spécial à faire.

— Hein ? Non, euh… j'ai des trucs à faire.

— Alors tu préfères que je te laisse ?

— Non !

Pitié, ça commençait à m'exaspérer. Des mensonges ajoutés à d'autres mensonges.

— Parle, je… t'écoute. Vas-y, ai-je bredouillé.

— Bon. Alors, a commencé Hannah en inspirant pour calmer son trouble. Aurais-je commis une erreur irréparable hier soir ? Au club ?

— Quoi ? (Stupéfait, je me suis laissé choir sur le canapé.) Pas du tout. Non.

— Non ?

— Mais non ! Non, non et non. J'ai adoré ça, Hannah. Putain, je ne pense pas à grand-chose d'autre qu'à te rembourser pour ce spectacle impertinent. (J'ai ricané.) Mmm, j'ai failli t'inviter chez moi hier soir, sauf que mon appartement… était dans un sale état. (Et un autre mensonge au compteur. Mon appartement était sûrement le plus propre de Denver.) Je préfère éviter que tu découvres le côté négligé de Matt.

— Je connais déjà le côté négligé de Matt, a gloussé Hannah.

Son soulagement était palpable. J'ai ri avec elle. Peut-être que mon soulagement aussi était palpable.

— Petit oiseau, tu peux me croire, ta bouche sur ma queue, mon Dieu…

Je n'ai pas terminé ma phrase. Ma verge était déjà bien trop intéressée par cette conversation.

— Bon, a fait Hannah, sinon, Matt, je ne peux pas… les accepter. (Elle s'est éclairci la voix. J'ai entendu une porte claquer.) Enfin, je suis allée sur Internet, alors *je sais* ce qu'ils coûtent. Et apparemment, tu les as eus dans la nuit. Tu es fou ? Nous allons devoir trouver…

Hannah a déblatéré sur les conditions de retour, de remboursement.

Pendant un bref instant, j'étais perdu. Les accepter ? Combien ils coûtent ?

Puis je me suis souvenu. Les joujoux LELO. Je me suis levé d'un bond et j'ai arpenté le salon d'un pas nerveux. Laurence a pivoté une oreille vers moi.

— Tu les as reçus ? Génial.

— Oui, mais comme je l'ai dit, je ne peux pas…

— Bien, bien. J'ai eu du mal à les faire livrer dans la nuit, mais j'ai redoublé de malice. Tu les as ouverts ?

— Oui. Tu ne m'écoutes pas ?

— Hein ? (C'était vrai, je n'écoutais pas Hannah. Les accessoires avaient été livrés et mes penchants tendancieux se sont réveillés.) Tu as un ordinateur portable ? Avec une webcam ?

— Oui, euh, pourquoi ? Si…

— Bien, alors allume ton ordinateur, Hannah. On se retrouve sur Skype.

— Matt…

J'ai raccroché. J'ai presque volé jusqu'au bureau.

Hannah était déjà sur Skype quand je me suis connecté. J'ai démarré un appel vidéo.

Elle était assise sur son lit, tournant le dos à la tête de lit. Elle portait un débardeur gris, sans soutien-gorge visiblement. Elle a fait un grand sourire en me voyant apparaître.

— Tu es nu ? a-t-elle demandé en éclatant de rire.

— Quoi ? Non. Juste torse nu.

Je me suis regardé en fronçant les sourcils.

— J'exige des preuves.

J'ai levé les yeux au ciel. J'ai également ouvert VodBurner pour enregistrer notre appel.

— Je crois que tu as suffisamment mené la barque hier soir, Hannah. Mais juste pour éviter que tu me prennes pour un pervers (j'ai baissé la caméra vers mes cuisses, je portais un boxer short clair) voilà ! Tu veux que je laisse la caméra comme ça ? J'ai bien compris que ton but était de voir ma bite, alors…

— Matt !

Hannah est devenue cramoisie. J'ai réglé la caméra avec un petit sourire.

J'aurais pu déplacer mon portable pour me mettre plus à l'aise, mais tout était déjà réglé – et je débordais d'impatience.

— Montre-moi ta chambre, ai-je dit.

Hannah a tourné son portable pour me donner un aperçu de sa chambre. J'ai vu un lit, des étagères de livres, des cartons et… pas grand-chose de plus.

— J'aime bien ta déco.

— Je viens d'arriver, a-t-elle grommelé, en repositionnant son portable face à elle, et je n'ai pas eu une seule seconde pour m'installer. Il y a quelqu'un qui n'arrête pas de me distraire.

— Quel emmerdeur, ai-je fait. Il devrait apprendre à te laisser le temps de transformer ta planque en joli petit nid. Il devrait même t'aider à mettre un peu de vie dans...

— Non, pas du tout !

Devant le regard noir d'Hannah, j'ai ri. C'était bon de lui parler. Et j'étais désormais certain qu'elle ne portait pas de soutien-gorge. Quand elle s'est penchée vers la caméra, j'ai vu la pointe de ses seins.

Ma queue s'est agitée.

— Tu veux brancher un casque au cas où il y ait quelqu'un dans les parages, ai-je proposé. Je vais bientôt parler de ta splendide poitrine.

— Ah, oui... je reviens.

Hannah est sortie du champ.

J'ai foncé vers la salle de bains, attrapé mon lubrifiant, et je suis revenu avant elle. Elle a ressurgi avec un casque imposant sur les oreilles. Et les joues toujours aussi rouges.

— Ne fais pas attention au casque, a-t-elle dit en le branchant puis en l'ajustant sur sa tête.

Ses oreilles étaient complètement cachées. Un casque à réduction de bruit, visiblement. Je jouais beaucoup en ligne avant.

— Mais non, il est parfait ce casque, ai-je dit.

Il l'était, même s'il était assez moche. Grâce au micro qui retombait juste devant sa bouche, j'allais pouvoir entendre tous ses petits bruits, et elle n'entendrait rien d'autre que moi.

— Tu n'as pas soutien-gorge, dis-moi, Hannah ? Je vois le bout de tes seins. Ils sont dressés. Ta porte est fermée à clé ? Montre-moi un sein, un seul. Laisse-le sorti.

— C'est fermé à clé, a murmuré Hannah.

— Ton sein, ai-je réclamé.

J'ai entendu sa respiration s'accélérer.

— Ah oui, pardon.

Elle a fait glisser les fines bretelles de son débardeur sur ses épaules, et a baissé l'encolure sous son sein. En le libérant, elle a soupiré.

— Mmm, c'est agréable pour toi ? (J'ai commencé à caresser ma queue à travers mon sous-vêtement.) De le mettre à l'air libre ? Je sais qu'ils sont lourds. Tu aimes quand je les soulève et que je les malaxe, pas vrai ? Montre-moi l'autre. Fais-les bouger pour moi.

Le cou d'Hannah rougissait peu à peu. Elle a baissé l'autre moitié de son débardeur, et j'ai serré les dents pour ravaler un gémissement. Ses boucles noires retombaient en souplesse, encadrant sa poitrine. Elle roulait des épaules, le mouvement faisant sautiller sa poitrine.

— Oh, putain, ai-je sifflé. C'est bon, Bébé. C'est exactement comme ça qu'ils bougent quand je te prends. Ça me donne envie de te baiser plus fort. Ça te fait mouiller de t'exhiber devant moi ?

— Oui, a-t-elle murmuré en battant des paupières.

— Montre-moi les sex toys.

Hannah a posé deux boîtes noires sur ses genoux et a manié gauchement les couvercles. Elle a sorti les accessoires l'un après l'autre.

Je lui avais commandé un grand vibromasseur violet résistant à l'eau, le plus gros en vente sur leur site, et un petit stimulateur de clitoris haute puissance. En s'emparant du gros vibromasseur, ses doigts l'ont sillonné sur toute la longueur.

— Il te plaît ? ai-je demandé ?

— Matt, il est d'une douceur incroyable. Comment arrivent-ils à fabriquer un objet aussi délicat ? Et il a un nombre hallucinant de vitesses et de réglages. Et le petit ? Les vibrations sont tellement fortes !

Hannah a rougi plus violemment. J'ai glissé la main dans mon boxer, me réjouissant qu'elle ne puisse pas me voir faire.

— Alors tu t'es déjà amusé avec ?

— Non ! Enfin, pas comme tu l'imagines. J'ai essayé les vitesses.

— Bien. Tu vas t'en servir pour la première fois, pendant que je te regarde. Tu vas les garder, Hannah. Ils sont à toi, mais ils vont me donner du plaisir à moi aussi. Arrange ton ordinateur de manière que je voie ta chatte. Enlève ton short et ta culotte. Je veux te regarder.

Tandis qu'Hannah disposait correctement son portable et enlevait son short et son string, j'ai baissé mon boxer-short et versé du lubrifiant dans la paume de ma main. J'ai vérifié ma queue. Tendue et lisse, elle était gonflée sur une belle longueur qui me donnait toutes les raisons du monde de remercier la vie. Je me suis contracté en étalant le gel froid sur ma hampe.

Sur l'écran, Hannah s'efforçait d'ajuster correctement son portable. Quand elle a écarté les cuisses, j'ai eu une belle image de son minou, ouvert comme une rose et luisant.

— Dis donc, ai-je murmuré, regarde comme tu es trempée, magnifique salope. J'adore la couleur de ta chatte.

J'ai entendu les faibles gémissements d'Hannah. Elle a légèrement resserré les jambes.

— Écarte-les, ai-je dit d'un ton cinglant. Écarte les cuisses pour moi. Tu es mal à l'aise ? Ça te gêne de savoir que je contemple la partie la plus intime de ton corps ? Mais regarde ça, Hannah.

— Oui, a-t-elle admis librement.

— Ça te plaît aussi. Ça te plaît quand je suis dégoûtant. Tu aimes ça quand je te mets dans l'embarras.

— Oui.

J'ai ri. Quand les choses devenaient plus intimes, le vocabulaire d'Hannah se réduisait de façon radicale. J'adorais ça. Mon interlocutrice à la langue bien pendue devenait ma coquine docile.

Frémissant, je me suis souvenu que j'enregistrais notre conversation.

— Introduis le vibromasseur dans ton sexe serré, Hannah. Enfonce-le en toi. Ne mets pas de lubrifiant. Tu ne dois pas en avoir besoin, vu comme tu es trempée. Mets-le en marche.

J'ai caressé ma verge et massé mes testicules pendant qu'Hannah s'appliquait à faire entrer le jouet phallique dans son sexe. J'ai vu ses lèvres se déployer tout autour de l'objet.

— Nn… trop gros, a-t-elle murmuré.

— Enfonce-le, ai-je grondé. Je suis plus gros que ça, et je vais te baiser demain. Vas-y.

— Oh, Matt, Matt…

Je me suis obligé à me branler lentement. J'aurais pu jouir dans l'instant, devant Hannah qui se tortillait pour introduire le vibromasseur en elle. Elle ne cessait de le faire ressortir pour l'introduire plus loin.

— Regarde-toi, déjà en train de te baiser avec ça. Les filles et leurs jouets… ai-je dit avec sarcasme. (C'était bon d'être cruel, de me moquer d'elle dans de pareilles circonstances.) Plus vite, Hannah. Qu'est-ce qu'il te faut pour prendre ton pied, hein ? Quelque chose à l'intérieur ou juste sur ton clito ?

Elle a enfoncé le vibromasseur plus profondément, l'a allumé et s'est baisée avec.

— Oh, gémissait-elle, les… deux… j'ai… besoin des deux.

— Mon Dieu, me suis-je laissé aller à gémir. C'est bon ce que tu fais, Hannah. J'aime ça. Je savais que tu avais besoin des deux. Tu aimes sentir ma bite en toi, dis-moi ? Tu en as besoin.

— Oui, oh oui, a-t-elle haleté.

— Hannah, Bébé, tu vas me faire jouir. Sers-toi de l'autre jouet pour ton clitoris. Je vais te regarder jouir. Fais ça bien. Si tu y vas à fond, j'irai en douceur avec toi demain. Demain, je vais te donner une bonne leçon. J'avais envie de te baiser au Dynamite et tu m'as sucé jusqu'au bout, petite cochonne. Tu n'as pas pu t'empêcher de me prendre dans ta bouche, hein ?

Je ne contrôlais plus le flot de paroles cochonnes qui me venaient aux lèvres. J'étais réellement dépravé. Tout ce que je savais, c'était que cette excitation me faisait l'effet d'une drogue. Ça me faisait planer, physiquement et mentalement.

— Montre-le-moi, a supplié Hannah tout en accélérant les mouvements du vibromasseur toujours en elle.

Elle a placé le plus petit accessoire à cheval sur son clitoris tout en réglant la vitesse. Elle s'est mise à se tortiller et à manquer d'air. J'avais le regard fixé sur son sexe étroit serré autour du vibromasseur.

— S'il te plaît, a-t-elle dit d'une voix éraillée.

Elle a trituré les commandes du vibromasseur. J'ai entendu les deux moteurs s'élancer par alternance à la vitesse maximale.

— Tu veux voir ma queue, Hannah ? Regarde-toi, comme tu t'amuses avec tes jouets. C'est la bonne vitesse, ça vibre bien en toi ? Tu aimerais que je te pénètre ?

— Oh oui, pitié...

Ma main s'est déchaînée autour de ma verge. Je souhaitais attendre Hannah pour jouir mais je doutais de tenir beaucoup plus longtemps.

— Regarde l'effet que tu me fais, ai-je haleté.

Tout en orientant la webcam vers mon entrejambe, j'ai éprouvé un peu de la honte qu'Hannah avait dû ressentir. C'était d'une grande intimité que de m'exposer en train de me faire du bien.

— Matt, putain, a gémi Hannah. Je jouis. Mon Dieu… oh !

Là, je me suis raidi dans mon fauteuil de bureau et j'ai juste eu le temps d'attraper un mouchoir en papier pour éjaculer dedans. Putain de merde, était-ce la vue de mon érection qui avait fait basculer Hannah dans l'orgasme ? Tandis que le plaisir m'envahissait, j'ai contemplé le corps d'Hannah qui se tordait en s'agrippant aux sex toys, le miel inondant ses doigts.

Un orgasme de folie.

Nous avons ri en nous essuyant et en redescendant sur terre. J'ai coupé l'enregistrement et remonté mon boxer-short.

Hannah s'est allongée sur le ventre, en appui sur les coudes, sans se donner la peine d'arranger son débardeur. Sa poitrine reposait sur le couvre-lit. C'était beau de la voir totalement détendue ; je regrettais juste qu'elle ne soit pas sur mon lit.

— Coucou, ai-je fait en souriant, décontracté dans mon siège.

— Coucou. (Hannah souriait. C'était une déesse seulement parée de ses lunettes.) Alors, Matt, où vas-tu me régler mon compte demain ?

— Chez moi, ai-je répondu, si tu as envie de venir.

— J'aimerais beaucoup.

— Très bien. Tu n'as rien de spécial à faire ?

— Pas en fin d'après-midi, a-t-elle répondu. Ma mère va sûrement me confier du travail, mais ça sera vite fait. Je ferais bien de consacrer un peu de temps à ma recherche d'un vrai travail.

— Je vais prendre ma journée. Je passe te prendre à midi. Tu seras libre ?

— J'imagine, oui.

— Bien. Hannah, tu as déjà envisagé de travailler dans l'édition ?

— Tu veux rire ? (Hannah a pouffé en ébouriffant ses cheveux. Les plus longues mèches lui arrivaient au milieu du dos. J'avais envie de tirer sur ses boucles brunes en la fessant.) C'est le boulot de mes rêves, surtout que j'ai suivi un double cursus d'anglais et de marketing. Mais c'est dur de décrocher un boulot dans ce milieu. Je ne peux pas me permettre de faire un stage non rémunéré en ce moment.

J'ai réfléchi avant de répondre.

— Bon, je le note dans un coin de ma tête. J'ai des relations.

— Matt, si tu continues à me rendre des services, je vais finir par avoir l'impression d'être ta captive.

— Tiens, bonne idée. Je vais t'attacher à mon lit et quand tu auras faim, tu pourras me sucer. Qu'en penses-tu ?

Hannah a gloussé en calant un oreiller sous sa poitrine.

— Je te le lancerais à la figure si je pouvais. (Elle a ravalé un bâillement. Une vraie princesse.) Au fait, tu pourrais me rendre un service, Matt ?

— Tout ce que tu veux.

— C'est facile. Répète juste : « Ça m'a fait plaisir de discuter avec toi, Hannah. On se voit demain. Dors bien. »

Je l'ai considérée avec incrédulité.

— Ne me regarde pas comme ça. J'essaie de t'enseigner cette faculté mystérieuse qui a l'air de te faire défaut. Ça s'appelle « comment dire au revoir. »

J'ai souri en me massant la nuque.

— Pourquoi souris-tu comme ça ? a-t-elle demandé.

— Je ne veux pas, jamais, ai-je dit.

— Quoi ? Jamais quoi ?

— Je ne veux pas apprendre à dire au revoir correctement.

J'ai éteint Skype et fermé les yeux. Mon rire a déchiré le silence de l'appartement.

12

Hannah

— Tu as des projets pour le 4 juillet ? a demandé Matt tandis que nous traversions la ville.

Il était arrivé chez moi à midi pile et m'avait attendu devant sa voiture. J'avais la ferme impression qu'il évitait ma famille – ou l'humanité en général.

Il était séduisant, comme toujours.

Il portait un pantalon gris foncé et une chemise claire aux manches enroulées. J'étais raisonnablement certaine qu'il portait des Ferragamo aux pieds, même si je n'avais pas l'intention de vérifier, et à son poignet, sa montre était aussi massive qu'une ancre marine. De mon côté, je portais une petite robe bain de soleil jaune de chez Macy. Formidable, je devais ressembler à sa nièce.

J'avais pris mon gros fourre-tout puisque Matt tenait à ce que je prenne mes sex toys. Il fallait à tout prix que je découvre ce qu'il faisait dans la vie. Il s'habillait comme un dieu du sexe, conduisait la voiture la plus sexy dans laquelle j'aie eu l'occasion de monter, et me faisait livrer la Rolls des sex toys en un clin d'œil.

De plus, je commençais à être mal à l'aise d'avoir une relation sexuelle suivie avec un homme qui demeurait somme toute un étranger.

— Le 4 ? ai-je dit en m'efforçant de détacher mon regard de ses avant-bras nus. Je ne crois pas. De notre terrasse, on voit assez bien les feux d'artifice. J'imagine qu'on va simplement manger des hamburgers et flâner, comme d'habitude.

Honnêtement, la fête nationale m'était sortie de la tête, comme à peu près tout le reste, grâce à Matt.

— Et toi ?

— Rien de prévu.

— Tu as de la famille dans la région ? ai-je demandé en observant sa réaction.

Matt fixait la route. Rien n'a changé dans son expression.

— Non, pas dans le coin. Deux frères sur la côte Est.

— Des frères ? C'est sympa. Vous vous entendez bien ? Ils sont plus jeunes ou plus vieux que toi ?

Un millier de questions me brûlait les lèvres.

— C'est bon ici, a dit Matt.

Nous étions garés devant un restaurant méditerranéen. Fin de la conversation.

Après déjeuner, Matt m'a m'entraînée sur les trottoirs de Denver avec une impatience qui était devenue sa marque de fabrique.

— Matt, ai-je dit le souffle court, mes jambes sont plus petites que les tiennes.

— Je suis bien placé pour le savoir, a-t-il répondu avec un clin d'œil.

Soudain, nous nous sommes arrêtés devant un bâtiment de taille moyenne, à l'angle d'une rue. Dans ce cadre chic, une statue près de l'escalier a attiré mon attention. C'était une aile en pierre disposée en saillie dans une petite fontaine.

Pas croyable.

J'ai vérifié l'inscription gravée au-dessus de la porte : AGENCE GRANITE WING.

— Matt, que...

Il ne m'a pas entendue, parce qu'il s'est écarté de quelques pas et a sorti son téléphone. Je l'ai entendu rire.

— Oui, a-t-il dit. D'accord, très bien. J'ai préféré éviter de passer par ta secrétaire. Oh, elle est partie découvrir le monde ?

Après quelques plaisanteries et un éclat de rire sec, Matt a rangé son téléphone dans sa poche. Me prenant par la main, il m'a emmenée à l'intérieur de l'immeuble. Je jacassais à bâtons rompus mais, à mon avis, Matt ne m'écoutait pas, même s'il me souriait de temps à autre. Était-ce son sourire qui faisait flancher mes genoux, ou le fait de me trouver dans l'agence qui, disait-on, représentait M. Pierce ?

Et la rumeur sur M. Pierce n'était qu'anecdotique, comparée à la réputation de l'agence. Pamela Wing et son associée, Laura Granite, géraient certains des plus grands noms de la littérature. Elles étaient connues pour repérer les talents et pour être des négociatrices impitoyables. Elles débauchaient des auteurs d'agences concurrentes aussi, tout cela depuis leurs modestes bureaux de Denver.

— Matt, pourquoi sommes-nous ici ? ai-je questionné.

Ma voix a résonné dans le hall. Matt m'a regardée, sourcils froncés.

— Je t'ai dit que je connaissais des gens dans le milieu.

Je me suis sentie blêmir. Des relations ? Des employeurs potentiels ? Ici, maintenant ?

— Non, non. Ma tenue n'est pas du tout appropriée. S'il te plaît, je voudrais...

J'ai fourragé dans mon sac. Avais-je quoi que ce soit qui puisse me donner un air plus professionnel en deux secondes ? Peut-être une arme avec laquelle me désintégrer ? Quand ma main s'est refermée autour du vibromasseur violet, j'ai bien failli le sortir de mon sac, à la vue de tous. Merde et merde !

— Détends-toi, a murmuré Matt.

— Putain, Matt, comment tu veux que...

Entendant des talons claquer sur le marbre du hall, j'ai levé les yeux et découvert une femme blonde qui marchait vers nous. Elle a échangé une rapide poignée de main avec Matt.

— Matthew, l'a-t-elle salué.

Quand son regard s'est posé sur moi, je me suis sentie rétrécir. Je faisais peine à voir à côté de Matt et de cette femme à l'air féroce. Une fois de plus, j'ai clairement eu l'impression de me trouver dans l'enclos d'un lion.

J'ai tendu la main.

— Hannah Ca...

— Je te présente Hannah, est intervenu Matt. Une bonne amie, nouvelle à Denver. Écoute, Pam, je n'ai pas beaucoup de temps et je suis désolé de te solliciter à l'improviste…

Oh, mon Dieu. Il avait dit Pam. Pamela. C'était Pamela Wing, en chair et en os.

— Ça te ressemble si peu de m'adresser des requêtes inattendues, a dit Pamela.

Elle a adressé un sourire glacial à Matt, sourire qu'il lui a rendu. Ils avaient l'air de bien se connaître mais en même temps d'être sur leurs gardes. Une idée horrible m'a traversé l'esprit. Avaient-ils été amants ?

— Je vais faire court, Pam, Hannah cherche du travail. Je ne te demande pas de faire un miracle ni de me rendre service. Mais c'est une fille intelligente. Diplômée de l'université de Kenyon, maîtrise d'anglais et de marketing. Tu pourras lire la suite dans son CV.

Il a fait un geste vague de la main. Mon Dieu, il donnait pratiquement des ordres à Pamela Wing, un agent littéraire qui dévorait l'âme des gens au petit déjeuner.

— Tu comprends où je veux en venir ? Garde-la dans un coin de ta tête, tu veux bien ? Je voulais vous présenter l'une à l'autre.

Pendant tout ce temps, ma main était restée mollement dans le vide. Pamela l'a finalement serrée. Mes doigts se sont ratatinés tant sa poigne était ferme.

— Bonjour Hannah, a-t-elle dit. Pam Wing. Très heureuse de faire votre connaissance. Comme je l'ai dit à Matt au téléphone, ma secrétaire, dans sa grande sagesse, s'est récemment envolée pour

Las Vegas pour se marier, et m'a informée par téléphone qu'elle démissionnait sans délai.

Les yeux de Pam lançaient des flammes. Pour rien au monde, je n'aurais voulu être à la place de son ancienne secrétaire.

— Je ne vous promets rien, mais si vous n'avez rien contre des travaux de secrétariat et l'idée de me suivre à droite à gauche, et si vous êtes aussi douée que Matt l'affirme, la place est à vous. Je vous contacterai. Matthew.

Pam a adressé un rapide signe de tête à Matt et est sortie de l'immeuble en moins de temps qu'il n'en faut pour le dire. Son parfum me piquait encore le nez.

Mais qu'est-ce… qui venait de m'arriver ? Je n'avais pas prononcé une seule phrase cohérente devant elle, et en résumé, elle m'avait proposé un emploi. Soit ça, soit elle s'était débarrassée de moi avec diplomatie. Clignant des yeux, j'ai replacé l'anse de mon sac sur mon épaule.

Matt m'observait.

— Ne réfléchis pas trop, a-t-il dit avec douceur. Elle s'en moque si tu n'envoies jamais ton CV mais la place sera prise en quelques jours. Et c'est inutile de me remercier. Cette femme est un requin. À la moindre contrariété, elle n'hésitera pas à te virer. Aucune marge d'erreur.

Matt a ébouriffé mes cheveux, un geste tendre qui m'a malheureusement rappelée à mon côté enfantin, et il s'est dirigé d'un pas tranquille vers la sortie. Je l'ai rejoint d'un pas précipité, mes tongs claquant sur le sol.

— Mais *qui* es-tu ? ai-je demandé pendant que nous retournions vers la voiture. Que fais-tu dans la vie ? À quoi ça rime ?

Matt n'a répondu qu'une fois confortablement installé dans sa voiture.

— Je suis un homme d'affaires, a-t-il dit en soupirant. On peut en rester là ?

— Ai-je le choix ?

Je ne savais plus à laquelle de mes émotions me raccrocher. J'étais furieuse – en colère contre Matt qui m'avait tendu une embuscade en arrangeant cet entretien inattendu, en colère contre moi qui m'étais enfoncée dans le silence – et enchantée par la perspective de décrocher ce poste, et émerveillée par la présence de cet homme à mes côtés. Mais il était tellement énervant… et si follement délicieux, mystérieux et impatient aussi.

Dans l'immédiat, Matt conduisait comme s'il flirtait avec la mort.

— Maintenant, chez moi, a-t-il déclaré sans quitter la route des yeux.

— J'aurais aimé avoir connaissance de l'itinéraire avant que tu me traînes devant l'un de mes héros du monde de l'édition.

— Je dois en déduire que tu crois aux ragots qu'on raconte sur cette agence ?

— Lequel ? Qu'elle représente M. Pierce ? Je ne sais pas.

Matt a eu un petit sourire suffisant.

— Je n'aurais jamais imaginé que tu sois fan de lui, Hannah. Il ne faut pas croire tout ce que tu lis. Je suis sûr que cet écrivaillon a un agent newyorkais très en vue qui lui fait du lèche-bottes.

— Je ne suis pas fan, sauf si le fait que j'apprécie ses livres fait de moi une fan. Il se trouve que je pense qu'un écrivain a droit au respect de sa vie privée. Pourquoi en parles-tu au masculin, au fait ?

Matt a gardé le silence pendant un moment.

— Lui ou elle, a-t-il repris. Probablement elle, à bien y réfléchir. Trop sentimentale.

— Trop sexiste !

Matt m'a décoché son sourire qui me faisait fondre à tous les coups. Étais-je complètement folle de lui ?

Matt avait un vaste appartement en étage élevé dans le centre-ville de Denver. J'aurais probablement dû m'en douter. Les pièces étaient en ordre et modernes, d'un blanc sévère, avec un parquet clair et de somptueux tapis surdimensionnés. Le mobilier était en métal brossé, et le décor succinct mais de bon goût. J'ai reconnu une reproduction de John Singer Sargent au mur. Matt apparaissait dans chaque pièce que je découvrais, tandis que je traversais l'appartement impeccable et calme. Chaque fois que je lui souriais, je croyais percevoir une pointe d'anxiété sur son visage. Quelle raison avait-il d'être nerveux ? Mon opinion était-elle vraiment importante à ses yeux ?

— Cet appartement est très agréable, ai-je dit. C'est fabuleux. J'ai du mal à imaginer qu'il ait pu être en désordre.

— J'ai fait venir une femme de ménage.

— Laurence ! me suis-je écrié devant le clapier du lapin dans la salle de séjour.

Le clapier était aussi chic que l'appartement de Matt, bâti dans un beau bois verni avec des petites poignées dorées.

— La demoiselle que tu aimes est là, a dit Matt au lapin.

Nous avons observé Laurence sautiller autour du clapier. L'indécision de Matt me mettait mal à l'aise – et m'excitait étrangement. Il ne m'avait pas encore touchée, mais je savais qu'il en avait l'intention. Je supposais que sa chambre se situait au bout du couloir.

Qu'est-ce qui n'allait pas ? La tension et le désir me serraient le ventre.

Nous nous sommes retrouvés dans la cuisine, Matt dans mon dos, tout près.

— Joli.

J'ai dégluti en passant la main sur le plan de travail en granit. Même la cuisine était d'une propreté impeccable. J'étais consciente de la présence de Matt derrière moi. J'ai cru l'entendre respirer doucement. J'ai eu des frissons. S'il ne me touchait pas rapidement...

L'air a quitté mes poumons quand le torse de Matt a frôlé mon dos. Il m'a plaquée contre l'îlot en prenant mes seins en coupe. J'ai gémi.

— Tu es prête ? a-t-il murmuré à mon oreille.

— Oui, ai-je répondu sans hésiter, en m'efforçant d'être audible.

J'étais prête depuis que j'avais ouvert les yeux au réveil. Prête et inquiète.

— Alors penche-toi sur le comptoir.

J'ai fait ce que Matt me demandait, bien que la position fût inconfortable. Le dessus en pierre me rentrait dans le ventre. Matt m'a appuyée sur le dos si bien que mes seins étaient écrasés.

Sans un mot, il a relevé ma robe jusqu'à la taille. Je me suis attendue à un commentaire quand il s'est retrouvé face à mes fesses nues et à mon string rose, mais il est resté silencieux. Il a tiré sur l'élastique de mon sous-vêtement entre mes fesses. Un petit cri s'est échappé de ma bouche. Mon appréhension croissait.

Matt a caressé mes cheveux, mais ses doigts se sont coincés dans mes boucles épaisses. Il a saisi une poignée de cheveux à pleine main et a tiré, tout en me fessant durement, d'un geste rapide.

— Matt ! ai-je hurlé.

Entre les tiraillements de mon cuir chevelu et la sensation de brûlure qui me picotait les fesses, j'étais secouée par des tremblements sur le plan de travail. D'instinct, j'ai tenté de m'écarter de la surface dure, mais sa main dans mes cheveux et son bras musclé qui me coinçait le dos m'empêchaient de bouger. Aucun moyen de m'échapper ! Mais l'excitation était à son comble. Je me suis souvenue que Matt m'avait avertie qu'il allait me donner une leçon – sans gentillesse. Je n'avais pas d'autre choix que de l'accepter.

— Ah ! Ah ! Ah ! braillais-je chaque fois que sa main heurtait mes fesses.

— Hannah ! a finalement grondé Matt. Écoute-toi. Mon Dieu, tu es parfaite.

Glissant les doigts sous mon string, il m'a fouillée vigoureusement. J'étais trempée.

Aucun de mes ex ne m'avait jamais humiliée comme ça, aucun n'avait osé être aussi brutal, alors comment aurais-je pu deviner… à quel point j'adorais ça.

— Ohhh, mon Dieu, ai-je dit dans un souffle.

À peine Matt avait-il entrepris de m'agacer avec ses doigts qu'il recommençait à me fesser. Je me trémoussais pour mieux sentir sa main et, l'instant d'après, je tentais d'échapper à son geste impitoyable. J'avais le derrière en feu.

— Tu es ma salope, a dit Matt en couvrant le claquement des fessées et mes cris dégradants. Tu m'appartiens, Hannah. C'était vilain de me faire jouir dans ta bouche alors que je voulais te baiser, et c'est pour ça que je te punis.

Il s'est remis à me tracasser avec ses doigts. Je me tortillais en haletant, les larmes aux yeux.

— Je sais que tu aimes sucer ma queue, Hannah, mais c'est moi qui décide quand je veux la mettre dans ta bouche. Ce n'est pas à toi de me donner du plaisir, tu as compris ? Je te le prends.

J'ai perdu le sens de la réalité entre le plaisir et la douleur, les gémissements et les tortures excitantes de Matt. J'étais à peine consciente du tissu doux de son pantalon contre mes jambes, de son membre en érection. Il a ri en me disant que mes fesses brillaient. Il m'a demandé comment étaient mes seins, et si j'en avais eu assez. Il m'a dit que ma chatte était étroite, et qu'elle avait besoin de se faire prendre.

Tout s'est arrêté brusquement. Matt m'a serrée dans ses bras, l'un et l'autre à bout de souffle, et il m'a embrassée. Ses mains parcouraient mon corps, pressant chaque partie plus charnue.

— Mon Dieu, a-t-il murmuré sans écarter sa bouche. Hannah… Tu la veux ? Touche, sens l'effet que tu me fais.

Me saisissant le poignet, il a posé ma main sur sa verge. J'ai enroulé mes doigts autour.

J'avais trop souvent perdu mon sang-froid avec Matt. Je souhaitais ça, sans trop savoir ce que c'était. Je lui faisais confiance. Et sans réaction claire de ma part, je savais qu'il ne me forcerait pas.

À faire *quoi* ?

J'ai repoussé mon anxiété.

— Fais-le, ai-je chuchoté. Fais-le, Matt, je suis à toi.

13
Matt

Quand je jouais avec Hannah, tout devenait simple et beau.

Pendant qu'elle inspectait mon appartement, j'étais rongé par l'inquiétude. Allais-je trop vite ? Risquais-je de l'effrayer aujourd'hui ? Et si elle tombait sur un objet appartenant à Bethany ? Était-elle en colère d'avoir rencontré Pam sans avoir été prévenue ? Et était-ce une idée idiote que j'avais eue, un conflit d'intérêts majeur ?

Dès que j'ai allongé Hannah sur le plan de travail de la cuisine, mes soucis se sont envolés. Le monde s'est résumé à nous deux. Aux fesses d'Hannah. Ma main. Le minou d'Hannah. Mes doigts. J'aurais dû me douter qu'elle supporterait tout ce que je lui ferais. Elle était intrépide.

Lorsque je l'ai emmenée dans ma chambre et que je lui ai montré les accessoires sur le lit, j'ai demandé si ça lui posait problème. Elle ne s'est pas enfuie en hurlant. Elle ne s'est pas jetée à mes pieds non plus. Elle a pris le temps d'examiner les objets – un collier avec des pince-tétons intégrés, du ruban adhésif noir, quatre cordons de soie, un bandeau pour les yeux et un bâillon avec une boule pour la bouche – et elle m'a souri. Regarder Hannah toucher ces accessoires suffisait à me faire bander. Je les avais achetés dans la matinée, avant d'aller la chercher. Non seulement je ne jouais jamais à ces jeux avec Bethany mais je n'avais aucun désir de voir Hannah à sa place, surtout pas dans le lit. Même mon côté salopard avait des limites.

— Très bien, a murmuré Hannah. Vas-y.

Quand elle est venue vers moi, je tremblais. Elle a passé les bras autour de mon cou et a rapproché la bouche de mon oreille.

— Fais-le moi, Matt.

Pendant que je la préparais, elle s'est montrée obéissante. J'ai noué le bandeau sur ses yeux et je l'ai déshabillée, ne lui laissant que son string. Avant de la bâillonner, j'ai placé une pierre dans sa main.

— Si tu veux que j'arrête, l'ai-je informée, tu n'as qu'à lâcher ça, et j'arrête. Tu as compris ?

Elle a hoché la tête et ouvert la bouche pour me laisser installer la boule du bâillon.

Je crois que c'est à ce moment-là que j'ai perdu le contact avec la réalité. Quand elle a entrouvert ses adorables lèvres, j'ai aperçu sa jolie langue rose. Devant sa bouche disciplinée et sa soumission, j'étais comme fou.

— Ça te plaît vraiment, ai-je murmuré, n'est-ce pas ?

Sans la laisser répondre, j'ai fourré la boule dans sa bouche et noué le bâillon derrière sa tête. En riant, je l'ai poussée pour qu'elle dégringole sur le lit. Elle est tombée sur le duvet avec un cri étouffé.

— C'est ce que tu as demandé, espèce de salope, ai-je ricané.

C'était plus fort que moi ; j'ai ôté mes chaussures et ma chemise, et j'ai rampé sur Hannah qui se trémoussait. J'ai frotté mon érection contre son sexe, ses cuisses, son ventre, ses seins, son visage. Je me sentais à l'étroit dans mon pantalon.

Elle a essayé de participer, sans conviction, en tendant les mains vers moi, mais je l'ai repoussée pour l'attacher au lit.

— Tu n'as pas besoin de tes membres aujourd'hui, Hannah. Je vais t'utiliser comme si tu étais ma chose. Tu n'es qu'un corps avec lequel je vais m'amuser. Une chatte, une bouche et une belle paire de nichons.

J'ai ligoté Hannah à mon lit, bras et jambes écartés, les cordons de soie noués à ses poignets et à ses chevilles étirés vers les quatre pieds du lit. Puis j'ai admiré mon œuvre en souriant. Je me suis assis à côté d'elle et j'ai tiré sur la pointe de ses seins avec paresse.

— Nnn ! Nnn !

Ainsi bâillonnée, elle produisait des bruits merveilleux.

— Gentille fille, l'ai-je rassurée. Je teste tes liens. Ils sont bien serrés, je vois. Tu peux à peine bouger. Ça te fait mal ?

J'ai commencé à tordre et à pincer le bout de ses seins, à presser et à frapper leur masse. Elle tressautait sur le lit. Le bout de ma queue était déjà humide, je le sentais. Mon regard s'est porté sur la pierre qu'elle tenait dans la main, fermement serrée entre ses doigts.

— C'est le moment de mettre ton collier, Hannah. Après nous ferons des photos.

Elle a grogné.

J'ai installé le collier autour de son cou et fermé la boucle. J'ai serré les pinces avant de les fixer à ses seins. La respiration d'Hannah s'est faite saccadée, comme de petites explosions d'air jaillissant de ses narines. Maintenant, je n'avais plus qu'à détacher mon pantalon et à l'enlever en même temps que mon sous-vêtement. J'ai grimpé sur elle, reposant mon sexe lourd sur son ventre.

— Tu vois comme tu me fais bien durcir, ai-je dit. Je sais que tu as mal aux seins. C'est un collier spécial, rien que pour toi. Quand je règle les chaînes comme ça (j'ai raccourci les chaînes reliant le collier aux pinces pour les tendre entre ses tétons durcis et son cou), le moindre mouvement de ton cou tire sur tes seins. Je sais comme tu adores que tes parties sensibles soient malmenées, Hannah. Et pour éviter que ça se détache si tu gigotes…

J'ai déchiré deux morceaux d'adhésif noir que j'ai collés sur les seins d'Hannah et les pinces, serrant délibérément ses pointes avec le ruban.

— Mmm, a-t-elle geint.

Je voyais qu'elle essayait de bouger la tête le moins possible. J'ai frotté ma queue sur son ventre, et je l'ai regardée avec un petit sourire.

— Mais, Hannah, on dirait que tu baves un peu.

J'ai effleuré la salive qui coulait de sa bouche bâillonnée.

Je suis allé chercher mon téléphone dans mon pantalon, et j'ai pris quelques photos d'Hannah. J'en ai fait une belle de son string, le tissu rose trempé, et de son beau visage aveuglé à la bouche emprisonnée.

Ses sex toys étaient posés sur le lit. J'ai allumé le petit vibromasseur en forme d'œuf, le réglant sur la vitesse maximale, et je l'ai introduit dans le string d'Hannah.

— Essaie de ne pas trop bouger pendant que je le place, ai-je dit.

Mon regard a parcouru son corps, conscient qu'il lui était impossible de rester immobile. Dès que les premières vibrations ont agacé son sexe, elle a commencé à se tortiller. Elle tournait la tête sur l'oreiller, les chaînes et les pinces tirant si fort sur ses seins qu'ils en tremblaient. Elle poussait des hurlements malgré la boule. Putain, avec Hannah comme ça, je n'allais pas pouvoir me retenir longtemps. De toute façon, je n'en avais pas l'intention.

— Je vais le laisser dans ton string, Hannah, exactement comme ça. (J'ai arrangé le vibromasseur sur son clitoris, les grognements d'Hannah noyant le ronronnement du moteur électrique.) Et je vais te laisser un peu de temps pour réfléchir à ton petit numéro de dominatrice au club.

Je me suis emparé du lubrifiant et je me suis laissé tomber dans mon fauteuil avec vue sur le lit. Parfait.

Les gémissements d'Hannah étaient irréguliers. Par moments, elle devenait immobile et silencieuse, tandis qu'elle luttait contre les sensations qui s'emparaient de son corps. Elle recommençait rapidement à trembler et à se débattre. Ses gémissements se sont transformés en cris de désespoir. Elle agitait les cuisses et arquait le dos. La petite boule coincée dans son sous-vêtement qui vibrait, ça la rendait folle. J'ai prolongé les tortures d'Hannah pendant presque vingt minutes. J'ai étalé du lubrifiant sur ma queue et je me suis caressé en la contemplant. Au moment crucial, je suis remonté sur le lit. Sa tête allait d'avant en arrière comme si elle pouvait voir ce que je faisais.

— C'est ça, ai-je dit en pantelant. Tourne la tête. Tire sur tes tétons. Tu sens ce que je fais ? Je suis juste au-dessus de toi.

J'ai chevauché sa poitrine. Je me suis branlé au-dessus de son visage. Lorsqu'une goutte de gel est tombée sur son menton, nous avons gémi à l'unisson.

— Mon Dieu, Hannah… ai-je murmuré. Je vais jouir, Bébé, putain, je…

Le souffle court, j'ai agrippé la tête de lit, jouissant spontanément. Emporté par le plaisir, j'ai courbé l'échine. Je me suis forcé à garder les yeux ouverts pendant que mon sperme giclait sur le visage d'Hannah.

Par le passé, j'avais joué à ces jeux avec d'autres maîtresses, mais ces souvenirs étaient pareils à des cendres. Sans feu. Sans même une étincelle. Aucun rapport sexuel n'avait atteint ce degré d'érotisme.

Hannah tremblait malgré ses liens, se débattant en poussant des cris obscènes. J'ai vérifié sa main. La pierre était fermement nichée dans sa paume.

J'ai éprouvé une vague d'admiration et une gratitude perverse.

— Je sais, ai-je murmuré à son oreille. Tu aimerais que j'enlève le bâillon pour lécher mon foutre, hein ? Peut-être que tu aimerais jouir toi aussi. Je t'ai dit hier soir que je serais gentil avec toi si tu y allais fort pour me satisfaire, et tu as été à la hauteur. Tu as mouillé comme une vraie salope en chaleur.

Les joues d'Hannah se sont empourprées. J'ai trituré ses pince-tétons.

— J'ai enregistré ton petit spectacle d'hier soir. J'avais prévu de te le montrer aujourd'hui mais j'avais trop hâte de te bander les yeux. Tu me plais comme ça. Toi aussi, ça te plaît. Si j'avais envie d'être cruel, tu ne jouirais pas avant que je me remette à bander. Mais tu as été parfaite, Hannah. Alors supplie-moi de te faire jouir. Implore-moi de te pénétrer. Fais de ton mieux, maîtresse.

En quelques mouvements habiles, j'ai détaché le bâillon et l'ai lancé loin du lit.

Hannah a aspiré de grandes bouffées d'air comme si elle était au bord de la noyade.

— Je t'en supplie !

Quand elle s'est mise à sangloter, ses mots m'ont fait frissonner. Je me suis emparé de son long vibromasseur violet et l'ai réglé sur la vitesse maximale.

— De... dans ! Dans moi, mon Dieu ! Laisse-moi jouir, M... Matt, laisse-moi, dedans, je t'en prie, je...

Je me suis accordé un dernier regard au corps d'Hannah ligoté, à Hannah aux prises avec le désespoir, puis j'ai écarté son string et plongé le vibromasseur dans son sexe. Je n'ai même pas eu besoin de le faire bouger. J'avais à peine pressé l'extrémité bombée contre son point G qu'elle jouissait. Le plaisir s'est emparé d'Hannah comme il s'était saisi de moi – un premier accès orgasmique suivi de vagues déferlantes de félicité.

J'ai contemplé son visage pendant la jouissance. Pas étonnant qu'on appelle cela la petite mort. Dans la souffrance et dans le plaisir, elle faisait des bruits similaires, et sous le coup de l'extase son visage évoquait l'agonie. Tandis qu'elle gémissait et inondait sa main de son suc, j'ai maintenu l'objet en elle jusqu'à ce que ses mouvements se calment.

Nous avons dormi tendrement enlacés. Les liens et les accessoires jonchaient le bord du lit. Pour la première fois, je tenais le corps nu d'Hannah et elle tenait le mien serré. Les battements de nos cœurs se sont apaisés de concert. Nos respirations sont redevenues régulières et profondes.

Quand je me suis réveillé, Hannah explorait mon corps de ses petites mains. J'ai pris conscience que je sentais déjà ses gestes pendant mon sommeil, semblables à ceux d'un curieux animal, sur mon visage, mes cheveux et mon cou, mes épaules et mon dos. Quand j'ai soupiré, elle s'est figée.

— Continue, ai-je murmuré.

Ses caresses légères comme une plume sont devenues plus impérieuses. Elle a palpé mes fesses, pressé les contours élancés de mon torse et posé les mains à plat sur mes omoplates. Quand elle s'est baissée pour prendre mes cuisses dans ses mains, elle a commencé à donner des coups de langue sur ma verge.

Pendant que nous faisions l'amour, le soleil faiblissait.

Nous nous sommes touchés partout, avons tout goûté de l'autre. Nous étions lents, tendres et paisibles. Nous avons pris ce que nous désirions. Nous avons tout cédé.

Quand Hannah s'est placée à califourchon sur mon visage, j'ai entortillé ma langue entre ses fesses pendant qu'elle pinçait et léchait mes tétons. Mes yeux se sont baignés dans la puissance de son orgasme. Nous nous sommes assoupis puis réveillés. Je l'ai chevauchée. Elle m'a chevauché. Nos peaux luisaient.

Nous avons recommencé plusieurs fois – tombant de l'autre côté du précipice, flirtant avec le fil de la vie, nous effondrant, explosant et nous dissolvant comme des étoiles mortes.

14

Hannah

Dans la lumière du petit jour, j'ai contemplé Matt qui dormait. Il était allongé sur le ventre, la tête sous un oreiller et sa main sur mon pubis.

Il était beau. Plus beau que jamais. Mon regard a exploré son long corps, suivi le dessin de sa colonne vertébrale, ses cuisses et ses mollets. J'étais rongée par l'envie de le faire rouler sur le dos pour l'embrasser jusqu'à son bas-ventre, le long de ce chemin précieux.

Je me sentais merveilleusement bien. Éreintée de toutes les façons possibles, comme si nos élans passionnés m'avaient purifiée. Au moment où je me suis dégagée de son étreinte pour me lever, j'avais la conviction de laisser quelque chose derrière moi. Mon ancienne peau. Il m'avait prise de fond en comble.

J'ai enfilé la chemise de Matt et fermé un bouton. J'ai longé le couloir sur la pointe des pieds et bu de l'eau au robinet avant d'aller à la découverte de la bibliothèque. Je ne m'étais pas trompée en l'imaginant féru de littérature. La pièce ressemblait au bureau d'un professeur, en plus vaste. Les étagères, qui allaient du sol au plafond, étaient garnies d'ouvrages de référence, de fiction et de documentaires, de traductions, de titres en langues étrangères, de livres enregistrés sur CD, de recueils de poésie, de pièces de théâtre, d'atlas – en résumé, c'était une bibliothèque abrégée.

J'ai promené mes doigts sur le dos des livres, dont certains étaient si anciens qu'ils s'effritaient. J'ai trouvé une grande section consacrée à Willa Cather. Un grand sourire aux lèvres, j'ai pris *Mon Ántonia* sur l'étagère, avec l'impression de mener l'enquête. J'ai trouvé l'épigraphe de Virgile, entouré par Matt. J'ai tourné les pages jusqu'à la dernière. Il avait surligné tout le dernier paragraphe puis, au crayon, souligné la dernière phrase : « Quoi que nous ayons raté, nous possédions en commun le précieux, l'incommunicable passé. »

Dans la marge, il avait noté « épi ? » J'ai froncé les sourcils. Épi ? Épigraphe ? Je savais que c'était l'épigraphe de *The Silver Cord* de M. Pierce. Si au départ j'étais intriguée, à présent j'étais vaguement amusée. Matt serait-il un admirateur secret de M. Pierce ? Cela expliquerait pourquoi il ne cessait de me reprocher d'apprécier cet auteur – il en était lui-même fan et il était trop snob pour l'admettre.

J'ai parcouru les romans, à la recherche de la section des P. Walker Percy, Sylvia Plath, Thomas Pynchon, Puzo, Proust… tiens, pas de Pierce.

— Hannah.

J'ai sursauté.

Matt se tenait dans l'embrasure de la porte. Pâle, il avait les cheveux décoiffés. Un pantalon noir décontracté tombait sur ses hanches.

— Salut, Matt, ai-je dit dans un rire tremblotant. Tu m'as fait peur…

Putain, il avait l'air mortellement sérieux. Une fille dans la cage du lion. Une fille sur le point d'être mangée toute crue. Il a regardé le livre que je tenais dans la main entre les étagères.

— Je… (je me suis éclairci la voix) j'adore tes cheveux comme ça.

Matt m'a observée un instant, puis a porté la main à ses cheveux. Quelques épis ressortaient de sa chevelure emmêlée.

— C'est la nouvelle mode, a-t-il murmuré.

Quand il a esquissé un sourire prudent, j'ai ri trop vivement pour paraître naturelle. Que se passait-il ? Monsieur était mal embouché au réveil ? Ou pensait-il que je fouinais ?

L'air coupable, j'ai considéré le livre que je tenais dans la main. Bon, peut-être que je furetais un peu. Matt m'a pris l'ouvrage des mains et l'a replacé dans les rayonnages.

— Tiens, Willa Cather, brillante écrivaine. Et c'est clairement son meilleur livre. C'est celui qui justifie tout.

Pendant que Matt survolait l'étagère en souriant, j'ai admiré son séduisant profil. Voilà qu'il était chaleureux et enthousiaste alors qu'un instant plus tôt, il avait un air malade et presque violent. Je devais l'admettre, ses sautes d'humeur m'excitaient mais elles m'alarmaient aussi.

— Tu comprends ce que je veux dire ? a-t-il demandé. Les auteurs écrivent un livre après l'autre, comme s'ils lançaient des fléchettes sur une cible. Beaucoup d'essais, mais ils ne mettent dans le mille qu'une seule fois, quand ils écrivent le livre qu'ils étaient faits pour écrire. Jolie chemise. (Il m'a pressé les fesses sans cesser de parcourir les étagères du regard.) Je lis pour trouver ce coup unique. *Le bruit et la fureur, Un homme parmi les loups, Franny et Zooey, Les quatre quatuors...*

— *The Silver Cord,* ai-je bredouillé.

Matt a ricané.

— Oh non, tu ne vas pas recommencer à minauder comme une fan de M. Pierce.

— C'est ça, c'est moi la petite fan, alors pourquoi tu...

Ma voix s'est éteinte. Tout en fixant l'exemplaire de *Mon Ántonia,* je me demandais s'il était sage de le provoquer sur ce terrain. Dans quel but ? À l'évidence, il méprisait M. Pierce. Ma preuve du contraire était alambiquée et séditieuse, et en montrant que je mémorisais et décortiquais toutes ses paroles, je passerais pour une obsédée incurable de lui.

— Pourquoi je *quoi* ? a questionné Matt.

— Pourquoi tu... tu sais, la rumeur sur l'agence Granite Wing ?

Minable. Je n'étais pas fière de moi.

Les pupilles de Matt étaient dures comme des émeraudes.

— Comme tu l'as remarqué, a-t-il expliqué en indiquant ses livres, je suis assez cultivé. J'aime me tenir au courant de l'actualité littéraire. C'est comme ça qu'il m'arrive de lire des articles merdiques sur *Fit to print*[1], tous les trente-six du mois, et on ne peut pas vraiment me reprocher leurs érections chroniques pour cet auteur de seconde zone. Il se trouve que je suis à même d'aborder leurs articles à travers des faits avérés sur Pierce, dont le ragot sur Granite Wing. C'est bon à imprimer, a dit Matt en pouffant, d'accord, mais dans la presse à scandale.

Lorsque j'ai posé les mains sur son torse, son expression s'est radoucie.

— On dirait que tu as une dent contre ce pauvre écrivain, ai-je dit.

Lorsque j'ai enfoui mon nez dans son cou, il a refermé ses bras autour de moi.

— Ça m'étonnerait qu'il soit pauvre. Et je n'ai de dent contre personne, d'accord ? Seulement, il n'arrive pas à la cheville de Cather.

— Moi je trouve que si. (Comme j'embrassais son téton, il a tressailli. J'adorais ça.) Et j'ai étudié la littérature, ça aide, monsieur l'homme d'affaires.

Matt m'a tapoté les fesses.

Nous avons pris notre douche ensemble, en nous donnant un peu de plaisir vite fait, Matt massant mon clitoris de son doigt savonneux jusqu'à ce que ça brûle. Après tout, il était peut-être dépravé, mais qu'est-ce que j'aimais ça !

Nous avons tardé à nous habiller. Matt observait tous mes gestes de ses yeux verts ardents et quand je surprenais son regard, il ne faisait pas

---

1. En français, « bon à imprimer ».

semblant de regarder ailleurs. Il était irrésistible, avec sa serviette autour de la taille.

J'avais l'impression que je ne me lasserais jamais de son corps. Quand il a tiré sur ma serviette dans le salon, je me suis penchée pour m'accrocher au bras du canapé. Je lui ai souri par-dessus mon épaule. Ses yeux exprimaient une soif qui m'enflammait et m'effrayait en même temps, et j'ai poussé un petit cri quand il m'a pénétrée d'un coup. Ses violents coups de boutoir projetaient nos corps l'un contre l'autre. Ses testicules butaient contre mon sexe.

Comme je l'ai dit, nous n'étions pas pressés de nous vêtir.

Finalement, vers midi, nous nous sommes habillés et avons gardé nos vêtements. Ensuite, alors que nous étions debout, face à face dans la cuisine, la tristesse m'a envahie. Matt allait bientôt me reconduire chez moi, et je n'étais pas rassasiée. J'ai trituré son tee-shirt blanc qu'il avait assorti à un short décontracté en lin marron. Je portais ma robe bain de soleil froissée.

Je me suis longuement demandé ce qui lui allait le mieux, des tenues élégantes ou décontractées. J'ai également débattu intérieurement pour savoir si Matt était réel. Quelque chose clochait. Un jeune homme cultivé, sexy, avec un corps divin, un adorable animal de compagnie, des relations de poids, de l'argent à ne pas savoir qu'en faire, qui s'intéressait à moi ? Impossible.

— Joyeuse fête nationale, a-t-il dit d'une voix calme, interrompant mes pensées.

— Ah oui, j'avais oublié.

Sourcils froncés, j'ai peigné mes boucles mouillées avec les doigts. C'était un jeudi, et Matt ne travaillait pas. Il était chez lui et me baisait dans tous les coins. Merci, les États-Unis.

— Oui, toi aussi, joyeux 4 juillet, Matt.

Je lui ai souri, et il m'a renvoyé un grand sourire.

— Comment as-tu pu oublier ça ?

— Tu parles, il n'y a pas de quoi en faire tout un plat. Mais tu as l'air d'y tenir, bizarrement, ai-je fait remarquer, intriguée. Tu es peut-être une sorte d'agent spécial, ou de la CIA... ?

Matt a eu un sourire suffisant.

— Tu trouves que j'ai le profil type du patriote ?

— En fait, j'ai du mal à te définir.

Il s'est penché pour murmurer à mon oreille, d'une voix rauque :

— Mais je n'ai pas de mal à te finir, je crois, Hannah.

J'ai frissonné. Il s'est écarté. Tant mieux pour lui, parce que j'étais sur le point de le provoquer en m'allongeant sur le comptoir.

— Plus sérieusement, a-t-il repris, si j'ai retenu que c'était un jour férié, c'est parce que tu vas être occupée.

Mon cœur a bondi dans ma poitrine. Je pouvais ajouter « charmeur à l'extrême » à la liste de ses caractéristiques.

Je me suis souvenue que Matt m'avait demandé si j'avais des projets pour la fête nationale. Cette idée le préoccupait déjà la veille ?

— Tiens, c'est juste une idée mais comme tu n'as rien de prévu... tu veux venir chez moi ? Ça ne dérangera pas du tout ma famille, et je te promets qu'ils ne sont pas tous aussi timbrés que ma s…

— Oui, super, a répondu Matt en fixant le mur.

Sans m'y attendre, j'ai éprouvé une nouvelle vague de pitié à son égard. Il espérait que je l'invite, ai-je alors compris, mais il ne se serait jamais imposé. Il avait admis ne pas avoir d'amis, ça me revenait à présent. Si je ne l'avais pas invité, qu'aurait-il fait ? Je l'ai imaginé seul sur son balcon.

— Matt, ai-je dit en l'enlaçant. (Il m'a soulevée et, les pieds dans le vide, j'ai poussé un cri perçant.) Tu pouvais demander. Je n'ai pas envie de passer la journée sans toi, moi non plus.

— Hannah… il y a tellement de choses que j'aimerais te dire.

Il m'a pressée contre son torse et a déposé un baiser sur ma tempe. J'aurais donné n'importe quoi pour voir son visage – peut-être y lire l'origine de son désœuvrement ? – mais j'étais dans le vide, la tête engloutie dans son cou.

Nous avons déjeuné en ville. Ensuite, Matt s'est arrêté chez le fleuriste pour acheter deux bouquets de lis. Il m'en a fourré un dans la main.

— Des fleurs, a-t-il marmonné.

— Je vois ça, ai-je dit en lui faisant un petit baiser sur la joue. C'est vraiment adorable. Tu es gentil, et un peu bizarre. Merci, Matt.

— Mouais. Tu crois que je devrais apporter quelque chose ? Un truc à manger ? Une salade de pommes de terre ? Des beignets ?

J'ai reconnu son air agité, le même qui animait son regard quand il m'avait emmenée dîner à

Boulder, le même qu'il affichait pendant que j'inspectais son appartement. Matt en mode anxieux.

Je commençais à découvrir quelques facettes de sa personnalité, même si je ne les comprenais pas. Tout d'abord, il était particulièrement à l'aise dans sa voiture. Dans n'importe quel cadre un tant soit peu social, son attitude assurée se transformait comme par magie et il devenait mal à l'aise au point d'éviter tout contact visuel, de fixer son téléphone et de faire tinter ses clés dans sa poche.

Je suis revenue à l'instant présent.

— Pas la peine d'acheter à manger, détends-toi. Ce n'est pas une réunion formelle, Matt. On va juste passer un bon moment.

— Un bon moment, a-t-il répété.

— Oui, tranquille. Si tu n'es pas à ton aise, nous irons nous cacher dans ma chambre.

Un petit sourire a flotté sur ses lèvres.

— Nous cacher, ai-je répété avec insistance. Tu ne me sauteras pas dessus au risque de m'embarrasser devant ma famille.

— Je sais me tenir.

Je me suis efforcée de ne pas penser à la litanie de grossièretés qui franchissait ses lèvres dès que nous nous touchions.

Tu es ma salope, Hannah.

J'adore la couleur de ta chatte.

Plus fort, Hannah.

Je bande pour toi.

Hors de question que je débarque chez moi le string trempé.

— J'ai des doutes, ai-je dit.

— Alors je vais considérer cette journée comme une occasion de te le prouver.

Réfugié dans sa voiture fortifiée, Matt avait la raillerie facile.

— Enfin bref, je suis capable d'échanger des plaisanteries. Je ne vais pas aller me planquer dans ta chambre. Je *suis* décontracté. Je suis comme ça quand je me détends.

Détendu, mon œil. Matt était de plus en plus agité à mesure que nous approchions de la destination. Il ricanait et réglait le rétroviseur toutes les deux minutes. Ses doigts tapotaient le volant.

Et il a accéléré devant ma maison.

— C'est là, chez moi, ai-je dit en le regardant.

— Mmm...

Matt a conduit comme s'il avait le feu aux trousses jusqu'à l'épicerie la plus proche, où il a entrepris d'acheter une quantité démesurée de salade de pommes de terre et de chips.

— Arrête de prendre des trucs ! ai-je grondé tandis qu'il m'entraînait dans les allées.

— Ça m'aide, a-t-il rétorqué.

Tout compte fait, je n'avais plus qu'à rire devant Matt qui comparait les différentes marques de chips en marmonnant dans sa barbe, la pile grossissant entre ses bras.

Ma mère est restée sans voix en nous voyant arriver. Comment le lui reprocher ? Daisy aboyait et bavait d'excitation, j'avais quatre bols de salade de pommes de terre dans les bras, et j'étais accompagnée par un étranger grand et beau portant trois sacs de chips, deux bocaux de sauce épicée et un bouquet de lis, qu'il a eu la délicatesse de ne pas ficher entre les mains de ma mère. C'était la première fois que j'amenais à la maison un garçon qui offrait des fleurs à ma mère.

Matt se l'est rapidement mise dans la poche. Tout en le remerciant avec effusion pour les fleurs et la nourriture, elle me lançait des regards lourdement significatifs. Je savais bien ce qu'elle avait en tête. Ma mère nous tannait régulièrement, ma sœur et moi, pour qu'on « ne commette pas les mêmes erreurs qu'elle » et qu'on « épouse un homme riche ». Matt sentait l'argent à plein nez, même dans sa tenue décontractée. Son short ? Hugo Boss. J'avais cherché l'étiquette au cours de l'une de nos tentatives infructueuses de nous habiller.

Chrissy a surgi dans la cuisine. Matt caressait Daisy, qui avait posé la tête sur ses genoux et geignait en agitant la queue à la vitesse de l'éclair. C'était surréaliste de voir l'effet que produisait le magnétisme de Matt sur ma famille, même sur le clébard. Au moins, je n'étais pas la seule à le ressentir.

— Salut les gosses ! s'est écrié Chrissy avec un grand sourire.

— Salut, ai-je dit avec un regard égal. Merci d'avoir vérifié si j'allais bien.

— Je… n'ai pas essayé de te joindre.

— C'est ce que je veux dire.

— Oh, allez, a-t-elle fait en me donnant un coup de hanche. Je ne voulais pas interrompre vos galipettes diurnes.

J'ai cru que Matt allait s'étrangler, mais peut-être a-t-il étouffé un rire. Les yeux de ma mère se sont illuminés. Les joues en feu, j'ai tiré Chrissy vers le jardin.

— Et si on interdisait les sous-entendus sexuels devant maman ? (J'ai levé les yeux au ciel.) Et pour que tout soit clair, ça inclut les galipettes du soir, du matin *et* de l'après-midi.

Chrissy est restée bouche bée. Elle ne l'avait pas volé.

Pendant la journée, observer Matt chez moi a été un pur plaisir, sans que je sache vraiment pourquoi. Dès qu'il a serré la main de mon père, ils se sont lancés dans une conversation sur les cours de la Bourse. Même moi, je n'arrivais pas à attirer l'attention de Matt. Mon père lui a proposé une bière, qu'il a poliment refusée, mais plus tard, Matt m'a apporté une bouteille.

— J'aurais dû apporter un pack de bières, a-t-il murmuré.

Le nez froncé, il m'a tendu ma bière. Quand nos doigts se sont frôlés, un frisson m'a traversée. Nos regards se sont croisés. Avait-il ressenti la même décharge électrique ?

— Désolée que la bière de ma famille ne te convienne pas.

— C'est sans espoir. Au moins, je n'en bois pas.

— Le snob est de retour.

— Ça aussi, c'est sans espoir.

J'ai ri en lui donnant un coup de coude. Je sentais que ma mère, mon père et Chrissy nous observaient. Lorsque j'ai levé les yeux, ils ont aussitôt vaqué à leurs occupations, ma mère mettant la table, mon père s'occupant du barbecue et Chrissy essayant de tendre une rallonge pour installer le lecteur CD dans le jardin.

Ma mère s'est donné du mal pour faire sortir mon frère du sous-sol. Jay est arrivé en boudant, un frisbee à la main. Matt a fait un grand sourire en le voyant.

— Oh, un frisbee ! s'est-il exclamé en allant à la rencontre de mon frère.

Je voyais bien qu'il s'efforçait d'avoir l'air nonchalant. Trop mignon. Matt a pris le frisbee des mains de mon frère, a enlevé ses tongs et traversé la pelouse au petit trot. Jay semblait reconnaissant d'échapper à des présentations en bonne et due forme.

La table était prête, mon père faisait griller la viande et Chrissy dansait outrageusement dans l'herbe. Ma mère est sortie de la maison pour allumer des bougies à la citronnelle. Accoudée à la balustrade, je regardais Matt jouer au frisbee avec mon frère. J'avais du mal à y croire, et encore plus quand Matt a imité mon frère et s'est mis torse nu. Adonis en action. Il se déplaçait avec une grâce naturelle, ses longs membres s'étirant en souplesse pour rattraper le frisbee, et chaque fois qu'il bondissait dans les airs, son short descendait plus bas sur ses hanches. Le faisait-il exprès ? Je n'arrivais pas à détacher mon regard de lui – malgré tous mes efforts. J'ai rejeté mes cheveux en arrière en me déhanchant. Je me suis penchée en avant pour faire ressortir mon décolleté. J'ai même essayé de faire onduler mes seins. Rien.

Il était aussi terrible que Daisy dans sa façon de bondir vers le frisbee comme si rien d'autre n'existait. Tiens, et si je m'amusais moi aussi ? Je suis allée me changer, choisissant un short en jean déchiré et un soutien-gorge de maillot de bain bleu. De retour à l'extérieur, je me suis replacée derrière la rambarde en faisant comme si je prenais un bain de soleil.

Rien.

Matt a ri quand Jay et Daisy sont entrés en collision. Mais c'était quoi ce bordel ? Il suffisait d'un frisbee pour que je n'existe plus ? Chrissy m'a tirée par le bras.

— C'est l'heure de ton cours de danse, a-t-elle annoncé. Ne résiste pas, Hannah, je t'avais prévenue. Et là, le moment est bien choisi.

J'ai d'abord refusé. Je n'étais pas du tout d'humeur à me ridiculiser devant Matt. Mais après tout, pourquoi serais-je ridicule ?

— Ouais, ai-je dit avec un sourire hésitant. D'accord, apprends-moi à twerker.

Ravie, Chrissy m'a emmenée sur la pelouse, près du lecteur de CD. Le hip hop a fait vibrer les hauts parleurs. Elle a commencé par me faire une démonstration, les mains sur les genoux, son derrière rebondissant en rythme, puis après avoir correctement placé mes bras et mes jambes, elle m'a appris les mouvements. C'était étonnamment facile. Une fois les bases acquises, elle m'a montré comment faire onduler mon corps pour remuer mes fesses comme de la gelée. Je sentais mon short remonter.

— C'est *génial* ! ai-je crié bien plus fort que nécessaire.

Au moment où j'ai jeté un œil derrière mon épaule, j'ai vu Matt me regarder bouche bée. Le disque a volé au-dessus de sa tête, le manquant de peu. Gagné.

Par chance, mes parents sont des gens discrets, si bien que pendant le repas, personne n'a questionné Matt sur sa vie professionnelle, ou sur sa vie en général. De plus, mon cours de twerk a eu plus d'effet que je ne l'avais escompté. Dès que je levais la tête, je surprenais le regard de Matt sur moi. Il a glissé ses pieds nus sur les miens. Voilà, je l'avais bien cherché.

Lorsque ma mère et Chrissy ont commencé à débarrasser la table, Jay a disparu à l'intérieur. Mon père est parti triturer le barbecue, évitant ainsi de participer au nettoyage.

Oh, cette façon qu'avait Matt de contempler mon petit haut de maillot de bain bleu…

— Tu ne voudrais pas me faire visiter ? a-t-il proposé d'une voix calme.

Nouvel élément sur Matt : ce regard noir et circonspect ne signifiait qu'une chose. Il n'allait pas tarder à me baiser.

Je l'ai emmené faire le tour de la maison. Je me suis attardée à l'étage où se trouvait ma famille, tandis que Matt me suivait patiemment. Chose étonnante, tout paraissait l'intéresser. Il a souri devant la photo de moi à cinq ans, avec mes couettes bouclées.

— Le tout petit oiseau, a-t-il dit en effleurant le cadre.

Nous nous trouvions au salon, seuls. J'ai fiché les mains dans les poches arrière de mon jean.

— Eh oui. Voilà, tu as fait le tour de notre maison douillette.

Matt avait un petit sourire en coin.

— Montre-moi ta chambre, a-t-il dit en se rapprochant de moi. (Quand il a saisi mes seins, j'ai retenu mon souffle. J'ai plaqué la main sur ma bouche. Dans la pièce voisine, j'entendais ma mère chantonner en chargeant le lave-vaisselle.) Sauf si tu préfères le faire ici.

Matt ne bluffait pas. Il a fait coulisser le triangle de tissu sur le côté de mon sein, et a frotté son pouce sur la pointe. J'ai reculé en titubant.

— D'accord, c'est bon ! ai-je chuchoté en remettant mon soutien-gorge en place.

— En bas, tout de suite !

Comme Matt a éclaté de rire, je l'ai faussement regardé de travers. Me donner des ordres sous mon propre toit ! Il n'avait aucune limite, et j'aurais dû le savoir à ce stade. J'aurais également dû me douter que j'allais payer pour l'avoir aguiché en dansant, mais peut-être que je le savais au fond de moi. Peut-être que c'était précisément la raison pour laquelle je m'étais trémoussée dans le jardin.

Je le voulais chez moi.

Je le voulais dans ma chambre, débordant de désir.

Je le voulais partout, encore et encore.

15

Matt

J'ai suivi Hannah et ses fesses rebondissantes au sous-sol. Les battements de mon cœur se sont accélérés. Dommage qu'on soit obligés de faire le moins de bruit possible. Après son spectacle dans le jardin, j'aurais voulu l'attacher pour lui donner la fessée de sa vie.

Jay se trouvait dans l'espace principal du sous-sol, devant un ordinateur. Il y avait deux autres ordinateurs, trois consoles de jeux, des télécommandes, deux vieux téléviseurs et des câbles dans tous les sens, sans parler des cannettes de soda et des sachets de chips vides. Déprimant. Jay écrasait les touches, penché vers l'écran, criant dans un casque similaire à celui d'Hannah. Il n'a même pas levé la tête quand nous sommes passés pour aller dans la chambre d'Hannah.

— On a une belle vue d'ici, ai-je dit pendant qu'elle verrouillait la porte derrière nous.

J'avais envie d'examiner les lieux, mais j'étais incapable d'arracher mon regard d'Hannah. Son petit haut de bikini recouvrait à peine ses seins, et son short en jean ressemblait plutôt à un slip en toile. Quand je l'ai attirée vers moi, Hannah a passé les bras autour de mes épaules et m'a embrassé dans le cou.

— Hannah, ne me rejette jamais, ai-je murmuré tandis que mes mains la parcouraient, serrant et tirant sur sa peau. Ne me refuse jamais ton magnifique corps.

— Jamais, a-t-elle promis.

— Toi dans cette tenue...

J'ai lentement dénoué son soutien-gorge et laissé les lanières pendre dans son dos. À la voir ainsi, j'avais frôlé la crise cardiaque. J'ai laissé tomber son maillot de bain sur le sol. J'ai déboutonné son short et l'ai baissé sur ses jambes.

— C'était pour attirer ton attention, a chuchoté Hannah.

Agenouillé devant elle, j'ai mordu son sexe à travers le tissu mauve de son string. J'ai pétri ses fesses. Hannah a plaqué ses mains sur sa bouche.

— Tu l'as, ai-je dit.

Me levant, je me suis détourné pour survoler la pièce du regard. Elle était plus ou moins comme lors de notre chat vidéo. Sa chambre était très petite, et son grand lit et ses piles de cartons n'arrangeaient rien. L'unique fenêtre, étroite, était en hauteur. Elle avait accroché une lanterne en papier au plafond. Cet objet m'a serré le cœur.

Pourquoi refuserait-elle mes cadeaux ? Je pourrais lui prendre un appartement – un petit nid où j'irais lui rendre visite et jouer avec son corps. Je pourrais lui offrir tous les vêtements dont elle rêvait, tous les livres et tous les meubles. J'ai fermé les yeux, et je me suis passé la main dans les cheveux. Ce serait très bien si j'étais célibataire. Mais là, c'était très mal, d'autant que j'entraînais Hannah dans une situation trouble, l'impliquant activement dans une relation cruelle que j'avais provoquée.

— Matt ?

Dès que je me suis retourné, j'ai replongé dans mon rêve. Les risques et la confusion en valaient la peine. Hannah se tenait debout devant moi, seulement vêtue de son string, la pointe de ses seins lourds dressée. Je me suis assis au bord de son lit en lui souriant.

— Tu voulais danser pour moi ? Tu voulais avoir toute mon attention ? Alors danse. Montre-moi encore ces mouvements, Hannah.

Je bandais déjà à moitié. Donner des ordres à Hannah m'excitait. Putain, la savoir dans les parages suffisait à me chauffer à blanc. Sa présence m'obligeait à travailler mon self-control (ou plutôt mon manque de maîtrise).

— Maintenant ? a rechigné Hannah.

— Mmm, maintenant.

Je me suis allongé sur le lit, la tête sur son oreiller. J'ai ouvert mon short et passé la main dans mon boxer.

— Ce que tu as fait dans le jardin. Tu voulais que je te regarde. Que je t'admire. Alors sois admirable, montre-moi. Je n'ai pensé à rien d'autre qu'à ça… à nous.

Je sentais Hannah se reprocher de m'avoir aguiché en dansant. Mais je savais qu'elle se félicitait aussi. Cette fille était un nœud de contradictions. Elle prenait du plaisir à souffrir. L'humiliation la faisait jouir. Elle s'est postée au milieu de la chambre, dos à moi. Les mains sur les genoux, elle a balancé ses fesses en arrière. Ma queue s'est animée dans ma main. Seul son minuscule string m'empêchait de voir son sexe.

— Je suis prêt pour toi, ai-je susurré en veillant à parler à voix basse.

Hannah a commencé à danser, remuant ses fesses tendues vers moi. Elle s'est tellement penchée que j'ai vu ses seins pendre. J'ai extirpé ma verge de mon short.

— Mm, Hannah.

Quand elle m'a coulé un regard, elle est restée bouche bée. J'ai souri en coin. J'adorais la voir s'émerveiller devant ma queue. La première fois, c'était à l'arrière de ma Lexus – ses yeux écarquillés, ses lèvres entrouvertes sous l'effet de la surprise. Je ne m'en lasserais jamais.

— Tu rougis, l'ai-je informée. N'arrête pas.

Hannah s'est mordu la lèvre et a détourné le regard. Elle a continué à remuer les fesses pour moi, et j'ai continué à me caresser au point d'éprouver un besoin irrépressible de la toucher.

— Baisse ton string.

Obéissante, Hannah s'est trémoussée pour ôter son sous-vêtement tout en dansant. Maintenant, je pouvais voir son sexe velouté entre ses jambes. Je me suis emparé de mon téléphone pour la filmer. Les vidéos, les photos, le croquis. Est-ce qu'un jour, ce serait tout ce qui me resterait d'elle ? Putain, il fallait que j'arrête de me torturer avec ce genre de questions – au moins dans l'immédiat. Le sexe pour maintenant, et les soucis pour plus tard.

Je me suis levé pour aller vers Hannah. J'ai poussé son corps généreux contre le mur.

— Tu la veux ?

Quand ma queue a buté contre ses fesses, elle s'est mise à haleter. Danser avait réchauffé sa peau.

— Oui, a-t-elle murmuré.

— Je vais d'abord te fouiller le cul, Hannah. Où est ton lubrifiant ?

Elle a indiqué une boîte. Sur le dessus, j'ai trouvé un petit tube noir de gel à base d'eau. J'en ai versé une noisette dans ma main et j'ai badigeonné mon index, que j'ai glissé le long de la raie d'Hannah jusqu'à son orifice plissé. Je n'avais pas l'intention d'y insérer ma verge. En même temps, je n'avais pas non plus prévu d'y enfoncer un doigt. Hannah me faisait perdre la tête. Les mains en appui sur le mur, elle a tendu ses fesses en arrière. En la sentant trembler, j'ai souri.

— Nerveuse ? ai-je murmuré. C'est ta faute, Hannah. Il a fallu que tu danses dans le jardin pour m'obliger à regarder ton cul. Maintenant, je suis obligé de jouer avec. Est-ce que tes ex aimaient jouer avec ton derrière ?

— Non, a-t-elle répondu à voix basse.

— Tant mieux. Il est à moi. Tu as un beau cul tout rond. Tu sens ton petit anus qui frémit ? Il se contracte pour éjecter mon doigt, il essaie de me rejeter.

J'ai baissé les yeux vers mon doigt luisant et l'anneau serré qui se crispait autour. Je n'avais même pas encore essayé de l'enfoncer. Quand j'ai forcé un peu, Hannah a bondi pour essayer de m'échapper. J'ai gloussé.

— C'est désagréable, hein ?

— Nn... Matt.

— Tu es une gentille fille, ai-je murmuré. Détends tes fesses, ma chérie. Ou pas. Sois docile, serrée et nerveuse. Quoi que tu fasses, je continue.

Lorsque mon doigt est entré brusquement, Hannah a poussé un petit cri. J'ai plaqué la main sur sa bouche. De l'autre côté de la porte, Jay braillait dans le micro de son casque. Le muscle d'Hannah a pincé ma phalange. La vache, elle était étroite.

— Tout va bien, lui ai-je dit à l'oreille. (Les narines frémissantes, elle a braqué ses yeux noirs sur moi.) Je sais, je sais que tu veux voir mon doigt dans ton cul, mais tu ne peux pas. Il n'est qu'à moitié entré, Hannah. Tu aimes ça ? Je sais que tu as envie de gémir et de réclamer ma queue, mais on dirait que l'un de nous deux a du mal à rester tranquille. (Mon petit rire a soulevé ses boucles.) Je vais devoir garder la main sur ta bouche. Tu sens ton cul qui s'habitue à mon doigt ?

J'ai bougé le doigt entre ses fesses. Les muscles ont frémi et se sont contractés. Hannah grognait dans ma main.

— C'est bien, Bébé, j'aime ce bruit. J'aime tes petits bruits embarrassants. Tu feules comme un chat quand je te baise fort, tu gémis et tu supplies comme une chienne. Celui-là, c'est peut-être mon préféré. Quand tu grognes comme un cochon. Ça veut dire que ça te plaît ?

J'ai engagé mon doigt d'un autre centimètre. Hannah a frissonné.

— Et mon bruit, alors ? Allez, Bébé, grogne. Si tu me déçois, je ne te baise pas.

Comme d'habitude, je peinais à tenir ma langue. Au moins, je parlais doucement. Quand j'ai introduit mon doigt à fond, Hannah a poussé un autre grognement sourd et involontaire dans ma paume. Putain, j'avais atteint mon but. J'ai commencé à la baiser violemment avec mon doigt, mes phalanges forçant le passage malgré la résistance de son corps. Prise de soubresauts contre le mur, elle reniflait, poussait des bougonnements et des grognements qui me rendaient fou.

— C'est bien, Hannah, mon Dieu, c'est bon. (J'ai frotté ma queue qui pulsait contre sa peau nue.) Quand tu arrêteras de renifler et de grogner, je pourrai entendre les bruits de succion de ton cul et de mon doigt dedans. Je mets beaucoup de lubrifiant à l'intérieur. Je parie que tu es pressée de retourner à l'étage, pour te balader avec le gel glissant entre les fesses, en ayant peut-être un peu mal. C'est ce que tu voulais quand tu as secoué ton derrière devant moi, non ?

Humiliée, Hannah a émis un gémissement sourd. Lorsque j'ai sorti mon doigt, elle s'est tendue.

— Encore ? ai-je gloussé. C'est ton tour maintenant, maîtresse. Tu dois me montrer si tu aimes vraiment ça. Prends mon doigt. Je vais libérer ta bouche. Tu crois que tu vas réussir à te retenir de crier ?

Hannah a vigoureusement hoché la tête.

— Très bien. Sans faire de bruit, enfonce mon doigt dans tes fesses. Et n'oublie pas de frotter tes seins contre le mur. Quand tu fais ça, c'est la perfection.

Comme j'écartais la main de la bouche d'Hannah, elle a respiré prudemment. Elle a lentement fermé les yeux. Les mains en appui sur le mur, la poitrine plaquée, elle a commencé à faire rebondir ses fesses sur mon doigt.

— Nnn...

Un bourdonnement grave vibrait dans sa gorge.

— Oh, ma chérie, ai-je dit dans un souffle.

Pendant qu'Hannah aspirait mon doigt entre ses fesses, je n'osais pas toucher ma queue de crainte de jouir. C'était trop bandant, cette image des fesses d'Hannah. Mon Dieu, je devais absolument la posséder. Repousser le moment, c'était de la torture. Mais c'était aussi le paradis.

— Gentille fille, Hannah, c'est bien. Dommage que tu aies fermé la porte à clé, non ? Je sais qu'au fond de toi, tu souhaites que quelqu'un entre et te surprenne comme ça, en train de t'enfoncer mon doigt dans les fesses.

— Oh, a-t-elle haleté.

J'ai placé la main entre ses jambes de sorte qu'au mouvement suivant, trois de mes doigts se plantent dans sa chatte. Elle a fait un bruit étranglé.

— Chut ! Continue. Tu es comblée là, pas vrai ?

— Oui... oui.

— Bien. C'est ça qui te plaît, hein ? Quelque chose dans ton cul, quelque chose dans ta chatte. Il ne manque plus qu'un truc dans ta bouche.

Plus j'y pensais, plus cette idée m'excitait. Un joli petit plug dans ses fesses, son vibromasseur violet dans sa chatte et ma queue dans sa bouche. Nous aurions tous les deux un violent orgasme. J'ai frissonné.

— Bordel, Hannah, faisons-le.

J'ai extrait mes doigts en cramponnant ses hanches. Elle savait ce qui allait se passer. Elle s'est positionnée avec une merveilleuse docilité ; j'étais à ses pieds. Me regardant par-dessus son épaule de ses yeux mi-clos, elle a chuchoté mon nom. Comment avais-je pu croire que j'exerçais un quelconque pouvoir sur Hannah ? Je lui appartenais. Lentement, je l'ai empalée. Les parois moelleuses de son sexe ont emprisonné ma queue, et quand j'ai voulu me retirer, elles m'ont englouti avec avidité. Subjugué, j'ai contemplé ma hampe aller et venir en elle, mon membre lisse recouvert de son miel.

— Tu... me serres fort, ai-je chuchoté d'une voix tendue.

En général, je préférais atteindre l'orgasme par de violents coups de reins, au moins dans un premier temps, et surtout avec Hannah. Elle me rendait impatient. Mais cette fois, c'était différent. Cette fois, c'était profondément personnel – ce que le corps d'Hannah me faisait, ce que le mien lui faisait. Quand j'ai levé les yeux, j'ai surtout vu son regard intense posé sur moi. Elle a souri, et je lui ai rendu un sourire tremblant.

— Salut, ai-je murmuré.

Envolées, mes grossièretés. Il suffisait qu'Hannah sourie pour que je perde mes moyens.

En silence, j'ai accéléré le rythme. Hannah a écarté les jambes pour mieux tendre ses fesses vers moi. D'instinct, elle réagissait à la perfection ; elle faisait exactement ce qu'il me fallait. Au lieu de répondre maladroitement à mes mouvements, elle restait simplement plantée sur ses pieds et me laissait la pilonner par-derrière. Mon membre enflait, ou elle se contractait, ou les deux. La stimulation était exquise.

Même lorsque l'orgasme a été imminent, et que j'ai commencé à caresser le clitoris d'Hannah, nous n'avons pas fait un seul bruit. Je crois que nous tendions l'oreille vers ce bruit : celui, étouffé, de nos corps qui se heurtaient, poussés par le même désir de jouir ensemble. Nous n'éprouvions aucune honte dans le plaisir. Nous étions des partenaires idéaux.

L'orgasme d'Hannah a appelé le mien. Quand son minou s'est contracté, j'ai explosé.

— Jouis en moi, a-t-elle haleté. Mon Dieu…

Je lui ai dit que j'allais jouir. Je lui ai dit de jouir sur ma queue. J'ai failli lui dire que je l'aimais.

Il n'y a rien de plus dingue que le sexe.

16
Hannah

Matt s'est mis à pleurer après que nous avons joui dans ma chambre.

C'était le jour des grandes premières. Un garçon qui offre des fleurs à ma mère. Un garçon qui pleure après avoir couché avec moi.

J'ai toujours cru que je classerais définitivement un partenaire qui fond en larmes après le sexe dans le camp des chiffes molles. Ce n'est pas que je manque de cœur; seulement, l'idée me semblait tarte. Ça, c'était avant que je rencontre Matt. Matt qui pleure et essaie de cacher ses larmes, c'était la chose la plus triste et la plus touchante que j'aie vue depuis longtemps. Et c'était profondément bouleversant. Je sentais les larmes me monter aux yeux pendant qu'il s'éloignait d'un pas traînant en s'essuyant le visage de son avant-bras.

— Putain, désolé, a-t-il dit en se débattant avec son short.

— Allez, viens par ici.

Une autre première : ne pas me sentir empotée en réconfortant quelqu'un. Je n'ai jamais été douée pour ça. Avec Matt, c'est venu naturellement. Je suis allée l'enlacer chaleureusement. J'ai caressé ses cheveux et frotté son dos.

— C'est juste que c'était vraiment un orgasme très intense, a-t-il marmonné.

Un orgasme très intense ? Matt ne sanglotait pas, mais j'avais vu des larmes couler sur ses joues. Ce n'étaient pas des larmes de joie. Il était triste, et apparemment secoué. D'où venait ce chagrin ?

— Matt, ouvre-moi ta porte, ai-je dit. Laisse-moi entrer un tout petit peu dans ta vie.

Quand nous nous sommes écartés, il ne restait de ses larmes que ses yeux légèrement rougis. Souriant, il a ébouriffé mes cheveux.

— C'est ouvert, et ça le restera, a-t-il dit.

J'ai envoyé Matt en haut pour éviter d'éveiller les soupçons en déboulant ensemble dans la cuisine, le feu aux joues. Matt était décoiffé, mais ce n'était pas si grave. Seule Chrissy risquait de le remarquer, de tout comprendre, et cette idée m'enchantait. J'ai enfilé mon haut de maillot de bain et mon short, ajoutant un long tee-shirt par-dessus.

Quand nous avons traversé la pelouse, la nuit tombait. Matt m'a pris la main. Je n'arrivais pas à me défaire de l'impression que quelque chose le perturbait, bien que par moments il ait l'air si bien que mes inquiétudes me paraissaient idiotes.

Quoi qu'il en soit, nous avons cessé d'éviter de manifester notre affection en public. Sous le nez de mon père, sur la terrasse, et de ma mère dans la cuisine (et de Chrissy qui devait nous espionner depuis sa chambre), Matt m'a embrassée longuement contre un vieux peuplier.

Nous nous sommes allongés dans le hamac, gloussant et manquant chavirer, le temps de nous installer. Je lui ai parlé de sa bibliothèque qui m'impressionnait. Nous avons discuté des écrivains que nous aimions tous les deux - Frost, Chandler, Kerouac- et Matt m'a déclamé un poème, *Le feu du bois flotté.*

— C'est un de mes préférés, a-t-il précisé.

Il a récité les vers avec sentiment, puis m'a fait un petit sourire plein d'autodérision comme s'il croyait que j'allais me moquer de lui.

— C'est beau, ai-je dit, et triste. Tu aimes la tristesse ?

Mes doigts ont suivi l'encolure de son tee-shirt. J'étais enfin assez détendue pour ne plus avoir peur de l'écraser. Le seul arrangement qui ne se soit pas terminé dans la terre, c'était que je m'allonge sur Matt. Le regard perdu dans le ciel, il a délicatement passé la main dans mes cheveux.

— J'imagine, oui. Au moins, les choses tristes me semblent plus sincères.

— Plus sincères ? Le bonheur, ce n'est pas sincère ?

— Si, ça l'est, a-t-il répondu en souriant. Mais la tristesse est plus réelle. Quoi que contienne la vie, elle est triste puisqu'elle a une fin.

— Mais la vie serait un cauchemar si elle était éternelle.

— Ou un rêve, a-t-il murmuré.

Ma main a glissé le long de son torse. Je sentais ses côtes. Il était ferme, tout en muscles. Je l'avais observé picorer son déjeuner tout en me zyeutant comme si j'étais la chose la plus appétissante à table.

Je souhaitais le nourrir. Le réconforter et prendre soin de lui. Et ne jamais le laisser partir, même si ce soir, c'était inévitable. Il devait sûrement travailler le lendemain, et j'avais du pain sur la planche – vider mes cartons, faire plus d'efforts pour aider ma mère et refaire mon CV pour Pamela Wing. À ce propos...

— Matt, tu connais le numéro de fax du bureau de Pamela Wing ?

— Oui, je te le donnerai avant de partir.

Avant de partir. J'ai eu un pincement au cœur.

Une explosion a retenti dans le lointain.

— Le feu d'artifice a commencé, a-je dit.

Enfin. C'était mauvais de rester allongée là, à penser au départ de Matt.

— On ferait bien d'aller sur la terrasse.

— Ouais, a-t-il répondu d'une voix morose, à l'image de mon état d'esprit.

Malgré la chaleur, ma mère avait fait un feu et depuis la terrasse, nous avons contemplé trois feux d'artifice distants. Matt a rapproché sa chaise si près de la mienne que c'en était comique, mais cette disposition ne semblait pas lui convenir. Je crois qu'il aurait préféré que je m'asseye sur ses genoux. Il consultait son téléphone de manière compulsive. J'ai dû le pousser du coude à plusieurs reprises pour lui montrer les plus jolis jeux de couleurs, ceux qui me faisaient penser à de la poussière d'or et qui s'attardaient dans le ciel. Après le bouquet final, Matt a aidé à ranger les chaises pliantes et les bougies à la citronnelle.

Daisy le suivait en geignant. Moi aussi, j'avais envie de le suivre en geignant.

Il a serré la main de mon père, enlacé ma mère. Jay et Chrissy étaient déjà en bas, sur la PS3, où ils resteraient jusqu'à deux heures du matin.

J'ai raccompagné Matt à sa voiture.

Je pouvais toujours monter et aller chez lui. Le souhaitait-il ? La soirée avait été magique pour moi, mais Matt s'était peut-être forcé. Il avait probablement hâte de se retrouver seul. C'était une énigme pour moi, et plus je m'ouvrais à lui, plus il me paraissait fermé.

— Je sais que je ne peux pas t'enlever ce soir, a-t-il dit. Tu voudrais venir ?

— Sans hésiter, Matt. Mais...

— Je sais, la vie.

— Oui... (Je l'ai tenu par les hanches.) Mais demain, c'est vendredi.

— On se voit ?

— Bien sûr ! Je n'ai envie de voir personne d'autre que toi, et je n'ai pas tellement d'amis de toute façon.

— Et ton ami d'école ?

— Evan ? ai-je dit en riant. Ça ne compte pas. Il veut juste coucher avec moi.

Le temps d'un instant, Matt a eu une tête d'assassin. J'ai dégluti en essayant de le prendre dans mes bras, mais son corps était rigide.

— Hé, tu es mon seul ami dans ce coin. Et mon seul amoureux.

Amoureux. Merde, ça faisait tout drôle. Qu'étions-nous au juste ? Nous sortions ou nous couchions ensemble ?

— Amoureux, a murmuré Matt, comme s'il se posait la même question.

Il m'a finalement enlacée et embrassée, son attitude montrait qu'il n'avait pas envie de me quitter. Son baiser s'est accentué. Il a gémi dans ma bouche en pressant nos corps l'un contre l'autre. Mon Dieu, il avait envie de moi. Moi aussi j'avais encore envie de lui. Je voulais profiter de son corps jusqu'à ce que nous soyons trop exténués pour bouger. J'ai enroulé ma jambe en crochet autour de lui et serré ses fesses. Il a tiré sur le lobe de mon oreille.

— Si jamais tu me fais bander, a-t-il grondé, tu devras te débrouiller avec.

— Bien, Monsieur, ai-je répondu en tirant sur son short.

Dans un éclat de rire, nous avons pris nos distances.

— Demain, a-t-il dit.

Il m'a envoyé le numéro de fax de Pamela Wing par SMS pendant que nous étions devant sa voiture, puis il est monté et s'est éloigné plus lentement que je ne l'en aurais cru capable. Je l'ai suivi du regard jusqu'à ce que ses feux arrière disparaissent dans le virage. Je commençais à comprendre son aversion pour les au revoir.

J'ai arrangé mon curriculum vitae et je l'ai faxé au bureau de Pamela Wing dans la soirée, ainsi qu'une lettre de motivation pour me présenter, m'excuser d'avoir été mal préparée lors de notre première rencontre et exprimer mon vif désir de travailler pour elle. La rédaction de ma lettre et la correction de mon CV m'ont aidée à ne pas penser à Matt pendant une heure. Mais une fois les pages transmises par fax, j'ai ressenti son absence. Elle s'est tant développée dans ma poitrine que c'est devenu douloureux. Pourquoi ?

Peut-être que je voyais trop Matt.

Peut-être que je ne le voyais pas assez.

J'ai traîné dans la maison. Il était passé partout, en embellissant chaque recoin. Il avait rendu ma cuisine magique, mon jardin lumineux. Même cette horrible salle de jeux avait pris une teinte amusante. À présent, ces pièces étaient sombres et vides.

De mon lit, j'ai vérifié mes e-mails. Surprise, j'ai découvert un nouvel épisode de Matt, envoyé cinq minutes plus tôt. Il était une heure moins dix du matin. Mon oiseau de nuit. Le sourire aux lèvres, je me suis blottie sous les draps pour lire ses paragraphes.

Dans le tourbillon des deux derniers jours, j'avais oublié notre récit. Soudain, j'étais impatiente de savoir comment Cal allait réagir devant le bain de Lana. J'ai survolé le texte.

C'était très bon.

Tout en lisant, une vague de chaleur familière m'a envahie.

Cal fixait le corps nu de Lana, sans chercher à cacher son intérêt. « Loin de se comporter en galant homme, avait écrit Matt, Cal se délectait du luxe d'en être conscient. »

Matt ne faisait aucune allusion au cadre, et ça fonctionnait. Cal oubliait tout ce qui l'entourait. Seul existait l'être humain qui se baignait dos à lui. J'ai compris que ça allait bien tourner quand Cal a eu un aperçu du profil arrondi de ses seins.

Toutefois, Cal n'était pas simple. Tout en se dévêtant et en marchant vers la rivière sombre, il se questionnait sur ce qu'il adviendrait s'ils étaient ensemble. Il était un démon, après tout, et elle une mortelle. Matt en avait fait un être sincère dans ses interrogations, comme dans sa souffrance.

Cal traversait le monde dans une peau d'emprunt. Il pouvait posséder Lana, mais pas la garder. Il ne pouvait pas l'aimer.

Je me suis projetée sans vergogne dans Lana pendant que cette dangereuse créature rôdait en se rapprochant d'elle, en se faufilant dans la rivière comme un serpent. Il lui a pris le savon des mains et a commencé à la laver. Les courants sous-marins les poussaient régulièrement l'un contre l'autre.

Très chaud.

J'ai envoyé un SMS à Matt.

Joli post. Merci.

Il a répondu instantanément.

Plus sympa de l'écrire que d'être couché seul dans mon lit. Tu me manques. Bonne nuit, petit oiseau.

Matt était dans son lit, et je lui manquais. J'étais couchée, et il me manquait. Bien, nous étions dans le même bateau… mais où allait ce bateau ?

Mon portable m'a réveillée à 7h15. Tout en cherchant mes lunettes à tâtons, je me suis emparée du téléphone pour répondre au numéro inconnu.

— B… (J'ai toussée. Saleté de voix matinale.) Excusez-moi. Allô ?

— Bonjour, Hannah, Pam Wing. Impressionnant, votre CV. Matt a omis d'évoquer votre programme d'études anglo-américain Fulbright. C'est très bien, ça. J'ai besoin de vous aujourd'hui.

J'ai rejeté mes draps. Ouah, Pamela Wing en personne avait besoin de moi illico ! Cette fois, je n'allais pas rester sans voix, les bras ballants.

— C'est formidable, ai-je répondu. Je suis impatiente de commencer. Je serai là dans moins d'une heure.

— Parfait.

Clic.

Dans moins d'une heure. Dans quarante-cinq minutes, en somme. J'aurais dû m'accorder de la marge, mais je voulais commencer en beauté. Je me suis douchée et épilée en quinze minutes, et j'ai pris le temps de choisir ma tenue. Je souhaitais arborer une allure professionnelle, mais être à l'aise. J'ai opté pour des collants couleur chair, une jupe droite grise, un chemisier blanc et des escarpins noirs. Je me suis contrainte à rester concentrée. Donc, interdit de penser à Matt, sinon j'allais me perdre dans mes rêvasseries.

J'ai franchi les portes de l'agence Granite Wing à 7h55. Bingo !

Le bâtiment était vide. Après avoir cherché prudemment mon chemin, j'ai fini par localiser le bureau de Pamela Wing. Sa porte était ouverte, et elle était assise à son bureau où elle parcourait une liasse de documents, sourcils froncés. Quand j'ai frappé, elle n'a pas levé les yeux.

— Pas tout à fait moins d'une heure, Hannah, mais pas loin.

Pas tout à fait moins d'une heure ? J'ai vérifié l'heure, les joues en feu. Bon, j'avais perdu dix minutes à errer dans les locaux, mais je n'étais pas en retard. L'avertissement de Matt m'est revenu en mémoire. *Aucune marge d'erreur.* Il ne rigolait pas. Et putain, ce n'était sûrement pas le bon moment pour penser à Matt, à son sourire malicieux, à son torse large et à son énorme...

— Votre place est là, a déclaré Pam en pointant son stylo vers une porte donnant sur son bureau, toujours sans lever le nez de sa pile de feuilles. J'ai déposé des documents à étudier sur votre bureau. Ils ne comportent pas d'erreurs. Ce sont des documents finalisés relatifs aux droits d'édition numérique de l'un de nos auteurs. J'ai besoin que vous vous familiarisiez avec ces contrats dès aujourd'hui. J'ai également besoin de cerner vos talents de lectrice. Vous trouverez cinq manuscrits partiels sur votre bureau. Lisez-les et rédigez une note de lecture en donnant votre avis. Envoyez-les moi par e-mail avant la fin de la journée. J'ai déjà lu ces textes. Si nous partageons le même point de vue, vous m'aiderez à faire du tri dans cette pile. Et enfin, j'aimerais que vous...

Pamela a déroulé la liste de mes tâches pendant cinq minutes.

Je refusais de me sentir intimidée. (Ou plutôt, je refusais de montrer que je l'étais.) Elle cherchait probablement à voir si j'étais impressionnable, et ce n'était pas le cas. J'ai écouté ses instructions, pris bonne note de ses demandes, je l'ai remerciée et je me suis mise au travail. Enfin, j'ai commencé par envoyer un SMS à Matt.

Je travaille pour le requin. Pause déj à 13h. Tu me rejoins ?

Puis j'ai commencé pour de bon.

17

Matt

J'ai téléphoné à Pam vendredi matin. Je devais me couvrir à propos d'Hannah.

Pour être honnête, je commençais à craquer. J'avais fait la connaissance de la famille d'Hannah. J'avais pleuré après que nous avions baisé. Et pendant que j'étais chez Hannah, Bethany avait envoyé un SMS et appelé deux fois.

Des listes. M'en tenir aux listes. Contrôler. Prendre rendez-vous avec Mike. Appeler Pam. Putain, j'avais merdé, j'avais réagi de façon exagérée à l'évocation de M. Pierce. Hannah l'avait remarqué. *On dirait que tu as une dent contre ce pauvre écrivain.*

Ce pauvre écrivain. Moi en l'occurrence. J'en faisais trop. Ma colère était suspecte, comme ma tendance à me moquer d'Hannah parce qu'elle appréciait mes livres, et à rabaisser Pierce. J'aurais dû m'y prendre autrement. Feindre l'indifférence.

Et voilà que maintenant Hannah vivait dans l'ombre de mon agent. Bien joué, Matt. Tu n'as pas résisté à la tentation d'affirmer ton importance. Non, ce n'était pas ça. C'est à l'envie d'aider

Hannah à trouver un boulot que je n'avais pas résisté. Or, je n'étais pas un homme d'affaires. Je n'avais pas des dizaines de relations à Denver. Je ne connaissais qu'une seule personne d'influence et je l'avais mise en relation avec Hannah, et à cause de ça, j'avais du mal à trouver le sommeil.

Du mal à trouver le sommeil ? Pour ça, il aurait encore fallu que je dorme un minimum. En réalité, je n'avais pas fermé l'œil de la nuit. Je l'avais passée à me retourner dans mon lit, empêtré dans ce nœud de mensonges.

— Allez, décroche, ai-je marmonné en faisant les cent pas.

— Bonjour, a répondu Pam d'une voix tracassée. Tu avances bien sur ton roman ?

— Non. Il faut qu'on parle.

— Tu as un psy. Je te donne cinq minutes.

— Je suis très sérieux, Pam. C'est au sujet d'Hannah. Tu sais, la...

— Oui, je sais. Elle a faxé son CV... un jour férié. J'espère qu'elle fera l'affaire.

— Quoi ? Tu l'as embauchée ?

— À l'essai. Elle ne va pas tarder. Je n'oublierai pas de te remercier si elle tient le coup jusqu'à la fin de la semaine prochaine.

— Vas-y doucement avec elle, ai-je lancé. Putain !

Je me suis tiré les cheveux. Pourquoi avais-je dit ça ?

— Tu appelles dans un but précis ? J'aime être mon propre chef, pas qu'on me dise comment gérer mes affaires. Puisque tu m'as recommandé Hannah, j'ai supposé que tu la croyais capable de...

— Pam, excuse-moi. Oublie ce que j'ai dit. C'est une amie. C'est pour ça que j'appelle. C'est presque une évidence, mais il est impératif que...

J'ai arrêté de marcher en long et en large pour chercher mes mots, tout en me massant la nuque. Pour une fois, Pam n'a pas profité de mon silence pour intervenir. Même ça, ça m'a énervé. Ma relation avec Hannah l'intriguait-elle ? Pam était douée pour cacher sa curiosité à l'égard de ma vie, mais je ne connaissais personne de plus rusé qu'elle. Au cours de ces dernières années, elle avait probablement compris un tas de choses sur moi.

Voilà que j'en étais à analyser Pam. M'analysait-elle aussi ? Il fallait juste que je mange un bout. Je n'avais avalé qu'une tasse de café, et l'estomac vide, ça me provoquait des tremblements.

— Impératif qu'elle... ne sache pas que je suis qui je suis, ai-je bredouillé. (Très belle phrase. Chapeau, l'auteur de best-sellers.) J'entends par là, les documents et... les trucs avec mon nom dessus... en rapport avec...

Elle a poussé un soupir d'agacement ; je l'ai maudite.

— Pam, je sais que tu as autant à cœur que moi de préserver ma vie privée, mais étant donné les circonstances, je...

Finalement, la reine des glaces a pris la parole. Je pouvais me réjouir d'avoir Pam Wing dans mon camp.

— Il n'y a rien dans ce bureau, a-t-elle dit, pas de papiers ni rien en ce sens. Tout est chez moi, et même ici, les ordinateurs ont des mots de passe et les dossiers sont sous clé. Ça m'étonne que ça ne t'ait pas inquiété plus tôt.

Pam avait raison. Jusque-là, je ne m'étais pas demandé comment elle protégeait mon identité. Qu'elle le fasse me suffisait. Elle devait se demander pourquoi la présence d'Hannah me rendait paranoïaque. Putain de merde. Ce coup de fil était une erreur de plus.

— Tu dis que tu sais que ta vie privée me tient à cœur, a-t-elle repris, mais je ne suis pas sûre que tu le saches vraiment. Tes éditeurs et moi ne pouvons pas te faire connaître personnellement – et c'est bien dommage. En revanche, nous pouvons jouer avec ton *mystère* pour te vendre. Je pense que tu comprends. J'ai tout intérêt à préserver ton anonymat. Alors, au lieu de m'insulter en insinuant que je suis négligente, pourquoi ne vas-tu pas travailler comme tout le monde ? Va donc écrire quelques pages. Tes cinq minutes sont écoulées.

Pam a raccroché. Je me suis laissé tomber sur ma chaise de bureau. J'avais la gerbe. En temps normal, les piques de Pam me distrayaient. Pas là.

J'ai ouvert mes listes. J'aime dresser des listes. Mike me conseille de m'en détacher; il dit que je dois apprendre à bien vivre les aléas de la vie, donc ce qui échappe à mon contrôle.

Merde à tout ça.

Ouvrir les documents a suffi à apaiser mes tremblements. Là, je pouvais me couvrir. Je ne menais pas une double vie. Je protégeais l'intégrité de ma plume. Je pouvais être avec Hannah.

Je pouvais agir pour éviter qu'elle souffre. Tout était possible.

J'étais dans ma bulle, devant mes listes.

D'abord, j'avais une liste des personnes qui savaient que j'étais M. Pierce (et leurs accords de confidentialité par écrit) : Bethany, l'une de mes ex, mes frères Nate et Seth, mon oncle, un ami, Pam et Laura, son associée, Mike mon psychiatre, et un groupe restreint à Knopf.

J'avais également des listes de dates importantes. J'avais des listes de précautions à prendre pour préserver mon identité. Des lites de choses à faire. Des listes de tout ce qui m'effrayait. Des listes de schémas de pensée toxique. Des listes d'idées pour mes romans. De gens à contacter en cas d'urgence. De raisons de rester sobre. De bons restaurants. De films. De chansons et d'artistes. De livres. D'adjectifs. De sites web. De couleurs. De blogs. De librairies. De rues. De voitures. De citations. De célébrités primées. De magazines. De boîtes de nuit.

Tout était là. En ordre. Je ne perdais rien.

J'ai ouvert un nouveau document et tapé : CE QUE JE VEUX FAIRE AVEC HANNAH.

J'ai souri et ruminé, tandis que mon estomac se dénouait.

Ce que je voulais faire avec Hannah : danser, regarder un film, camper, nager, faire des randonnées, du vélo, partir en voyage, bâtir quelque chose, une bagarre de nourriture, écrire plus, Noël...

Mon téléphone a sonné. C'était un SMS d'Hannah.

Je travaille pour le requin. Pause déj à 13h. Tu me rejoins ?

Tous mes efforts pour recouvrer mon calme ont été réduits à néant. Hannah. Qui travaillait pour Pam. Voulait me voir. Dans cinq heures. Mes mains ont recommencé à trembler. Ce n'était pas dans cinq heures que j'avais besoin de manger, mais tout de suite. Dommage que l'anxiété coupe l'appétit.

J'ai répondu à Hannah. Malgré mon coup de mou, j'ai bondi à l'idée de la rejoindre. Elle me manquait douloureusement.

Super. Je t'aurais bien invitée chez moi mais on risque de jamais retourner bosser. Au med.deli.

J'ai essayé d'écrire pendant les deux heures suivantes. Pas moyen. J'ai voulu avaler des céréales mais j'avais l'impression de mâcher de la colle. Finalement, j'ai tenté de dormir. J'ai dû m'assoupir puisque je me suis réveillé d'un bond à 12h50. Merde, fallait que j'y aille. Fissa.

J'étais déjà dans le parking quand je me suis rendu compte que je n'avais pas l'allure d'un « homme d'affaires ». Même pas d'un « businessman en tenue décontractée de fin de semaine ». J'étais plutôt accoutré comme un type qui promène des chiens pour gagner sa croûte. La barbe, j'ai fait demi-tour au pas de course. Une fois chez moi, je me suis changé en toute hâte.

Avant, n'importe quel vendredi à treize heures, j'aurais été installé tranquillement devant mon ordinateur avec une tasse de café, occupé à poursuivre l'écriture de mon dernier roman. Aujourd'hui, j'enfilais un costume chic uniquement parce que j'avais rendez-vous avec une fille qui me croyait homme d'affaires. Même en vidant l'appartement des affaires de Bethany, je ne m'étais pas senti aussi vil. Je commençais à sérieusement me détester.

Avec vingt minutes de retard, ma veste à l'épaule, je trottinais vers le *Mediterranean Deli*. Je transpirais abondamment, et mes mains tremblaient de manière incontrôlable.

Hannah était assise à une table en terrasse. Elle a fait un grand sourire en me voyant, mais à mesure que je me suis rapproché, son sourire s'est évanoui.

— Salut, a-t-elle dit d'une voix hésitante.

— Salut, petit oiseau. Très élégante.

Lorsque nous nous sommes enlacés, elle s'est accrochée à moi. Je dois l'admettre, les fesses d'Hannah moulées dans sa jupe droite m'ont profondément distrait, mais la panique a pris le dessus. Je me sentais glauque, et voir Hannah me serrait le cœur.

— Matt, tu trembles.

Je me suis écarté d'elle.

— Ouais, je...

Je me suis laissé choir sur une chaise en face d'Hannah. J'étais incapable d'avaler quoi que ce soit. Je me suis pris la tête entre les mains. Je sais à quoi je ressemblais : le regard vitreux, le teint cireux, les yeux cernés.

— Je crève de chaud en plus.

Autant le dire avant qu'Hannah ne remarque la sueur qui perlait au ras de mes sourcils. Dommage que ce soit encore un mensonge. C'étaient des sueurs froides ; j'étais poisseux. J'ai déplié ma veste sur mes épaules.

— Matt...

Quand j'ai levé la tête, j'ai vu de l'inquiétude dans ses grands yeux marron.

— J'ai un boulot stressant, ai-je marmonné. Très stressant. C'est une dure journée. Mais ça va. J'ai eu du mal à trouver une place, je...

Au moins, je ne mentais pas sur toute la ligne.

Hannah m'a pris la main. Son affection était inconditionnelle, alors que j'étais un vaurien. J'étais encore plus répugnant qu'un tas d'ordures. J'ai dégagé ma main.

— Bon, on commande à manger, a-t-elle proposé.

— Je n'ai pas faim. (J'ai lancé un billet de cinquante dollars sur la table.) Prends ce que tu veux.

— Matt, je ne veux pas de...

— Prends-le !

Quand j'ai tapé du poing sur la table, le parasol a chancelé au-dessus de nos têtes. Hannah a empoigné le billet et s'est ratatinée sur sa chaise. Quelques personnes se sont tues pour nous regarder. Merde, je pétais les plombs.

— Excuse-moi, Hannah. Je te demande pardon. C'est à cause du travail. (J'ai esquissé un geste vague.) Comment... comment ça se passe pour toi, le travail, au fait ? Pam est monstrueuse avec toi ?

— Non, a répondu Hannah en fixant ses genoux. Euh... elle est très bien. Impressionnée, je crois.

— Elle a posé des questions sur moi ? ai-je demandé en me penchant au-dessus de la table. (À ce stade, je n'avais aucune chance d'être crédible en prenant un air désinvolte.) Elle a demandé comment on se connaissait ?

— Non, Matt. Mais ne t'inquiète pas, je ne lui ai pas posé de questions sur toi, moi non plus. Je vais... (Hannah s'est levée.) Je vais chercher à manger. Je reviens.

Je l'ai suivie du regard. Au moment où elle a passé commande, j'ai rassemblé mes affaires et je me suis enfui.

Je ne pouvais plus continuer ainsi. Il fallait que je clarifie ma situation. Je devais téléphoner à Bethany. Peut-être que je n'allais pas lui dire toute la vérité, et peut-être que je ne dirais pas non plus toute la vérité à Hannah, mais je devais annoncer à l'une que c'était fini et à l'autre que ça commençait.

Une fois dans ma voiture, j'ai envoyé un message à Hannah.

Je suis vraiment désolé. Un appel urgent. Je m'excuse de m'être emporté. Ça ira mieux demain. J'ai des obligations ce soir. Je préférerais passer la soirée avec toi mais je n'ai pas le choix. Viens camper avec moi ce week-end. Demain, on va dans les montagnes. Dis oui.

18

Hannah

— Tu rentres tôt...

Sourcils arqués, Chrissy attendait une explication de ma part.

Il se trouve qu'elle était justement dans la cuisine quand je suis rentrée du travail. Ma mère aussi. C'était peut-être une coïncidence, mais j'avais l'impression qu'elles m'épiaient, qu'elles attendaient de voir si je reviendrais à la maison après le travail ou si j'irais chez Matt.

Au moins, ma mère n'y est pas allée par quatre chemins.

— Tu n'as pas déjà rompu avec ce charmant garçon, j'espère ?

— Il a vingt-huit ans, ce n'est plus tout à fait un garçon.

Je farfouillais dans les placards, à l'abri du regard inquisiteur de ma mère, et en quête d'une gâterie.

— Et puis, il n'est pas si charmant. Par moments, c'est un vrai con.

Chrissy a fait claquer sa langue. Ma mère a émis l'un de ses petits bruits pour montrer que ça ne l'étonnait pas. En ressurgissant avec un sac de flocons au fromage soufflé, je les ai surprises en train de hocher la tête.

— Eh oui, ils se sont disputés, a lancé Chrissy comme si je n'étais pas dans la même pièce qu'elle. Ça m'arrange. Tu peux me conduire au travail, Hannah ?

— Débrouille-toi.

J'ai claqué la porte du placard avant de m'enfuir au sous-sol.

J'avais l'esprit embrouillé. Mon histoire de conte de fées partait-elle à vau-l'eau ? Matt avait-il été merveilleux jusqu'à ce qu'il rencontre mes parents, après quoi il s'était changé en ogre hargneux et stressé ? Aujourd'hui, il avait tout à fait une tête de drogué, et le comportement aussi. J'ai creusé cette idée un moment. Selon lui, il avait arrêté de boire depuis cinq ans. Mais la drogue ? Ses sautes d'humeur étaient fréquentes. Il avait un appétit de moineau. À midi, il était arrivé en retard (alors qu'il est *toujours* ponctuel) et il transpirait et grelottait alors qu'il faisait trente degrés. J'allais oublier qu'il avait nettoyé son appartement de fond en comble avant de m'inviter chez lui. Bizarre.

Pour m'occuper, j'ai vidé mes cartons comme si j'étais aux pièces.

Pour la première fois depuis que je connaissais Matt, je commençais à croire qu'il était trop beau pour être vrai. Trop parfait, trop bien pour moi, trop intéressé par moi. Il y avait forcément un truc.

Quand j'ai fini de déballer toutes mes affaires, j'étais en nage. Ça m'avait fait du bien de me dépenser. J'avais les bras en feu et mal aux genoux. Peu importait que je vérifie mon téléphone toutes les dix minutes. J'ai rangé tous mes livres sur les étagères, et ma seule et unique peluche sur le lit. J'ai revu Matt assis au même endroit, souriant.

Il souhaitait m'emmener camper ce week-end. Passer une nuit sur place, sûrement. Je n'avais pas encore répondu. Oui, j'avais envie d'aller camper avec le jeune homme qui était venu passer le 4 juillet à la maison. Non, je ne désirais pas aller camper avec celui que j'avais retrouvé ce midi. Le beau Matt. L'effrayant Matt.

Mais malgré son horrible teint blême et sa colère irrationnelle, il éveillait bizarrement mon instinct de protection. Peut-être qu'il se droguait. À moins qu'il n'ait dit vrai. Puisqu'il avait manifestement de l'argent, il était possible qu'il ait le travail très stressant qui allait avec. Quel que soit son problème, j'avais envie de l'enlacer et de grogner pour chasser tout ce qui l'empêchait de vivre en paix. Tout sauf moi.

J'ai pendu mes vêtements sur les cintres et organisé ma penderie. Dès que je toucherais mon salaire, je compléterais ma garde-robe. J'avais besoin de tenues correctes pour aller travailler. De nouveaux strings aussi. J'avais également besoin de vêtements qui me donnent l'impression d'être à ma place à côté de Matt.

J'ai considéré avec perplexité le chemisier et la jupe que j'avais portés dans la journée. J'aurais voulu que Matt s'emmêle les pinceaux en me voyant dans cette jupe. En l'attendant, j'avais ouvert les trois boutons du haut de mon chemisier. Mes chaussures à talons accentuaient le galbe de mes mollets. J'étais même maquillée.

Sa mâchoire aurait dû heurter le trottoir. Au lieu de ça ? *Très élégante.* C'était tout ce que j'avais gagné. De son côté, bien que tremblotant et moite de transpiration, Matt ressemblait à un mannequin dans son élégant costume gris ardoise et sa chemise blanche.

J'ai fixé des guirlandes de Noël en haut des murs de ma chambre. J'ai accroché mes posters, mon calendrier et des reproductions. J'ai arrangé mes babioles sur le bureau et ma table de nuit. Après avoir empilé les cartons vides dans le garage, je me suis jetée sur mon lit et j'ai trituré mon téléphone.

Camper. Ça faisait des années que je n'avais pas fait de camping. La conception du camping de Mick se résumait à faire du raffut dans un terrain surpeuplé. Celle de Matt s'apparentait probablement à des utilisations méconnues des haubans et des piquets.

Avec un petit sourire satisfait, j'ai soupiré. Pourquoi prétendre que j'avais le choix ? J'avais à peine reçu l'invitation de Matt que je connaissais ma réponse. Je me languissais de sa présence. J'étais impatiente de me retrouver seule avec lui.

Je lui ai répondu vers 19h. Au moins, j'avais réussi à le faire patienter.

Bonne idée, le camping. Pas grave pour le déjeuner, tu étais stressé. Et j'étais soucieuse. Comment se passent tes « obligations » ?

J'ai attendu sa réponse en me mordant la lèvre.

Rien.

Roulée en boule sur mon lit, je luttais contre l'envie irrépressible de lui téléphoner. Je voulais en savoir plus sur ses « obligations », et sur ce qu'il faisait dans la vie, et sur une dizaine de choses qu'il semblait déterminé à me cacher. Tout de même, il plantait son sexe en moi plusieurs fois par jour. Ça ne me donnait pas droit à un certain degré d'intimité ?

Deux heures plus tard, mon téléphone s'est manifesté.

Mon oisillon, la journée a été dure. Mais c'est fini. J'ai envie d'être avec toi. Tellement de choses à te dire. Je passe te prendre de bonne heure. Vers 9 h.

Mon corps s'est réchauffé. *J'ai envie d'être avec toi.* Qu'entendait-il par là ? Et pourquoi me répétait-il sans cesse qu'il avait des choses à me dire ? Pourquoi ne les disait-il pas tout simplement ? Toujours plus de questions, et pas de réponses.

J'aimais tellement ses surnoms.

Je voyais ses yeux verts, tristes et graves – ou assombris par le désir, animés par une lueur d'amusement.

Je me suis endormie le sourire aux lèvres.

Matt est arrivé à 9 heures tapantes. *Vers 9h*, tu parles.

Il a frappé à la porte, et ma mère a répondu avant que j'aie le temps de monter. Tout en longeant le couloir, je me suis préparée à voir « M. le mal embouché » s'emporter fébrilement devant ma mère, et j'ai poussé un tel soupir de soulagement en le voyant qu'ils ont dû m'entendre.

Le beau Matt était de retour. Tout sourires, il bavardait tranquillement avec ma mère. Il portait un petit pull noir à manches trois-quarts et un pantalon transformable assorti. J'ai eu envie de lui sauter au cou. Le noir lui allait si bien. Je commençais à comprendre que Matt serait irrésistible même dans un sac en papier mais, tout de même, il était toujours plus sexy.

Dès qu'il m'a aperçue, son sourire s'est illuminé. Il est venu me prendre dans ses bras ; ses lèvres ont frôlé ma joue.

— Hannah, a-t-il murmuré.

Je me suis accrochée à lui.

— Salut, toi.

J'ai passé la main dans ses cheveux et j'ai tenu son visage. Ma mère a compris le message et a disparu.

— Salut.

Matt m'a caressé le visage. Il m'a embrassé la joue puis la bouche. Il m'a laissé le temps de le scruter comme s'il savait que j'en avais besoin. Il était rasé de près et sortait de la douche. Il ne restait aucune trace du garçon hagard de la veille, à part de vagues cernes autour de ses yeux. J'ai touché ces zones sombres du bout des doigts.

— Mon oiseau de nuit, ai-je murmuré.

— Hannah, je suis...

Comme il s'apprêtait à s'excuser, je l'ai embrassé, fort. J'ai serré sa taille. C'était si bon...

— Ça va, ai-je dit en reculant. C'est du passé, d'accord ? On va camper. On va s'éclater.

— D'accord...

Matt a tiré sur ma queue de cheval. Il était différent de la veille, dans tous les sens possibles du terme, et je me suis surprise à l'observer pendant qu'il rangeait mes affaires dans sa Jeep. La quatrième voiture. Rien que ça.

— Comme c'est mignon, a-t-il ironisé en calant mon sac de couchage molletonné bleu à côté de sa tente.

Le week-end lui faisait toujours le même effet ? Pour une fois, ses sourires n'étaient pas nuancés d'une pointe d'embarras. Aucun nuage, aucune distance sur son visage, et pas une seule fois je ne l'ai surpris à me regarder comme si j'étais la plus grosse bêtise de sa vie. Même son corps et ses gestes étaient plus détendus. Il m'a aidée à monter dans la Jeep, puis il s'est attardé le temps d'un long baiser qui m'a fait tourner la tête.

Le trajet jusqu'au parc national des montagnes Rocheuses passait par des paysages saisissants. À mesure que nous approchions des montagnes, la route serpentait le long des rivières jaillissantes, des parois rocheuses abruptes et d'imposantes formations minérales qui ressemblaient à des visages.

Matt m'a posé des questions sur ma première journée de travail. Il était souriant et curieux, pas bourru ni parano. Ouf. J'avais à peine réfléchi à ma folle première journée en tant qu'assistante de Pam ; j'étais trop inquiète pour Matt. C'était un soulagement de faire rire Matt en évoquant mon travail et des anecdotes sur Pam.

— Mais j'adore ce boulot, ai-je dit. Je ne sais pas comment te décrire que je ressens quand je lis des manuscrits. C'est comme… comme si j'étais faite pour ça. Comme si je pouvais enfin envisager d'avoir une carrière.

Quand j'ai regardé Matt, je l'ai trouvé radieux. Il est resté étonnamment chaste pendant tout le trajet. Il m'a pris la main à quelques reprises, et une fois ses doigts ont couru de mon genou à l'aine.

Nous avons fait un arrêt à Estes Park, une bourgade lugubre bien située, et nous avons traversé la foule des touristes en quête d'un déjeuner. J'ai mangé les meilleurs caramels de ma vie. Matt a tenu à ce que je goûte à tous les parfums : vanille, sirop d'érable, amande, chocolat au lait. Il avait du mal à croire que je ne sois jamais allée dans ce parc naturel. Il m'a traînée dans les boutiques et m'a offert un bracelet de perles, une petite figurine représentant un oiseau et un minuscule cadenas en bronze monté sur une chaîne.

— Je le ferai graver, a-t-il dit en attachant la chaîne autour de mon cou.

Graver quoi ? J'ai souri en touchant le cadenas. *HM*, ai-je pensé. Hannah & Matt. Et si je lui faisais la surprise de le faire graver moi-même ?

Il était presque deux heures lorsque nous avons pénétré dans le parc.

Nous avons tout laissé dans la voiture pour marcher jusqu'à un lac glacial. J'ai pris Matt en photo pendant qu'il regardait ailleurs. Son corps athlétique était encore plus beau en mouvement, son haut et son short noirs soulignaient sa peau hâlée et les mèches plus claires de ses cheveux.

L'air était pur et froid, et ça sentait le pin. La tête me tournait.

— C'est grisant, hein ?

Main dans la main, nous admirions le panorama.

— J'ai l'impression d'être comme Wordsworth[1] dans les Alpes ! ai-je ri.

Dans les montagnes, le crépuscule tombe d'un coup. Pendant que nous marchions, nous étions en nage sur la piste et, la seconde d'après, je tremblais de froid et je me blottissais contre lui.

— J'ai pris une polaire pour toi, a-t-il dit pendant que nous retournions vers la Jeep.

La randonnée et l'altitude m'ont cassé les jambes. Le sucre n'avait plus d'effet sur moi. Pourtant, alors que nous quittions le sentier pour nous rendre au terrain de camping, j'ai été prise d'un afflux d'énergie d'un tout autre genre – j'allais bientôt retrouver le corps de Matt.

Notre emplacement se trouvait dans une clairière isolée entourée de pins. J'entendais le cours d'eau bouillonner plus loin. Matt a allumé un feu dans l'anneau métallique, tout en se hâtant de monter la tente. Nous avons étalé des matelas en mousse sous nos sacs de couchage. Je m'étais rarement sentie aussi peu séduisante. J'étais poisseuse de transpiration et de produit anti-moustiques. Je portais de vieilles baskets, un jean et un tee-shirt – que je venais de compléter d'une polaire trop grande pour moi.

Je me suis assise sur un rocher près du foyer. Matt se tenait debout à côté, le regard perdu vers

---

1. Le poète anglais William Wordsworth (1770-1850) était un grand amateur de randonnées pédestres, en particulier dans les Alpes.

les bois. Dans la semi-obscurité, il avait un air sauvage – un animal qui disparaîtrait dans la nuit si je faisais craquer une brindille. Des étincelles s'élevaient en tourbillonnant. Loin de la lumière de notre feu, la nuit était fraîche et silencieuse.

— J'ai apporté de quoi manger, a murmuré Matt. (Il a porté son regard insistant sur moi. Les flammes dansaient dans ses yeux assombris par le désir.) Tu as faim ?

J'ai fait non de la tête. Je n'avais pas envie de parler. Je craignais de rompre la magie de la nuit. J'ai parcouru le corps de Matt du regard. Comme je savais qu'il m'observait, j'ai ouvertement posé mon regard sur son entrejambe.

— Oui… ? a-t-il murmuré. (Il s'est rapproché, a empoigné ma queue de cheval et l'a enroulée autour de sa main.) Suce-moi, Hannah.

J'ai déboutonné son short et libéré sa queue à moitié durcie de son sous-vêtement. Elle a aussitôt grossi dans ma main. Je l'ai léchée et aspirée le plus loin possible. Je massais ses bourses tout en suçant.

— Oh, Hannah… mon bébé.

En très peu de temps, son érection a été maximale. Il m'a obligée à me relever, et nous nous sommes déshabillés l'un l'autre. Pour être grisant, c'était grisant : être nus dans les bois avec Matt faisait dérailler mon cœur.

Les flammes me cuisaient les mollets; la fraîcheur de la nuit durcissait la pointe de mes seins. Je savais que nous étions seuls, mais j'avais l'impression que nous nous tenions sur une scène. J'avais le sentiment que l'obscurité impénétrable était habitée de paires d'yeux. Quand Matt m'a embrassée, son sexe s'est retrouvé pris au piège entre nous. J'ai caressé son corps musclé et affirmé mon geste en saisissant son membre dur, lui arrachant des gémissements.

— Hannah, soupirait-il, Hannah...

J'adorais l'entendre prononcer mon nom. J'adorais les mille nuances de sa voix. Passant les bras autour de son cou, j'ai grimpé sur lui. Il m'a soulevée sans effort, en me tenant par les cuisses, et m'a fait descendre sur son sexe. Nous étions les yeux dans les yeux quand il m'a pénétrée. Le plaisir de cette invasion était si vif que je me suis tortillée comme une chienne contre lui. Il m'abaissait si lentement que je sentais mes parois intimes s'étirer à son passage, centimètre par centimètre.

— Parle-moi de ma queue, a murmuré Matt.

Comme toujours, mon empressement à le satisfaire m'a troublée.

— Matt... ai-je commencé en me léchant les lèvres. Ta queue... me remplit. Ça fait presque mal, mais j'en ai tout le temps envie. Tout entière. Je la veux au fond de moi.

Lorsque Matt m'a fait descendre de quelques petits centimètres supplémentaires, j'en ai eu le souffle coupé. Dans cette position, il avait les pleins pouvoirs. Je ne disposais d'aucun point d'appui pour m'empaler sur son membre.

— Continue, a-t-il dit d'une voix basse, complice de la nuit.

— Je raffole de son goût, ai-je murmuré, et du goût de ton sperme. Quand tu me prends fort, je... (J'ai gémi quand Matt m'a abaissée d'un coup, sa hampe allant tout au fond de moi.) Mon Dieu... Matt, je perds la tête.

— Dis-moi, Hannah. Tu l'aimes tout au fond ?

— Oui.

Ma tête a roulé en arrière. Je me sentais en sécurité, agrippée à Matt. Il ne me laisserait jamais tomber.

Soudain, j'ai violemment regretté de ne pas pouvoir être à la fois à ma place et dans la peau d'un spectateur. J'aurais aimé voir Matt me tenant ainsi à la lumière des flammes, les pieds fermement plantés dans le sol, ses cuisses puissantes et ses fesses tendues. Et moi-même, enroulée autour de lui, nos corps entremêlés dans une position intime. Nous étions le jour et la nuit. Peau mate contre pâleur. Le blond et la brune. Le grand et la petite. Corps élancé contre formes voluptueuses. Et Matt avait un membre très développé alors que j'étais très étroite.

— Tu me fais presque mal, toi aussi, a chuchoté Matt. Tu es toute serrée, Hannah. Mais tu mouilles tellement que j'arrive à entrer en toi. Mon corps...

Matt m'a soulevée et baissée de manière infime, tout en remuant des hanches, me faisant rebondir de quelques centimètres sur sa queue. Dans un gémissement, je lui ai mordu l'épaule. Sa respiration saccadée soulevait mes cheveux.

— Dis... dis-moi, ai-je bredouillé.

— Mon corps... a terriblement besoin de ton corps. (Matt m'a encore fait rebondir, et cette fois, nous avons gémi ensemble.) Il sent la distance... Quand nous ne sommes pas ensemble. Hannah, je refuse d'être séparé de toi.

— Tu n'as aucune raison d'être séparé de moi, ai-je dit.

Je me suis décalée pour regarder Matt. Chaque mouvement de mes cuisses et de mon dos contractait les muscles de mon sexe autour de sa hampe. Le plaisir me transperçait. Mon Dieu, j'aurais pu jouir comme ça mais je tenais à ce que Matt constate ma sincérité. Attrapant mon regard, Matt a essayé de lire dans mes pensées.

— Hannah, mon Dieu, a-t-il chuchoté.

Il a commencé à me faire rebondir régulièrement sur son membre, ses doigts s'enfonçant entre mes fesses. Il allait et venait de plus en plus profondément, inlassablement, et mon clitoris s'écrasait contre son os pubien. Mes seins frottaient contre son torse. Mes pointes durcies se courbaient contre sa peau. Au moment où j'ai joui, la stupéfaction et le plaisir m'ont coupé le souffle. Mon sexe aspirait et pressait, tandis que Matt grondait dans mon oreille.

— Ma petite salope, a-t-il sifflé. Jouis sur moi, jouis sur ma queue.

Le garçon cochon que j'aimais était de retour, lui aussi. Matt m'a soulevée et reposée sur mes pieds. J'avais les jambes molles. Le plaisir coulait à l'intérieur de mes cuisses. Il m'a emmenée dans la tente, où je me suis couchée sur le dos. Matt s'est allongé sur moi. Il a frotté son bout humide sur mon ventre, avec un petit sourire.

— Je bande encore, a-t-il murmuré. Tu vas devoir m'aider, Hannah.

J'ai cru que Matt allait remonter vers ma bouche, mais il s'est arrêté à la hauteur de mes seins, son membre au milieu. Alors j'ai su ce qu'il voulait. J'ai pressé mes seins l'un contre l'autre pour enserrer son membre vibrant. Il était énorme. J'ai baissé la tête pour voir si son gland ressortait entre mes seins pour pouvoir le sucer. Matt a gémi.

— Mm, c'est ça, Bébé, regarde-moi. Tu vas me faire jouir fort. Oh... putain, après tu vas tout lécher.

Matt allait et venait entre mes seins, son sexe encore luisant de mon désir. Les gémissements qui s'échappaient de ses lèvres me faisaient trembler. J'ai regardé ses abdos se serrer. Il était si beau dans l'action. Quand sa tête a plongé vers mon cou, j'ai léché et sucé.

— Hannah !

Son cri a empli mes oreilles.

Saisissant sa queue, il a dirigé ses jets chauds sur mes seins. J'ai léché le fluide laiteux sous le regard de Matt. J'ai porté mes mamelons à ma bouche pour les nettoyer avec ma langue. Quand j'ai relevé les yeux, il me souriait avec méfiance.

— Parfait, a-t-il murmuré.

Matt est sorti de la tente en rampant pour raviver les braises et aller chercher nos vêtements. Nous nous sommes endormis sur nos sacs de couchage.

J'ai été réveillée par le froid et je me suis faufilée dans mon sac, mais Matt a continué à dormir paisiblement sur le ventre, étendu à côté de moi. Quand je me suis rapprochée de lui, il a ricané dans son sommeil. Il a passé un bras sur mon corps bien à l'abri dans le sac de couchage. À travers le molleton, je sentais le poids de son bras et son incroyable chaleur. Je l'ai observé dans l'obscurité. À moitié éveillée, à moitié au pays des songes, j'ai imaginé que Matt était un tigre dans la peau d'un homme. Il a dû être extraordinaire, même si j'en savais si peu sur lui. Une chaleur sauvage – une pointe d'extravagance, une certaine dose d'ambition dévorante– devait attiser son feu dans la nuit froide.

19

Matt

Je me suis réveillé trop tôt pour un lundi. Je n'ai pas eu besoin de regarder l'heure pour le savoir. La lumière qui entrait par la fenêtre était faible et déprimante. Pas d'Hannah.

Je n'arrivais plus à vivre sans elle. Je vivais mal de me réveiller sans elle. Quand j'étais avec elle, je me sentais bien, avec l'impression que le monde était plein de possibilités.

Nous avions passé tout le dimanche à traverser le parc en voiture et à pied. Nous sommes rentrés tard la veille. Quand j'ai déposé Hannah, j'avais à peine redémarré que le désespoir m'a écrasé. Pourquoi un tel désespoir ? Pourquoi vivais-je la plus brève séparation comme l'écho d'un futur au revoir ?

J'avais rompu avec Bethany. Je l'ai appelée le jour où j'avais retrouvé Hannah pour déjeuner. En quelques vagues propos, j'avais annoncé à Bethany que je ne pouvais plus être avec elle. Je me suis excusé de lui faire ça à un mauvais moment, par téléphone, tout le reste. Bethany a sangloté et juré. Tour à tour, elle acceptait puis devenait fielleuse et menaçante. Elle a exigé de savoir si j'avais rencontré quelqu'un.

— Il n'y a personne d'autre, ai-je menti.

Je protégerais Hannah envers et contre tout. Je ne l'entraînerais pas plus avant dans mes tourments.

— Je ne te crois pas ! a crié Bethany d'une voix perçante. Espère de sale menteur, tu me trompes !

— Bethany, s'il te plaît…

— Ne prononce pas mon nom ! Connard de merde. J'ai toujours été capable de faire mieux. Comme si j'avais besoin de toi et de tes conneries de psychopathe antisocial. Bon débarras. À part tes petits bouquins, t'en as rien à foutre de tout le monde et de tout le reste.

Je ne lui ai pas raccroché au nez. Cigarette au bec, je l'ai laissée s'en prendre à moi ; j'ai regardé la nuit tomber sur la ville en pensant à Hannah. Dès que Bethany en aurait terminé, je pourrais vraiment être avec elle.

Bethany a fini par se mettre à sangloter en hoquetant. Elle a dit qu'elle avait hâte de dire à son père qu'il avait raison à mon sujet, que je n'étais pas du tout quelqu'un de bon. Il *avait* raison, me suis-je dit. Elle a ajouté qu'elle viendrait prendre ses affaires à son retour et qu'elle s'installerait chez une amie. Elle m'a demandé si je pouvais éviter d'être là quand elle passerait.

— Bien sûr, ai-je dit en allumant ma troisième cigarette. Je sortirai. Je peux rassembler tes affaires si tu veux…

J'ai pensé aux affaires de Bethany entassées dans le coffre de ma voiture.

— Va te faire foutre, a-t-elle lancé avant de raccrocher.

Ce soir-là, je ne me suis pas autorisé à aller voir Hannah. Bethany risquait de rappeler pour déverser sur moi un nouveau flot d'injures et de questions, sans compter que je ne méritais pas d'être réconforté par Hannah. Je méritais une nuit de solitude. Je méritais pire que ça.

Avais-je vraiment tout arrangé en quittant Bethany ? Je n'avais pas la moindre intention de parler d'Hannah à Bethany ni le contraire. Mais pouvais-je m'en tirer à si bon compte ? Pouvais-je débuter allègrement une nouvelle histoire avec Hannah sur la base de mensonges ?

J'ai rejeté les draps et vérifié mon téléphone : 8h45.

Hannah devait se préparer pour aller travailler. Ou plutôt être en route pour le bureau. J'espérais qu'elle ne soit pas crevée après notre week-end dans les montagnes.

Peut-être qu'aujourd'hui je déjeunerais avec elle – pour de vrai.

J'ai froncé les sourcils. Devais-je encore me déguiser en homme d'affaires ? Tôt ou tard, et le plus tôt serait le mieux, j'allais devoir lui révéler que j'étais M. Pierce. Elle comprendrait. Elle comprendrait que mon métier m'acculait au mensonge... Non ?

J'ai passé un tee-shirt et je me suis laissé tomber sur ma chaise de bureau. J'ai ouvert ma boîte de réception. Un e-mail est apparu au moment où j'effaçais un spam. Le nom de l'expéditeur m'a fait sourire : FIT TO PRINT[1]. Ce fichu magazine. Si je m'étais abonné pour recevoir leurs derniers articles, c'était uniquement parce qu'ils étaient ouvertement obsédés par le mystère de ma petite personne. Ils n'étaient pas idiots non plus. Ils avaient réussi, sans que je sache comment, à découvrir que j'étais représenté par l'agence de Pam. Garder l'œil sur eux ne pouvait pas nuire.

J'ai parcouru le titre. Mon corps s'est refroidi. Ma gorge s'est serrée. Impossible. J'ai cliqué sur le lien de l'article.

L'IDENTITÉ DE M. PIERCE
ENFIN RÉVÉLÉE :
EN EXCLUSIVITÉ DANS « FIT TO PRINT »

8 Juillet 2013

L'écrivain M. Pierce vit à Denver et s'appelle Matthew Robert Sky Jr, a récemment révélé une source anonyme.

Bien que Sky ait obligé ses amis et sa famille à signer un contrat de confidentialité pour protéger sa vie privée, des sources proches de sa petite amie affirment qu'ils savaient depuis longtemps qu'elle préservait le secret de Sky.

« Elle n'a jamais rien dit et esquivait la question de sa vie professionnelle, a dit une amie, mais nous avons fait un pari entre nous. Il y avait pas mal de petits indices. Il la contrôlait et la manipulait en la menaçant constamment. »

---

1. *Op. Cit.*

Je me suis forcé à poursuivre. Les mots sont devenus flous sur l'écran. J'étais conscient d'avoir une grosse attaque de panique. Je le savais, les symptômes m'étaient familiers. Je manquais d'oxygène, j'étais frigorifié. Je me suis mis à transpirer. Il fallait que je respire. Que je respire.

Des sources proches de sa petite amie.

Le secret de Sky.

Elle n'a jamais rien dit.

Bethany.

Bethany m'avait balancé. Comme j'avais rompu avec Bethany, elle m'avait dénoncé.

Mes listes.

Hannah.

J'ai cru que mon cœur cessait de battre. Où était mon pouls ? J'ai serré ma poitrine dans mon poing. Je respirais toujours, mais je ne sentais pas mon cœur battre.

Mon portable n'arrêtait pas de résonner. Depuis combien de temps sonnait-il ? La tonalité était discordante. Je l'ai porté à mon oreille d'une main tremblante.

— Matthew ?

C'était Pam.

— Matthew ? Tu es là ? Tu es en train de lire ?

— Hannah, ai-je articulé péniblement.

— Pardon ?

— Est-ce..

— Matthew, écoute. J'ai besoin que tu me dises. Je me moque de savoir comment c'est arrivé mais maintenant, tout le monde est au courant. Tu dois me dire comment tu veux rebondir. Il y a un journaliste dans les locaux.

Quand j'ai voulu me lever, je me suis écroulé.

Un journaliste. Non, ce n'était pas grave. Pam ne comptait pas. *Fit to Print* n'avait pas d'importance. Bethany non plus. Mes secrets et mes livres m'importaient peu.

Hannah.

— Hannah, ai-je dit. Où…

— Matthew ! Bon sang. Je serais heureuse de charger Hannah de me débarrasser de ce journaliste en lui donnant un rendez-vous en 2016, mais elle n'est pas encore arrivée. Écoute. Je peux demander à la sécurité de le mettre dehors, ou alors l'accueillir dans mon bureau et feindre l'ignorance. Ou bien nous pouvons dévoiler le pot aux roses. De toute manière, l'essentiel est déjà connu, alors nous…

Pas encore arrivée ? Hannah n'était pas au travail. Le journaliste. L'e-mail… Hannah avait-elle reçu le même ? S'était-elle inscrite à *Fit to Print ?*

Je n'ai pas le souvenir d'avoir terminé ma conversation avec Pam ni d'avoir appelé Hannah. Je sais seulement que sa voix a soudain éclaté dans mon oreille.

— Salut, toi ! a-t-elle dit.

J'entendais qu'elle marchait. Le vent soufflait dans le micro du téléphone. Elle avait l'air normal. Même joyeuse.

— Hannah, Hannah, écoute…

— Matt ?

Quand j'ai voulu agripper ma chaise de bureau, elle m'a échappé des mains en pivotant.

— Matt, qu'est-ce qu'il y a ?

— Hannah. (J'ai dégluti. Ma salive avait un goût de bile.) Où es-tu ?

— Je suis... à cinq pas de l'agence, et à dix minutes de me faire passer un savon parce que je suis en retard. Bon, tu...

— Ne raccroche pas, ai-je dit. Hannah. Il faut que tu viennes chez moi. N'entre pas dans l'immeuble. Ne va pas travailler.

Ma voix s'est brisée.

Hannah n'avait pas encore découvert l'article, mais elle était sur le point d'être abordée par un journaliste qui l'avait lu.

— Matt, tu me fais peur. Dis-moi ce qui t'arrive. Ça va ?

— Non, Hannah, ça ne va pas. J'ai besoin de toi, je t'en prie. Viens. Tout de suite, s'il te plaît.

— J'arrive, d'accord. Respire. Mon Dieu, Matt, tu me fais des frayeurs par moments. J'arrive le plus vite possible, d'accord ? Laisse-moi...

— S'il te plaît, viens directement, Hannah...

Des larmes brûlantes se sont échappées de mes yeux.

— Matt, je te promets, j'arrive. Je dois d'abord prévenir Pam. Mais j'arrive, juste...

Mes lèvres remuaient, mais aucun son ne sortait. Je souhaitais la supplier de ne pas parler à Pam. Je voulais la menacer. Viens tout de suite ou sinon...

Il la contrôlait et la manipulait en la menaçant.

— S'il te plaît, ai-je susurré.

— J'arrive. Je monte, je dis à Pam que je serai en retard, et quoi qu'il se passe, je viens chez toi,

Matt. Donne-moi seulement dix minutes. Cinq minutes.

— Quoi qu'il se passe, ai-je répété.

— Quoi qu'il se passe

— Promets-le. Hannah, promets-moi que tu viendras quoi qu'il arrive.

— Matt, je te jure que je viens le plus vite possible. Quoi qu'il arrive.

20
Hannah

Matthew Robert Sky Jr est né le 9 novembre 1984. Son père, un chirurgien orthopédique réputé spécialiste de la main, et sa mère, pédiatre, ont trouvé la mort dans un accident de car en Amérique du Sud quand il avait neuf ans. Ils étaient venus aider bénévolement les habitants des favelas de Rio. Matthew et ses frères, Nathaniel et Seth, ont été élevés par leur oncle dans le New Jersey.

Après de brillantes études secondaires, il est entré à l'université de Cornell. Il a publié sa première nouvelle à l'âge de vingt ans. Il a quitté la faculté après une tentative de suicide, et il a passé plus d'un mois dans un hôpital psychiatrique. À sa sortie, il est tombé dans la spirale infernale de la drogue et de l'alcool, et pendant cette période de dépendance, il a commis quelques délits mineurs.

Avant de devenir sobre à l'âge de vingt-trois ans, Matthew a mené une existence de play-boy sur la côte Est, finançant son train de vie grâce à l'héritage considérable dont il a pu disposer à partir de l'âge de dix-huit ans. Il n'a jamais arrêté d'écrire. Après plus de quinze refus, il a soumis Ten Thousand

Nights *à Pamela Wing en 2007. Dès sa publication, le livre a été acclamé dans tout le pays, puis dans le monde entier.*

Ahurie, je regardais défiler sur Internet tout ce que j'avais toujours voulu savoir sur lui.

Juillet. Le mois de Matt.

Le mois sans Matt.

Même les grosses chaînes d'information et les journaux traitaient des révélations sur M. Pierce. Personne n'arrivait à décrocher d'interview ni même un commentaire, mais Pam confirmait tranquillement l'identité de l'auteur et quelques informations générales.

« M. Sky a besoin de préserver son intimité pour écrire, a déclaré Pamela Wing de l'Agence Granite Wing. Les médias l'ont toujours respecté en tant qu'artiste. Désormais, ils doivent le respecter en tant qu'homme et arrêter d'exposer sa vie sur Internet. »

Un journaliste a finalement réussi à l'attraper devant chez lui. Cela a donné lieu à une altercation. Le journaliste a été tabassé. Une plainte a été déposée et transmise au tribunal. La presse et les radios locales ont fini par s'en désintéresser vers la mi-juillet.

Fit to Print a attiré l'attention de tout le pays en révélant cette histoire, mais ils n'ont jamais donné le nom de leurs sources. Ils ont continué à tenir une rubrique sur la vie et l'œuvre de Matt. Ils publiaient régulièrement des photos.

J'y ai vu une image de Matt à neuf ans, faisant du bateau avec ses parents, les cheveux plaqués en arrière.

Matt le jour de la remise de son diplôme.

Matt avec l'équipe d'aviron de Cornell.

Matt et ses amis dévaler des pentes enneigées sur des plateaux de déjeuner.

Matt et sa petite amie, Bethany Meres.

Il y a tellement de choses que j'aimerais te dire.

Plusieurs journalistes avaient émis l'hypothèse que c'était Bethany Meres qui avait divulgué l'information ayant permis de lever les secrets de Matt.

« Bethany était folle amoureuse de Matt, a déclaré un ami proche de Meres, et il était fou d'elle. Elle a dit plusieurs fois qu'elle pensait qu'il allait la demander en mariage. Et puis la rupture est tombée de nulle part. »

Elle avait eu lieu trois jours avant que l'histoire éclate.

Malgré le contrat de confidentialité, Matt n'a pas porté plainte. Il a fait profil bas. Bethany n'a fait aucune déclaration. À l'occasion, Pam répondait aux questions des journalistes. La famille et les amis de Matt sont restés muets comme une tombe. De mon côté, je n'existais aux yeux de personne dans la vie Matt.

J'ai ignoré ses appels. Je n'ai pas écouté ses messages. Je n'ai pas lu ses e-mails. J'en suis venue à changer de numéro de portable et à créer un nouveau compte de messagerie. Avec l'argent que ma mère m'a prêté et mon premier salaire de l'Agence Granite Wing, j'ai pris un petit appartement à Denver.

Ma petite vie a commencé. Partout où j'allais, quoi que j'essayais de faire, les souvenirs de Matt étaient présents. J'ai accepté d'avoir la nausée en permanence dans ma nouvelle vie. Je l'aimais – ça m'est apparu quand tout s'est écroulé– alors que je ne savais pas qui il était. C'était donc possible d'aimer un inconnu.

Je me suis interdit de m'appesantir sur l'ampleur de ses mensonges. Matt l'homme d'affaires. Matt et sa piaule de célibataire. Matt me disant que j'étais à lui. Matt et son petit sourire en coin quand je défendais M. Pierce. Et pire que tout, Matt faisant de moi la complice involontaire de son infidélité.

Comment a-t-il pu faire ça ? Comment a-t-il pu sourire et bavarder avec ma famille alors qu'il se servait honteusement de moi ? Seule ma famille savait tout ce que j'endurais. J'en ai parlé à Chrissy, Chrissy l'a dit à ma mère et ma mère l'a dit à mon père. Si Jay était au courant, il s'en fichait.

Matt n'est pas allé frapper à notre porte, mais ma mère a cru le voir passer devant la maison plusieurs fois. Il n'est pas venu à l'agence.

Par principe, j'aurais probablement dû démissionner – après tout, j'avais décroché ce poste grâce à Matt–, mais c'était le boulot de mes rêves. J'avais besoin d'argent. Matt s'était bien amusé avec moi et j'avais droit de garder les miettes. Au moins, mon chagrin n'était pas vain. Pam devait se douter que la révélation de l'identité de M. Pierce avait des répercussions sur ma vie, mais nous n'en avons parlé qu'une seule fois. C'était le lendemain de la grande révélation, après que j'avais été abordée par un journaliste qui répétait que Matthew Sky était M. Pierce. Après que j'avais lu l'infâme article dans *Fit to Print*.

Le lendemain du jour où j'ai promis d'aller chez Matt *quoi qu'il arrive*, et que je n'y suis pas allée.

Je me souviens de l'état dans lequel j'étais en me réveillant ce jour-là, comme si on m'avait arraché les tripes. Je n'étais plus que l'ombre d'Hannah.

J'avais un travail pour m'occuper. Des gestes à accomplir.

Je me suis douchée et habillée de manière mécanique. Je suis arrivée au bureau avec dix minutes d'avance. Pam m'attendait, appuyée contre son bureau.

— Hannah, a-t-elle dit en me faisant un de ses sourires laconiques. (Une voix rauque a jailli de l'enveloppe creuse qui me servait de corps. Je n'ai pas pris la peine de me racler la gorge.) Je suis contente que tu sois là. Je n'étais pas sûre...

Je me suis arrêtée avant d'arriver dans mon bureau.

En arrivant à l'agence, j'avais craint de trouver Matt en train de camper sur les marches pour m'attendre. J'ai été soulagée de ne pas le voir – et ça m'a fait mal aussi. À ce moment-là, je n'avais pas encore décidé de bloquer ses appels téléphoniques, ses SMS et ses e-mails. J'ignorais s'il allait se battre pour moi. Le voile avait été levé sur son secret. C'était la fin de son petit jeu. Il était possible qu'il se débarrasse de moi, comme une preuve de sa double vie. Je n'avais rien pour tourner la page.

Me retournant, j'ai pris une inspiration tremblante.

— J'aime ce travail, ai-je déclaré aussi calmement que possible. (Je me suis obligée à regarder

Pam dans les yeux. J'y ai vu de l'inquiétude, ce qui était pire que sa froideur habituelle.) Je n'avais aucune raison d'être absente aujourd'hui.

— Vraiment ? a-t-elle fait en me souriant.

Merde, je n'étais pas équipée pour appréhender la facette amicale de Pam. J'avais besoin de son côté garce, pas de son épaule pour pleurer, d'autant que j'allais fondre en larmes si elle n'arrêtait pas de me considérer avec douceur et sollicitude.

La veille, j'avais pleuré jusqu'à devenir une épave. J'avais pris ma douche en sanglotant. Mes réserves de larmes n'étaient en aucun cas asséchées.

— Oui, ai-je répondu.

— Très bien. (Pam a fait la moue.) Matt m'a demandé de tes nouvelles hier. Il m'a paru très agité. En fait, il m'a raccroché au nez.

Je ne veux pas apprendre à dire au revoir.

Mes yeux m'ont piqué. J'ai dégluti.

— On s'est parlé, ai-je dit.

Pam m'a observée un moment. Je me demandais ce qu'elle savait, ce qu'elle en avait déduit. Dans le monde de la littérature, la grande nouvelle était que M. Pierce avait désormais un nom, Matthew Sky. Pour moi, la grande nouvelle était que Matthew Sky avait une petite copine. Je tournais en rond dans mon malheur qui n'appartenait qu'à moi. Pam l'avait sûrement deviné.

— Très bien, a-t-elle répété, cette fois pour mettre un terme à la conversation. (Elle a remis son masque cent pour cent professionnel.) Aujourd'hui, j'aimerais que tu…

J'ai écouté. J'ai pris des notes. J'ai fait mon travail.

Je suis rentrée à la maison, j'ai sauté le dîner et je me suis écroulée sur mon lit.

Je me suis réveillée et j'ai répété mon train-train avec le même sentiment de vide.

Je ne dirais pas que mon chagrin s'est atténué. Je dirais plutôt qu'il m'est devenu familier. J'en suis même venue à m'attendre aux lances qui me transperçaient douloureusement à tout moment – devant le frisbee de mon frère, devant les Lexus, quand un bruit m'évoquait un feu d'artifice.

Ça provenait de tout et n'importe quoi. L'odeur des pins. Une brise chaude. Un certain sourire sur le visage d'un étranger. Parfois, j'avais l'impression d'apercevoir Matt dans la foule, en ville. En y regardant de plus près, je ne voyais plus qu'un grand inconnu se rendant au travail.

Chrissy a essayé de me convaincre de vandaliser les voitures de Matt.

— Tu sais les reconnaître, Hannah. Tu sais où il les gare ! Va dégommer le pare-brise de ce fils de pute avec une batte de baseball. Il est trop trouillard pour s'en prendre à toi.

J'ai serré les dents et je suis partie. Malgré ma colère et ma peine, et malgré le sentiment d'avoir été naïve et abusée, l'idée de faire du mal à Matt m'irritait. Je ne pouvais pas m'empêcher de regarder les infos et de lire les articles traitant de sa vie. Je n'ai pas pu retenir la vague de tristesse qui m'a submergée en découvrant l'histoire de ses parents et de son suicide raté, de son séjour en hôpital psychiatrique et de sa descente dans l'enfer de la dépendance.

Matt. Mon Matt. Je l'aimais, je le haïssais.

Impuissante, ma famille me voyait perdre l'appétit de jour en jour. J'ai perdu sept kilos. Le week-end, j'allais me coucher à 22h et je dormais d'une traite jusqu'à 14h.

Je ne supportais plus d'entendre mon nom. Hannah, Hannah, Hannah.

Avant, Matt le répétait constamment. Il le grognait, le gémissait, le chuchotait. Il le disait comme un juron – comme une prière.

Hannah... oh, putain, Hannah.

Hannah, ne me rejette jamais.

Hannah, je ne supporte pas d'être séparé de toi.

Promets-le. Hannah, promets-moi que tu viendras quoi qu'il arrive.

Je ne supportais plus mon reflet. J'évitais les miroirs. Je portais des tenues sobres. J'ai opté pour une coupe sévère au carré et j'ai commencé à raidir mes cheveux.

Quand l'inquiétude et la vigilance de ma famille sont devenues trop étouffantes, j'ai pris l'appartement de Denver pour m'y terrer. Je n'avais pas d'amis à voir et aucune envie de sortir, de toute façon. Ce salaud avait été toute ma vie depuis mon retour dans le Colorado. Et ce salaud était toujours toute ma vie, pendant le mois d'août, même après quatre semaines sans lui. Il était là parce qu'il était absent. Qui pouvait le comprendre ?

Il était toujours avec moi. Il était l'espace négatif autour de moi.

21

Matt

Ma vie a implosé le lundi.

Hannah m'a envoyé un e-mail le mercredi.

À ce jour, j'ignore ce que j'ai fait le mardi. Le premier de mes jours de perdition.

J'ai relu l'e-mail d'Hannah tant de fois que je le connais par cœur.

Objet : (pas d'objet)
Expéditeur : *Hannah Catalano*
Date : *Mercredi 10 juillet 2013*
Heure : *19h20*
Matthew,

Je vais essayer d'être brève.

Je ne suis pas venue lundi et tu sais pourquoi. Tu as dû finir par comprendre que je ne te répondrai pas au téléphone, ni aux SMS, ni aux e-mails.

Je te demande d'arrêter d'essayer de me contacter. Je te prie de ne pas chercher à me voir. J'aimerais te dire « c'est fini », mais ça n'a jamais vraiment commencé.

Je garde mon travail à l'agence en dépit du bon sens. Je t'écris dans le seul but de te demander de ne pas chercher à me voir au travail. J'aime ce boulot et j'en ai besoin.

Si tu as un tant soit peu de respect pour moi (je me le demande), prouve-le en me laissant tranquille. Si tu me harcèles à l'agence, je serai obligée de démissionner. Ne m'oblige pas à en arriver là.

Hannah Catalano

Sa signature était si formelle – Hannah Catalano– que je sentais sa froide colère faire barrage entre nous. Elle n'était pas mon Hannah, mon petit oiseau, ma salope. Elle ne l'avait jamais été.

J'ai passé le restant de la semaine chez moi. J'ai dressé des listes. J'ai fait une liste de moyens de récupérer Hannah. J'ai fait une liste d'excuses. J'ai même fait une liste de requêtes spéciales destinées à attirer son attention : j'ai un cancer, j'ai oublié quelque chose chez toi, j'ai perdu Laurence.

Il faut l'admettre, ces mensonges étaient minables et pathétiques, mais l'essentiel était que je me creuse la tête. À force de chercher, j'allais trouver une solution.

J'envoyais des e-mails et je téléphonais à Hannah plusieurs fois par jour, bien qu'elle m'ait demandé de ne pas chercher à la joindre. Je devais me battre. C'est ce qu'elle attendait de moi. À sa place, j'aurais souhaité qu'elle se batte pour moi. Je savais aussi qu'avec les mots justes, ou en tombant au bon moment, elle me reviendrait. Il fallait juste que je ne laisse pas tomber.

Un déluge d'appels et d'e-mails me tombait dessus – de Pam, de mes frères, de mon oncle, de mon psychiatre–, mais rien de plus de la part d'Hannah. Je les ai tous ignorés.

J'ai osé mettre le nez dehors au bout d'une semaine. Je pense que c'est là que j'ai « agressé » le journaliste. Les articles ont grossièrement exagéré les faits. En toute honnêteté, je ne me souviens pas exactement de ce qui s'est passé mais j'ai du mal à croire que j'ai frappé un homme au point de « mettre sa vie en danger ».

Saletés de journalistes.

Je sais que c'est arrivé vers midi. Je me souviens de la chaleur presque irréelle. Je mourais de faim, la tête me tournait et j'allais chercher de la litière pour Laurence à l'épicerie. J'ai le souvenir qu'un homme criait mon nom.

— Matthew Sky ! Par ici ! M. Pierce !

J'ai accéléré le pas pour lui échapper.

— Matthew, hé, Matthew Sky, là !

Il me poursuivait en criant mon nom. Je me souviens de m'être dit que cette ordure tenace pouvait être le journaliste qui avait accosté Hannah à l'agence. Il était éventuellement la raison pour laquelle elle n'était pas venue me voir. La raison pour laquelle je n'avais pas eu la chance de m'expliquer. Car j'avais des choses à expliquer. J'avais besoin d'une seule chance.

J'avais besoin de pleurer avec elle. De la tenir dans mes bras.

Ce journaliste, il était allé la trouver. Il l'avait arrêtée dans le hall. Il avait tout fichu en l'air.

Ensuite, je me souviens d'avoir remonté le trottoir en courant. J'avais mal aux poings et ils étaient chauds et mouillés. J'ai couru jusque chez moi, j'ai verrouillé ma porte, je me suis lavé les mains et j'ai pris un bain.

L'avocat de mon oncle s'est occupé de la plainte pour agression. Puis, sans que je l'aie encouragé à le faire, il a intenté un procès en diffamation destinée à faire couler *Fit to Print.*

Depuis ça, je ne sors plus que la nuit. Je porte un sweat dont je remonte la capuche, des lunettes de soleil et des baskets. Je pouvais échapper à tout. Où que je me rende, j'y allais en courant. Je galopais jusqu'aux cabines téléphoniques pour appeler Hannah. Je passais devant chez elle en voiture. Je ne prenais que des douches froides et je ne mangeais que lorsque la faim devenait insoutenable. Je sautais sur place jambes écartées dans le salon. J'étais parti pour arranger les choses avec Hannah. Je devais entretenir ma forme.

Au bout d'une autre semaine, j'ai téléphoné à Pam.

— Matthew ! Tu devrais lire tes e-mails de temps en temps. Je t'en ai juste envoyé une vingtaine.

Je trottinais dans mon appartement, le téléphone à l'oreille. J'étais toujours prêt à courir. Quand Hannah appellerait, je serai prêt à aller la rejoindre en courant, et rien ne m'en empêcherait.

— Salut, ai-je fait, essoufflé. J'ai reçu tes e-mails. Je n'ai pas eu le temps de répondre.

— Trop occupé à limiter les dégâts ?

— Un truc comme ça. (Je tournais autour de l'îlot de la cuisine.) J'appelle à propos d'Hannah.

— Hannah ? Que veux-tu savoir ?

— Comment va-t-elle ?

— Tu ferais mieux de me demander comment je vais moi, a-t-elle rétorqué d'une voix sèche.

J'ai arrêté de trottiner. Je me suis ressaisi, agrippé au comptoir. J'étais à bout de souffle.

— Pourquoi tu ne veux pas me donner des nouvelles d'Hannah ? Que se passe-t-il ?

— Hannah va très bien. C'est une assistante de premier ordre. Tu écris en ce moment ? Je ne pourrais pas te reprocher...

— Pourquoi tu mens ? (Je me suis assis sur le sol de la cuisine. Putain, j'avais besoin de m'hydrater.) Comment va-t-elle ? Elle est là ?

— Matthew. Je ne sais pas ce qui se passe, mais je refuse d'entrer dans ton jeu. Hannah est ton amie. Si tu as besoin de lui parler, parle-lui. Je suis ton agent. Je me fais du souci pour toi. Il faut que nous discutions de deux...

— Tu as parlé au journaliste ?

— Pardon ?

— Tu es en contact avec lui ? Le journaliste ? Et Hannah ?

— Bon, il faut que tu...

J'ai raccroché.

Putain.

J'ai bu une bouteille d'eau cul sec et j'ai éclaté de rire. J'ai imaginé de quelle manière Hannah se moquerait de moi si elle était là. Nous riions beaucoup tous les deux. Ça se passait vraiment bien entre nous. Nous riions sur Laurence. Et le soir où j'ai branché la webcam et qu'elle m'a demandé si j'étais nu, nous avons même beaucoup ri.

— Tu es un drôle de petit oiseau, ai-je dit, en secouant la tête, le sourire aux lèvres.

J'ai entrepris de lire les nouvelles sur Internet. L'équipe de *Fit to Print* en pinçait toujours pour moi. Ou plutôt, ils bandaient encore plus fort qu'avant. Ils imprimaient tout ce qu'ils trouvaient à mon sujet.

J'ai écrit de longs e-mails soignés à Hannah pour clarifier les faits.

En parlant de bander, fort heureusement, ça ne m'arrivait plus. Même si j'avais essayé, je crois que je n'aurais pas pu la lever. Mais je n'ai pas essayé. L'excitation n'aurait fait que me détourner de l'essentiel.

J'ai imprimé les e-mails que j'ai écrits pour Hannah, et je les ai rangés dans une enveloppe kraft. Je commençais à me demander si elle n'avait pas bloqué mon adresse. Si elle les avait lus, elle m'aurait appelé. Je tapais et imprimais des lettres pour elle. Je tenais quotidiennement un journal adressé à Hannah. Parfois, je déblatérais sur plusieurs pages, décrivant son physique et ses rires. Je m'excusais. Je revenais sur mes excuses sous le prétexte que je recommencerais. Je lui parlais de Laurence. Je décrivais le journaliste et la prévenais de ne pas l'approcher.

J'ai également poursuivi seul l'histoire de Cal et Lana. Rien n'était terminé. Tout allait dans l'enveloppe kraft.

Trois semaines se sont écoulées, et à mesure que le temps passait, il me semblait de plus en plus impératif de lui remettre mes documents. J'avais besoin de voir Hannah. Mes frères et mon oncle me téléphonaient et m'écrivaient sans relâche. Mais que me voulaient-ils, bordel ? Je n'étais pas encore prêt à leur répondre, et leur attention conjointe me rendait nerveux. Je devais rester concentré.

Je n'avais pas vu Hannah, mais je savais que je n'étais pas loin de la récupérer. Si seulement je pouvais lui remettre l'enveloppe. Toutes les explications se trouvaient dans les lettres.

Bethany m'a envoyé un SMS le 29.

Je suis à Denver, chez une amie. Je passerai prendre mes affaires vendredi. Ne viens pas à l'appartement du week-end.

En d'autres circonstances, le ton de Bethany m'aurait agacé, mais j'avais autant envie de la croiser qu'elle avait envie de me voir. De plus, j'étais en mission. Le mois d'août débutait dans deux jours et je préférais crever que de tourner une autre page du calendrier sans Hannah. Je suis allé chercher les affaires de Bethany dans le coffre de ma voiture et je les ai empilées dans le salon. Je n'avais pas envisagé de traîner Bethany en justice, même si j'aurais pu. C'était elle la source, je le savais, et nous avions signé un contrat de confidentialité – mais le mal était fait, et un procès aurait attiré un regain d'attention des médias.

J'ai rangé quelques affaires dans un sac et je me suis installé dans une suite de l'hôtel Brown Palace, à côté de chez moi. J'ai pris mon enveloppe kraft avec moi. À la dernière minute, j'ai glissé mon portrait d'Hannah dans l'enveloppe.

Je savais ce que j'allais faire. Je ne pouvais pas faire confiance à Pam et je n'osais pas aller chez les parents d'Hannah, où son père risquait de m'accueillir avec un fusil à pompe. Si je l'envoyais par la poste, il y avait des chances pour qu'Hannah la jette à la poubelle. Qui plus est, j'avais besoin de parler à quelqu'un qui soit en mesure de me donner de ses nouvelles. Vendredi soir, j'ai revêtu un jean et un tee-shirt simples, et bien sûr des baskets. J'ai fait un jogging dans la chambre d'hôtel pour me mettre en condition. J'avais un bon plan. Enfin, un bon plan.

Mon téléphone a sonné. Encore mon frère, putain.

— Nate, ai-je grommelé. Écoute, tu veux bien arrêter d'appeler ce...

— Salut, mec. Enfin tu décroches.

Je me suis tu. J'ai vu le visage de Nate. Chaleureux, ouvert et posé. Nate était mon frère aîné, Seth était le second et j'étais le plus jeune. Nate avait toujours été le meilleur de nous trois. Il avait fondé une famille, il menait une brillante carrière et son charisme naturel séduisait tout le monde.

Quand j'ai fait ma dépression à l'université – et pendant toute ma période de descente aux enfers–, c'est Nate qui m'avait accompagné, avec tendresse et sans me juger. Seth et mon oncle voulaient juste que je redescende sur Terre. (Ils ont essayé.) Au bout du compte, c'est la bonté de Nate qui m'avait guidé sur la voie de la sobriété – et de la raison.

— Salut. (Je me suis assis au bord du lit.) Je suis un peu...

— Je sais, tu es occupé, a gentiment terminé Nate.

Puis il a ri. D'un rire paresseux et sympathique. À côté, je devais passer pour un hystérique.

— Ouais, plus ou moins. J'ai un truc à faire, là.

J'ai tapé l'enveloppe sur mon genou.

— J'ai une idée pour toi, mec.

— As-tu parlé avec des journalistes ?

— Mais non. Bon, écoute-moi, Matt.

Je me suis levé pour arpenter la pièce.

— Ils racontent toutes sortes de choses à mon sujet. Tu as lu leurs articles ? Sur Internet.

— Mais non, je ne lis pas ces conneries. J'ai une super idée.

— Ah bon ?

— Oui, tu nous manques, mec. À moi, à Seth, aux gosses. À notre oncle. Que dirais-tu de quitter Denver un moment ?

J'ai serré l'enveloppe dans ma main. Quitter Denver ? Je me suis remis à trottiner entre le bureau et la porte.

— Peux pas. J'ai des trucs à faire ici.

— Comme quoi ?

— Des détails à régler, ai-je dit. (La sueur a perlé au ras de mes sourcils.) Faut vraiment que je le fasse.

— Des détails à régler ? Du calme, mec. J'ai du mal à te suivre.

— Il y a des trucs ici. Je ne peux pas partir. Je dois faire en sorte que certaines choses se produisent.

— Matt ? Écoute, j'aimerais vraiment que tu viennes nous voir. Fais une pause, prends du temps pour toi.

— Je ne peux pas partir ! ai-je rétorqué.

— Bien sûr que tu peux. Prends le temps qui te faut, et après tu viens nous voir. La maison de notre oncle est inoccupée depuis le début du printemps. Tu peux…

— Arrête ! ai-je crié d'une voix nerveuse.

Il fallait que je lui parle d'Hannah. Il essayait de m'éloigner d'elle. Putain, il avait parlé au journaliste. Et peut-être même à Pam.

— Mec, où es-tu ? Tu es chez toi ?

Je me suis précipité vers les fenêtres de l'hôtel pour tirer les rideaux.

— Pourquoi tiens-tu à le savoir ? ai-je murmuré.

— Matt ? Je t'entends mal. Attends, je vais…

J'ai coupé la communication et lancé le téléphone sur le lit. Merde, Nate était à Denver ? Était-il venu pour m'empêcher d'agir ?

Quand j'ai quitté la chambre, j'avais des sueurs froides. J'ai roulé jusqu'à Boulder, un œil sur le rétroviseur, en respectant la limitation de vitesse. Je tenais l'enveloppe kraft sur mes genoux. Pitié, pourvu qu'elle soit là ce soir. Le temps pressait. Je le sentais.

J'ai traversé l'un de ces orages d'été capricieux typiques du Colorado. Parfait. Le vent poussait ma voiture et la pluie qui tambourinait contre ma vitre m'empêchait de m'entendre penser. Au moins, ce n'était pas de la grêle. Je me suis garé sur Pearl Street, et j'ai abrité mon enveloppe sous ma veste à capuche. Tandis que je remontais l'allée au-dessus de laquelle le panneau DYNAMITE brillait comme un phare, des souvenirs me revenaient. Tout en riant, j'ai arpenté la ruelle.

Mon Dieu, j'avais envie de me donner une tape dans le dos. J'avais un bon plan. Je ne m'étais pas creusé les méninges pour rien. La solution, c'était Chrissy. Elle m'aimait bien. Elle accepterait de donner mon enveloppe à Hannah, je le savais.

La pluie a cessé et l'air de la nuit s'est fortement rafraîchi. Je tournais en rond devant l'entrée du club. J'ai vérifié l'heure. 23h. Chrissy devait être à l'intérieur. Un videur trapu est apparu.

— Faut pas traîner ici.

— J'attends une amie.

— Ah oui, tu as une amie à l'intérieur ? Soit tu entres, soit tu dégages.

J'avais prévu d'intercepter Chrissy à la porte, mais le videur avait peut-être une bonne idée. J'avais des chances de la trouver dans le club. Seul hic, ça m'ennuyait de voir la sœur d'Hannah les seins nus.

— D'accord, ai-je marmonné en tâtant mes poches.

Merde. J'avais laissé mon portefeuille à l'hôtel. Le videur m'a lancé des regards noirs.

— Fous le camp, espèce de paumé, a-t-il craché en avançant vers moi.

J'ai remonté l'allée en courant, et je me suis adossé au mur de brique côté rue. Pas ça, je n'avais pas besoin d'une nouvelle plainte pour agression, ni dans un sens ni dans l'autre. J'ai attendu plusieurs heures sur le trottoir. De temps en temps, je trottinais sur place pour me réchauffer. Frissonnant, je m'effondrais par instant contre les briques détrempées. Au diable le Colorado et sa nuit glacée en plein mois d'août.

Vers trois heures du matin, une voix familière m'a sorti de mon état d'hébétude.

— Allez, à demain, a crié Chrissy, sa voix résonnait dans la ruelle. Je suis sûre que j'ai gagné. Essaie encore, poulette.

J'aurais reconnu sa voix n'importe où. C'était la même qu'Hannah, en un peu plus rauque. Quel soulagement… J'avais les larmes aux yeux. Le moment était enfin arrivé.

Chrissy est sortie de la ruelle d'un pas raide et s'est dirigée vers un lampadaire.

— Chrissy ! ai-je crié. (Je me suis élancé vers elle en brandissant l'enveloppe. Elle s'est retournée. Un énorme sourire s'est dessiné sur mon visage.) Hé, c'est moi ! Matt !

Chrissy a plongé la main dans son sac. J'ai rejeté ma capuche en arrière. Un nuage de gaz au poivre m'a recouvert le visage.

— Putain ! ai-je hurlé en m'écartant, le visage entre les mains.

L'enveloppe m'a échappé.

— Va te faire foutre, sale con !

J'ai entendu les talons de Chrissy claquer sur le trottoir tandis qu'elle s'éloignait de moi. Je manquais d'oxygène. J'avais la peau en feu. Mon nez, mes yeux et ma gorge me brûlaient. Quand j'ai rouvert les yeux, tout était flou.

— Mon enveloppe, ai-je articulé dans un souffle.

À quatre pattes sur le trottoir, j'ai fouillé le trottoir à l'aveuglette.

— Dans la flaque, mon gars, a dit une voix.

J'ai levé les yeux en direction de la voix. J'ai distingué une silhouette dégingandée tenant un téléphone. Me filmait-il ?

Ma main a fait des éclaboussures en tombant sur l'enveloppe trempée.

22

Hannah

J'ai cessé de lire les nouveaux articles sur Matt après que la vidéo du spray au poivre était devenue virale.

Elle a été retirée de YouTube le week-end de sa parution, mais elle s'était déjà propagée partout. Un site l'a postée sous le titre M. PIERCE PROPOSE UN MANUSCRIT À UNE STRIP-TEASEUSE. Même *Fit to Print* proposait un lien vers la vidéo.

Je n'en ai pas parlé avec Chrissy. Il n'y avait rien à dire.

Juillet était passé, et je devais désormais m'efforcer de faire ma vie sans Matt. Jusque-là, j'avais autant espéré que craint qu'il revienne de force dans ma vie, mais j'avais rêvé. Rien n'arrangerait les choses. J'ai survolé les photos de Matt en me demandant qui diable était ce garçon. Un bel homme. Un étranger. Un menteur. Un auteur de best-sellers mondiaux. Un écrivain que j'avais admiré pendant des années. L'avais-je réellement tenu dans mes bras ? Avais-je rêvé notre histoire ? Comme un fantôme, il avait échappé à mon étreinte.

Depuis que j'avais changé de numéro, je ne recevais plus que des appels de ma famille. Ma nouvelle boîte de messagerie était vide, à l'exception des e-mails de Pam. D'après ma mère, Matt ne passait plus en voiture devant la maison la nuit.

Je me demandais ce que renfermait l'enveloppe que Matt avait voulu donner à Chrissy. J'ai regardé la vidéo jusqu'à l'écœurement. Je devais l'admettre, ça ressemblait vraiment à un manuscrit. Cette enveloppe, quel que soit son contenu, avait passé une bonne minute dans une flaque pendant que Matt la cherchait à tâtons sur le trottoir. Elle était probablement fichue.

Et Matt... Mon bel amant à quatre pattes, sans personne pour l'aider. Ses intentions avaient probablement été anéanties, elles aussi.

Enfin, notre histoire était bel et bien terminée.

Au travail, je me noyais dans les tâches que Pam me confiait. Je ne prenais jamais de pause. Je travaillais pendant l'heure du déjeuner, et j'emportais du travail à la maison. Quand j'avais mal aux yeux d'avoir trop lu, j'allais au club de gym et je galopais sur le tapis de course jusqu'à sentir que j'allais m'écrouler.

Et c'est ce que je faisais. Je rentrais chez moi, je m'écroulais, je me réveillais et je retournais au bureau.

Le vide en moi ne s'est pas comblé. Il s'est développé jusqu'à ce que j'aie l'impression de le sentir buter contre les limites de mon être. Je n'étais même plus l'ombre de moi-même. J'étais une ébauche – une évocation d'Hannah Catalano.

Je me disais qu'un jour, je ne serais même plus ça.

J'ai compris comment les gens s'effondrent. J'ai compris pourquoi c'était dangereux de laisser quelqu'un devenir toute notre vie, et à quel point c'est impossible de l'empêcher. *Ne me rejette jamais,* avait dit Matt un jour. Comme si j'avais le choix.

Fin août, Pam a lancé un manuscrit sur mon bureau. C'était rare que Pam me donne un texte de la main à la main ; en général, je piochais directement dans l'énorme pile d'indésirables ou je trouvais mes missions de la journée sur mon bureau en arrivant.

J'ai saisi le manuscrit. *Le Substitut,* pas de nom d'auteur.

— C'est quoi ?

— Un manuscrit, a-t-elle répondu sèchement.

Euh, quand même, Pam… Je voyais bien que c'était un manuscrit.

— Bon… j'y jette un œil ? ai-je répondu.

— C'est le but. (Pam s'est attardée.) Au fait, il a été écrit par une dame du coin. Elle a cette merveilleuse habitude de ne pas inscrire son nom sur ses manuscrits.

Pam s'est penchée pour griffonner *Jane Doe* sur la couverture. Je l'ai scrutée sans y croire. La vache, Pam m'autorisait vraiment à lire le manuscrit de l'un de ses auteurs ? J'avais fait du chemin depuis la pile de textes envoyés par la poste. C'était une véritable besogne d'agent.

— Pam, je…

Elle m'a interrompue d'un geste.

— Ne va pas t'imaginer que ton opinion soit fondamentale. Contente-toi de lire le manuscrit. J'ai besoin d'une confirmation de ce qui est déjà évident pour moi.

Pam est sortie.

Bon, la confirmation... de l'évidence. Ça m'avait l'air bidon. J'ai tourné la page de couverture. J'avais deux explications plausibles. Soit Pamela cherchait à me donner du galon (et elle ne savait pas s'y prendre gentiment), soit elle avait réellement besoin d'un second avis sur ce manuscrit (et elle ne savait pas s'y prendre gentiment). Dans un cas comme dans l'autre, je devais l'aborder comme un test et faire en sorte que ma tête n'explose pas.

Deux heures plus tard, j'étais toujours plongée dans la lecture du manuscrit. J'avais repoussé mes autres documents sur le côté. Je me suis détendue dans mon fauteuil et j'ai posé mes pieds sur le bureau. Loin d'avancer à un rythme professionnel, je lisais comme une lectrice qui prend plaisir à se laisser absorber par le texte.

Le Substitut se situait dans le futur où, pour un certain prix, des gens pouvaient échapper aux difficultés de l'existence. Les examens, le divorce, la prison, les soins dentaires, les ruptures complexes, *tout* – personne n'était obligé de supporter tout ça, grâce au Projet Isaac. Le projet commençait par une découverte médicale dans les soins palliatifs, et se terminait par l'entreprise la plus révolutionnaire depuis le web. Un client téléchargeait sa conscience vers une cellule dormante et la remplaçait par celle d'un substitut, un professionnel qui vivait dans son corps pendant la durée de l'épreuve. Une fois la mission accomplie, le client retournait dans son corps et poursuivait sa vie sans souffrance.

En réalité, le roman racontait l'histoire d'un substitut en particulier – un bourreau de travail blasé qui passait plus de temps dans le corps des autres que dans son enveloppe d'octogénaire. Le substitut n'avait pas de vie personnelle à proprement parler. *Il était creux.*

Jusqu'à ce qu'un travail change tout.

Le substitut est téléchargé dans le corps d'un directeur d'entreprise fortuné. Sa mission consiste à mettre la femme de son client en face de son infidélité et de sa demande de divorce.

Sauf que le substitut échoue. Il voit la femme de son client à travers les yeux de son client, et...

... il comprit que jamais il ne pourrait blesser cette femme. La douleur d'aucun de ses clients – des lâches et des fuyards, tous autant qu'ils étaient – n'avait jamais contenu autant d'émerveillement que cette femme.

Sa beauté ne cesserait jamais de la hanter.

J'ai surgi en trombe dans le bureau de Pam.

— Ceci...

Clignant des yeux, je me suis éclairci la voix et j'ai baissé les pages que je brandissais.

Pam m'a lancé un regard furieux.

— Tiens, Hannah, merci d'avoir frappé.

— Désolée, je...

— Continue. (Pam s'est adossée dans son siège en soupirant, faisant onduler son stylo sous mon nez.) Je t'écoute, puisque tu sembles être en peine de contenir ton émoi.

J'ai lissé ma jupe et pris une inspiration. J'étais stupéfaite. La vache, je venais de débouler dans le bureau de Pamela Wing comme si j'étais chez moi. Mais ce n'était pas le plus choquant. Pour la première fois en bientôt deux mois, j'avais oublié mon malheur. J'avais oublié mon vide intérieur. Il me fallait la suite de ce récit.

— C'est...

— Ton éloquence ne cesse de m'étonner, Hannah.

— C'est très partiel, ai-je bredouillé.

— C'est justement observé. L'auteur m'a assuré que vingt pages supplémentaires suivaient.

— J'aimerais les lire. Si vous êtes d'accord. (J'ai promené mon regard vers la fenêtre. Si elle croisait mon regard, elle verrait mon désespoir.) Le... protagoniste. Il me semble évident qu'il va s'approprier le corps de son client, vous savez ? Et...

J'ai senti le regard de Pam sur moi.

— ... et c'est un dilemme intéressant. Il y a tellement de non-dits. (J'ai dégluti.) La critique de notre comportement face à l'épreuve et à l'évitement. Et le consumérisme. La citation de Thoreau sur le désespoir est assez parfaite, aussi. Ça me semble très pertinent. Je veux dire, dans notre culture, les gens vivent réellement dans un désespoir latent, jusqu'à ce que quelqu'un ou quelque chose survienne et...

J'ai pincé les lèvres pour m'obliger à me taire. Comment en étais-je arrivée à vider mon sac devant ma supérieure ? Pam a arqué un sourcil. Elle avait l'air curieuse, pas implacable.

— Je pense que tu as raison, a-t-elle concédé. C'est pertinent. Nous en parlerons plus longuement une fois que nous aurons lu la suite.

Je me suis apprêtée à sortir, mais je me suis arrêtée devant la porte.

— Mme Wing ?

— Mmm ?

J'ai indiqué le manuscrit.

— Vous ne représentez pas vraiment d'auteurs de science-fiction, si ?

— Non, mais je fais des exceptions pour mes auteurs bien établis.

Ses auteurs bien établis.

C'était donc vrai ; Pam m'autorisait à lire un texte d'une certaine importance. Pour la première depuis que je ne voyais plus Matt, j'ai imaginé que je devenais l'associée de Pam et de Laura. C'était mon rêve. Tout du moins, c'était le rêve de l'ancienne Hannah.

— Il y a tout de même quelques lacunes, ai-je repris au bout d'un moment. Surtout des petites omissions sur le concept qui mériteraient d'être expliquées. Mais c'est…

J'ai jeté un œil au manuscrit. Mon opinion personnelle avait-elle la moindre valeur ?

— Mme Wing, c'est ce que j'ai lu de plus captivant cette année.

Des petits bouts du *Substitut* sont arrivés toutes les semaines tout au long du mois de septembre. Je les lisais comme une camée qui saute sur sa dose. Je n'étais pas fan de science-fiction, mais *Le Substitut* ne se lisait pas comme de la SF.

C'était une histoire d'amour.

Comme je l'avais deviné, le substitut traque la femme de son client mais pas dans le corps de son mari. Pas un départ. Il invente des raisons de la rencontrer dans son propre corps âgé et dans celui d'autres clients. Il la retrouve en tant qu'homme, femme, enfant…

Il l'aimait à travers tous les visages de l'amour. Pour elle, les visages devaient être comme autant de façades, mais une unique vérité les reliait au fil de leur histoire.

Le substitut finit par manigancer son retour dans le corps du mari.

J'ai survolé la page avec avidité. Mais où allait-il comme ça ? Le vol de corps était un délit passible de peine de mort et, de toute façon, le substitut ne devait pas avoir les idées claires. Avait-il prévu de séduire cette femme depuis le corps de son mari ? Elle ne le connaissait même pas !

La scène devenait insensée. Le substitut était sur le point d'aller au lit avec la femme qu'il aimait, en faisant semblant d'être son époux. C'était complètement tordu et pourtant j'avais envie que ça leur arrive. Plus tard, il s'expliquerait, plus tard mais là…

— Hannah Catalano ?

Il y avait quelqu'un à la porte de mon bureau. J'ai retenu mon souffle. Cette voix, cette stature. J'ai aussitôt posé les pieds par terre et failli dégringoler de ma chaise. Mon Dieu, mais c'était…

Pas Matt.

Mais c'était lui ! C'était Matt avec quelques années de plus, des cheveux noirs et un sourire amical.

L'homme est venu vers moi en me tendant la main. Il portait un élégant costume sombre. Je me suis levée en titubant pour lui serrer la main.

— Oui, bonjour, ai-je dit.

Leur ressemblance était déroutante. Debout, je le regardais les yeux ronds, en battant des paupières.

— Nathaniel Sky. Appelez-moi Nate.

Je me suis lourdement assise.

— Je suis désolée, a-t-il dit. Je vous ai fait un choc.

Un choc ? Plutôt un gros coup derrière la nuque. J'avais le frère de Matt devant moi. Des souvenirs de Matt ont surgi dans ma tête comme un feu d'artifice. J'ai eu les larmes aux yeux. Le sourire de Nate, sa démarche gracieuse, sa présence imposante... c'était exactement Matt.

— Eh bien. (Il s'est éclairci la voix.) Je ne vais pas vous prendre trop de temps.

— Dé... désolée, je... désolée. Oui, non, euh, asseyez-vous, je vous en prie...

Oh, quelle belle phrase ! Avec un petit rire, Nate a incliné la tête. Ce geste m'a tellement fait penser à Matt que j'ai dû détourner le regard.

— Je suis venu vous demander un service, Hannah. Je peux vous appeler Hannah ?

J'ai hoché la tête. Manifestement, les phrases cohérentes n'étaient pas au menu.

Nate est resté debout. Il a contourné mon bureau pour poser sa grande main sur mon épaule. Par chance, son geste était cordial et rassurant, mais sa main ne m'a pas pas fait l'effet de celle de Matt. La main de Matt... exigeante, passionnée.

J'ai ôté mes lunettes pour me frotter les yeux. C'était incroyable comme, après presque trois mois, mes émotions étaient à vif.

— Je ne suis pas venu vous faire de la peine, a calmement déclaré Nate. (Comme je levais timidement la tête vers lui, il m'a souri avec douceur.) J'ai tellement entendu parler de vous. Je ne serais pas venu si j'avais une autre solution. J'ai besoin de votre aide. Vous avez certainement compris que c'est au sujet de Matt.

J'ai cligné des yeux.

— Comment va-t-il ? ai-je murmuré.

— Plutôt mal. (Nate a secoué la tête.) Plutôt mal, Hannah.

Il s'est tourné pour aller vers la fenêtre et regarder la rue. Comme il était de dos, j'ai rassemblé mes esprits. La vache, le patrimoine génétique était sérieusement biaisé en faveur de la famille Sky. Allez comprendre.

— Il boit. Je ne peux pas le dire autrement. (Il parlait à voix basse, avec beaucoup d'émotion.) Hannah, c'est mon frère. Mon petit frère...

Bizarrement, ça m'a rassurée de ne pas être la seule à court de mots. Nous avons gardé le silence un instant, en proie aux mêmes émotions.

— Que puis-je faire ? ai-je finalement demandé.

— Peut-être rien. Je ne sais pas. J'ai toujours réussi à le ramener à la surface. Pas cette fois.

Nate a de nouveau secoué la tête. Il avait l'air grave ; j'avais l'impression que nous parlions d'un homme mort. J'ai frissonné et mon cœur s'est serré. Allait-il aussi mal que ça ?

— Où est-il ? Que se passe-t-il ?

Quand Nate s'est retourné, nos regards se sont croisés.

— Je savais que vous l'aideriez, a-t-il dit. Il m'a tellement parlé de vous. Je me doutais que vous étiez…

Je ne sais pas ce qu'il allait dire, mais il n'a pas terminé sa phrase. Il a pris un air efficace, comme Pam. Je voyais bien que c'était plus facile pour lui que de céder à l'émotion.

— Bien. (Avais-je accepté quoi que ce soit ?) Il vit dans le chalet de notre oncle, dans le nord de l'État de New York. Je vous ai réservé un aller simple pour l'aéroport le plus proche et une voiture de location. Tout est modifiable, en termes de dates, mais je ne vois pas de raisons…

— Attendez, quoi ?

Nate a sorti une pochette de la sacoche de son ordinateur portable et a étalé des documents sur mon bureau. Avec le plus grand sérieux, son regard est passé de moi aux papiers.

— J'ai libéré votre planning avec Pam, ne vous en faites pas. Nous avons discuté tous les deux. C'est dans notre intérêt à tous les deux, lequel est…

— Excusez-moi ? Écoutez, je…

Ça devait être une blague. Ma peur se changeait peu à peu en incrédulité. Le frère de Matt venait d'entrer d'un pas tranquille dans mon bureau et me forçait à prendre un avion pour New York dans le but de sauver son alcoolique de frère (qui faisait Dieu sait quoi dans un chalet paumé), et bien sûr, avant de me proposer son plan cinglé, il avait parlé avec *mon* employeur et arrangé *mon* emploi du temps...

— ... pour vos dépenses personnelles, poursuivait Nate, vos frais de voyage, tout ce dont vous avez besoin en plus de la voiture et du billet. J'ai noté mes coordonnées. Je tiens à ce que vous gardiez le reste, car je suis conscient de la gêne occasionnée.

J'ai porté mon regard de biche égarée sur l'enveloppe que Nate déposait entre mes mains. Sans réfléchir, j'ai fouillé dans l'enveloppe. Des gros billets tout neufs. Bon d'accord, je les ai comptés. Mille, deux mille, trois mille...

— Cinq, a murmuré Nate.

J'ai brusquement redressé la tête. Mon Dieu, cette somme n'était pas destinée à couvrir des frais de déplacement. C'était un pot-de-vin.

Nate s'est dirigé vers le couloir, laissant l'argent entre mes mains et les informations de voyage sur mon bureau. La colère me paralysait. C'était une chance pour Nate, parce que sinon je lui aurais planté des agrafes dans le crâne.

— Je vous appelle, a dit Nate. Je reste quelques jours en ville. Appelez-moi si vous avez des questions. Hannah, je savais que vous m'aideriez. La façon dont Matt parle de vous...

Il exposait de nouveau sa vulnérabilité avec candeur. Ce salopard aimait son frère, au moins, qui se trouvait être lui aussi un salopard. J'ai eu une image fugace de Matt et de Nate discutant ensemble. Conspirant ? Avaient-ils imaginé ce stratagème pour que je me jette dans ses bras ? Non, impossible. Matt buvait. Matt était en danger. J'avais besoin de réfléchir.

— Vous êtes pareils, ai-je fulminé.

Nate m'a jeté un regard par-dessus son épaule.

— Bien évidemment. (Il a souri et haussé les épaules.) Nous sommes frères.

23

Matt

La région des Finger Lakes est riche en vignobles. Putain, ils ont même ce truc qu'ils appellent le Chemin du Vin du Lac Seneca. On parcourt ce fichu sentier en marquant un arrêt à chaque vinerie, jusqu'à ce qu'on s'écroule. En somme, c'est un concours de beuverie pour adultes cultivés. C'est sûr, je n'emprunterai pas ce parcours. Toutefois, je suis allé à la découverte des vignes. J'ai emprunté la moto de mon frère, une Icon Sheene gris métallisé, et j'ai traversé Geneva comme une furie.

L'insouciance est sacrément libératrice.

Je veillais à ne jamais manquer de vin, de bourbon et de Dunhills, et Nate a arrêté de m'asticoter vers la mi-septembre – il était temps. Il avait eu une sacrée bonne idée – que je me mette au vert, seul–, mais je n'avais pas besoin qu'il me materne en permanence.

Bon, j'avais recommencé à boire. Et alors ? J'avais oublié que j'aimais autant ça. Et puis quoi, j'avais écrit *Ten Thousand Nights* bourré comme un coing. À ce jour, ça reste mon roman le plus apprécié. Je pouvais écrire *Le Substitut* ivre, sans problème.

Je me suis enveloppé dans un plaid pour m'asseoir sur la véranda et passer mon appel hebdomadaire à Pam.

— Matthew, a-t-elle soupiré.

Pourquoi fallait-il qu'elle soit toujours aussi garce ? Je commençais à m'attendre à son ton irrité, comme si elle pensait : « Oh, non, je suis encore obligée de me coltiner mon écrivain le plus célèbre. »

— Oui, désolé de jouer les trouble-fête, ai-je bredouillé.

Silence.

— Enfin merde, Pam, je ne suis pas n'importe qui tout de même. La dernière fois que j'ai...

— C'est l'heure, Matthew.

Sa voix était calme et distante. J'ai consulté l'écran : il était 4h du matin.

— Tu as deux putain d'heures de retard sur moi ! Enfin, Pam, et puis, putain, tu pourrais te caler sur mon emploi du temps. Je suis le futur Balzac, bordel. Pourquoi pas Proust, tiens ? Il était...

— Matthew, que veux-tu.

Il n'y avait pas de point d'interrogation à la fin de la phrase de Pam. Quelle salope. Elle savait qu'elle me tenait par les couilles parce qu'elle avait Hannah. J'ai craché une gorgée de riesling sur la rambarde. Il me fallait de la bière. Encore mieux, j'avais besoin d'une bouteille de Woodford Reserve.

— Tu *sais* ce que je veux. Elle en pense quoi ? J'écris comme tu me le demandes tout le temps mais putain, tu n'es ja…

— Elle l'adore.

Pam a ravalé un bâillement. Bon, je l'avais sûrement réveillée – comme si c'était mon problème. Elle ne l'avait pas volé. Elle m'avait balancé aux journalistes. Elle et Bethany, et peut-être même Nate. Comme j'avais tout le loisir de réfléchir, j'en étais arrivé à la conclusion qu'ils étaient tous de mèche. Ils savaient pour Hannah et moi. Ils nous avaient démolis volontairement. Pourquoi, je l'ignorais, et ça n'avait pas d'importance. On ne peut faire confiance à personne.

— Je te jure, ai-je grondé. Explique.

— Elle… elle éprouve une réelle empathie pour le narrateur, le substitut.

— Pourquoi ?

— Je ne sais pas, Matthew. Nous travaillons ensemble, nous ne nous psychanalysons pas.

— Va te faire foutre, Pam !

J'ai raccroché. Qu'elle aille au diable ! J'ai vidé ma bouteille et je l'ai lâchée pour la regarder rouler sur la véranda. Quelle putain de merveilleuse nuit ! Fraîche et noire, venteuse et silencieuse. Il ne me manquait plus qu'une clope. Ou cette bière, au fait. Mon Ambien commençait à me faire de l'effet tout de même. J'aimais tant cette sensation… comme un ballon qui s'élève en se gonflant dans ma tête.

Je me suis réveillé saoul.

Mais pourquoi avais-je dormi sur la véranda ? J'étais transi de froid, en sous-vêtements, et j'avais mal partout, avachi dans cette fichue chaise en osier. J'ai vérifié mon téléphone. Oh là, j'avais parlé à Pam. Elle avait dû m'appeler en pleine nuit. Elle n'arrêtait pas de me téléphoner, elle me harcelait. Je me suis traîné à l'intérieur, et j'ai avalé deux bonnes rasades de bourbon. J'ai descendu trois verres d'eau. C'était pile ce qu'il me fallait. Adieu la migraine, la nausée et les mains tremblantes. J'ai changé l'eau du bol de Laurence et ajouté de la nourriture.

— C'est une matinée idéale, lui ai-je dit.

Je me suis habillé en sifflotant. Quel bonheur de boire... Quand je cède à la bouteille, je picole nuit et jour non-stop. Je ne fais jamais les choses à moitié.

Les pensées vrombissaient dans ma tête pendant que je me brossais les dents, que je gobais un Xanax et un Lexapro, et que je rassemblais mes dernières pages sur la table de la cuisine. J'écrivais tout à la main. La seule bonne manière d'écrire. Pourquoi utilisais-je l'ordinateur auparavant ? Stylo en main, la main sur la feuille, c'est le paradis.

La matinée était fraîche. J'ai allumé une cigarette et je suis sorti, laissant quelques fenêtres et la porte d'entrée ouvertes. Le chalet de mon oncle se trouvait au fin fond d'un trou perdu. Je me suis promené sur le chemin de graviers menant chez mes voisins les plus proches, une petite ferme qui s'appelait le Patch où des gens venaient chercher des légumes et des œufs frais. C'est la femme du fermier qui dactylographiait mes textes. Pourquoi irais-je m'embêter à les taper ? De plus, cette dame avait vraisemblablement besoin d'argent. Je la payais dix dollars le feuillet. Nos débuts avaient été difficiles – elle s'acharnait à tout formater et avait du mal à déchiffrer mon écriture– mais au bout d'un mois, nous avons trouvé le rythme. J'écrivais, j'apportais mes pages à Wendy, j'achetais des légumes, je récupérais mes pages, je payais Wendy, j'envoyais mes feuilles à Pam, on rince et on recommence.

Je n'allais jamais sur Internet. Je n'avais même pas pris mon ordinateur avec moi. Le web était rempli de ragots en tout genre à mon sujet, et ça me renvoyait à la malveillance de Bethany. À ma rencontre avec Hannah. À présent, ces espaces irréels et anonymes, les programmes et les sites qui nous reliaient, l'écran de l'ordinateur qui brillait comme une fenêtre ouverte sur un autre monde... ce n'était plus qu'une source de chagrin.

— Vous avez des pages pour moi ? a fait Wendy en souriant, les rides au coin de ses yeux se creusant joliment.

Elle était accroupie dans un enclos grillagé au milieu d'une horde désordonnée de poussins. Quand elle m'a vu, elle s'est essuyé les mains sur son jean et a enjambé de grillage.

— Oui, une quinzaine à peu près.

J'ai marché d'un pas hésitant vers sa taule. Je ne regardais jamais Wendy dans les yeux. Je ne regardais personne dans les yeux. Le contact visuel, c'est trop intime. Wendy le comprenait. Elle m'avait capté. Elle se moquait aussi que mon haleine empeste perpétuellement l'alcool – c'était du moins mon sentiment. Elle a pris les feuilles et m'a frotté l'épaule. Elle avait les mains sèches et noueuses.

— Très bien, mon petit, a-t-elle dit. Vous avez vu ça comme ils sont mignons ? Regardez-les.

— Oui, ils sont adorables. Très mignons. (Je me suis passé la main dans les cheveux. J'avais besoin d'une douche. J'aurais dû avaler deux verres de plus.) Je vais regarder les animaux un petit moment. Ça ne vous dérange pas ?

Wendy a ri.

— Matt, je vous ai déjà dit que vous n'aviez pas besoin de me demander la permission. Vous pouvez venir les regarder quand vous voulez. Je serai à l'intérieur si vous avez besoin.

— Mm, merci. Merci, Wendy.

Je l'ai suivie des yeux jusqu'à ce qu'elle disparaisse dans la vieille ferme. Le soleil matinal se réfléchissait sur les bardeaux blancs. La peinture se décollait par endroits. Le terrain était mal entretenu, si bien que certaines parcelles étaient envahies par des touffes d'herbe et de la saleté. Parfait. Cet endroit était parfait. Je suis entré dans le poulailler.

— Salut, les gars.

Je me suis agenouillé en tendant la main vers les poussins. J'ai ri en les voyant s'éloigner de moi en masse.

— Bande de petits crétins. Vous êtes tout gras. Dans un mois, vous serez tous moches, tout décharnés et gris. Venez par ici.

Leurs petits piaillements ininterrompus me brisaient le cœur. J'allais sûrement pleurer une fois dans la grange. En général, c'est ce qui se passait.

Quand j'ai enfin réussi à capturer un poussin, j'ai serré son petit corps contre mon torse.

Petit oiseau, ai-je pensé. *Petit oiseau doux et chaud.*

Je me suis promené parmi les animaux en leur parlant. J'ai nourri les chèvres en plongeant les yeux dans leurs étranges pupilles rectangulaires. J'ai caressé le dos d'un cochon, sa peau pareille à du cuir. Dans la grange, un chat tigré s'est enfui à mon passage. J'ai regardé autour de moi. Personne en vue, rien que moi et le vieux percheron noir. Me voyant approcher, il est venu en bordure de sa stalle. Je connaissais ses habitudes. Quand il a baissé sa tête lourde vers moi, j'ai passé les bras autour de son encolure.

— Salut, mon pote, ai-je dit d'une voix éraillée.

Je ne me sentais pas vraiment triste. Mike m'avait dit que pleurer était un défouloir cathartique qui n'était pas nécessairement lié au chagrin.

Le poids de son énorme corps a fait grincer la porte de sa stalle. Son cou était tout en muscles. J'ai passé la main sous ses naseaux.

— Tu es grand et fort, ai-je murmuré.

Malgré la fraîcheur matinale, il faisait chaud dans l'écurie. L'odeur de foin et de céréales imprégnait l'air. Dès que j'ai posé mon visage dans son cou, les larmes ont coulé entre mes paupières closes.

— Matt ?

Je me suis retourné d'un bond. Merde… la fille de Wendy se tenait dans l'embrasure, souriante. Je n'arrivais pas à me souvenir de son nom. Hope ? Grace ? Un prénom sain et facile à oublier.

— Ah, fichue rhume des foins, ai-je marmonné en me frottant les yeux.

— Ouais, ça arrive. (Elle a pris une bouteille vide.) La vache vient d'avoir un petit. Faut venir le voir.

Comme elle marchait vers moi, j'ai fourré mes mains dans mes poches et détourné le regard. Âgée d'une vingtaine d'années, elle avait un visage saisissant - des cheveux noirs soyeux, des taches de son et des yeux bleus. Sa longue tresse lui battait les reins. Je la voyais presque chaque fois que j'allais à Patch, mais il ne m'était jamais venu à l'esprit qu'elle puisse s'intéresser à moi.

— Oui, j'irai le voir, ai-je dit. Je fais mon petit tour, comme d'habitude.

— Ma mère a déjà commencé à dactylographier tes pages. Tu sais, ça lui plaît vraiment. Mais elle m'interdit de les lire.

La fille s'est postée devant moi. Elle paraissait si proche, mais d'un autre côté, j'étais saoul - sans véritables repères spatio-temporels.

— Bah, c'est vrai que c'est privé, ai-je marmonné.

— Pas grave, a gloussé la fille.

Se hissant sur la pointe des pieds, elle a passé les bras autour de mon cou. Ses seins ont frôlé mon torse.

— Matt ? a-t-elle chuchoté.

Je n'ai pas bougé. J'étais comme un bloc d'argile. Ses bras étaient frais et fins, et je la sentais se presser contre moi. Son souffle me chatouillait le cou. Bizarre, je ne ressentais rien. Apathique, je fixais le mur de la grange.

— Pourquoi es-tu aussi triste ? a demandé la fille. Tu es plein de tristesse. Laisse-moi te rendre heureux.

Un sourire en coin, glacial et familier, m'a déformé les lèvres.

— Tu crois que tu peux ? ai-je dit.

— J'en suis sûre. Je prendrai soin de toi.

Ses mains sont descendues dans mon dos. Leur passage n'a provoqué aucune chaleur sur ma peau. J'ai simplement pris conscience de mes côtes et de ma colonne vertébrale en saillie. Tant que j'étais là, j'allais prendre des œufs. Plus de graisse, plus de protéines.

La fille a entrepris de dégrafer mon jean. Je l'ai laissée faire, en posant sur elle un regard impassible. Au moment où elle a pris mon sexe mou dans sa main, elle a froncé les sourcils. Le pli narquois de mes lèvres s'est crispé. Après un massage inefficace d'une minute, la fille s'est mise à genoux. Je devais reconnaître qu'elle était déterminée. Elle a léché mon membre flasque et sucé le bout. Quand elle a levé la tête vers moi, elle paraissait confuse. Ma queue s'en moquait complètement qu'elle s'intéresse à moi. J'ai haussé les épaules, puis j'ai éclaté d'un rire involontaire. Elle a rougi violemment.

— Bien essayé, petite, ai-je dit.

J'ai rangé mon organe, fermé mon jean et quitté la grange. Les éclats de rire me faisaient le même effet que les crises de larmes.

J'ai fait cuire deux œufs en rentrant au chalet. Je les ai repoussés vers le bord de mon assiette, faisant passer quelques petites bouchées avec du bourbon. D'une certaine manière, l'alcool et les médicaments me remplissaient l'estomac. Dans la journée, j'essayais d'avaler quelque chose de consistant mais la plupart du temps, la nuit, je finissais par tout vomir. Pas de quoi en faire tout un plat ; la nausée faisait partie du jeu.

J'ai écrit pendant quelques heures, puis j'étais trop saoul pour y voir clair. Je me heurtais à un obstacle. Mon personnage principal était sur le point de faire l'amour avec la femme qu'il poursuivait pendant la moitié du roman. Je souhaitais rédiger une scène torride, mais les mots ne venaient pas. Les images ne venaient pas. En temps normal, je prenais d'abord le temps d'imaginer une scène, et je n'avais plus qu'à la retranscrire. Pas cette fois. Je ne pensais qu'à Hannah, au moment où elle la lirait. Je désirais l'écrire pour elle. J'ai essayé de retrouver notre fougue passée. Dans ma voiture, dans le champ, chez elle, dans mon lit. Les images étaient stériles. Des mains sur la peau, bouche contre bouche.

Merde. Que m'arrivait-il ? Et pourquoi avais-je demandé à Pam de faire lire mon roman à Hannah ? À quoi ça servait ? Trois mois s'étaient écoulés. Notre histoire était définitivement terminée. Je me souvenais à peine du son de sa voix, de l'odeur de ses cheveux. Elle n'était plus qu'une idée.

J'avais envoyé mon récit à Hannah comme on prie – pour lancer un appel vers l'au-delà. Pour implorer sa compréhension. À la recherche de signes.

Je me suis réveillé sur le canapé. À un moment donné, je m'étais mis en pyjama. J'ai accepté le froid mordant. L'essentiel de ma vie n'était plus qu'une pénitence abrutissante.

Après deux verres et un Xanax, j'ai appelé Mike. Mike restait un psychiatre acceptable, même si je n'avais pas confiance en lui. Il m'avait approvisionné en médocs avant mon départ. Je lui téléphonais de temps à autre. Il me facturait cent dollars les trente minutes d'appel, mais l'argent n'était pas un problème.

— Bonjour, Matthew, comment ça va ?

— Très bien. Enfin, ça va. Je ne tombe pas trop mal ?

— Non, pas du tout.

J'ai entendu une porte se fermer.

— Dites-moi, qui retranscrit vos notes ? ai-je demandé.

— Matthew, on en a déjà parlé. Je...

— Non, je sais. Mais la mère d'Hannah, c'est son métier, vous savez ? La retranscription. Et je me disais, si elle tape vos notes...

Mike était l'une des rares personnes à me laisser déblatérer sans m'interrompre. Évidemment, mes élucubrations lui rapportaient gros. Mais j'appréciais tout de même.

— Vous savez, ça serait mauvais pour moi.

Je tournais en rond dans le chalet. Les ombres envahissaient le sol. Je n'avais pas la moindre idée de l'heure qu'il était ni même du jour. J'avais noyé des semaines entières dans l'alcool.

— Il y a des choses que j'aimerais dire, ai-je repris, mais personne ne doit être au courant. Ils publient tout sur Internet et partout.

La relation Mike-la mère d'Hannah échappait à mon contrôle. J'y pensais souvent. Il y avait la mère d'Hannah et le dossier médical. Il y avait Mike, mon psychanalyste. Il était possible qu'ils discutent, mais comment le savoir ?

— En tant que psychiatre, je suis tenu au secret professionnel, Matthew. Et comme je l'ai déjà dit, je dicte directement mes notes à un logiciel de reconnaissance vocale.

— C'est vrai, exact. Vous prenez des notes pendant nos appels ?

— Oui, quelques notes rapides. J'aimerais vous poser une question, Matthew.

— Allez-y.

— Prenez-vous le Zyprexa que je vous ai prescrit ?

— Non, pas vraiment. Ça me donne envie de dormir. Je prends le Xanax.

— Je vous conseille de continuer le Xanax et d'essayer le Zyprexa. Les soupçons et les frayeurs que vous m'exposez devraient…

— Très bien, si vous le dites. Je vais essayer.

Avec un sourire en coin, j'ai levé les yeux au ciel en regardant Laurence. Comme d'habitude, Mike essayait de m'accuser de paranoïa. Comme chaque fois que je me rapprochais de la vérité.

— Bref, j'ai un problème, Mike. En gros… (j'ai tapoté la plante de mon pied contre le mur) je ne bande plus.

J'ai ri en recommençant à arpenter la pièce.

— Très bien, il me faudrait quelques précisions, a dit Mike avec une froideur professionnelle appréciable. Vous avez du mal à rester en érection ou à provoquer une érection ?

— Provoquer, je crois.

— Ça dure depuis combien de temps ?

— Environ trois mois. Je ne sais pas, peut-être deux. Depuis que j'ai quitté Denver.

— Vous est-il arrivé d'essayer d'avoir des rapports sexuels mais de n'avoir aucune réaction ?

J'ai pensé à la fille dans la grange.

— Enfin... pas vraiment. (J'ai fait la grimace. J'avais besoin d'un verre.) Bon, tout ce que je sais, c'est qu'avant, je me réveillais toujours avec la trique.

J'ai grincé des dents. Non, je n'allais tout de même pas raconter à Mike qu'Hannah me faisait bander d'un regard, que sa voix provoquait des pulsations dans ma queue, que je durcissais dès qu'elle me prenait dans sa main. J'avais la gorge en feu. Je me suis gratté la joue.

— J'ai juste besoin de Viagra, putain, ai-je lancé. Faut que je bande, compris ? Pour me soulager, je deviens dingue.

— On peut envisager un traitement, a dit Mike, mais je ne peux pas prescrire de médication à un jeune homme en bonne santé sans faire des analyses. Les troubles de l'érection proviennent souvent d'un dé...

— Fin de la séance.

J'ai coupé la communication et lancé mon téléphone sur le canapé.

Un jeune homme en bonne santé.

Possible que Mike ait raison. Peut-être que ma queue s'intéresserait plus à la vie si j'arrêtais de sombrer dans l'alcool. Mais, d'une certaine manière, j'en doutais.

J'ai décapsulé une bouteille de bière et je me suis assis à la table de la cuisine. J'ai promené mon stylo sur la spirale de mon cahier. Je pouvais toujours sauter la scène de sexe et y revenir plus tard. Mais comment poursuivre l'histoire ? Le sexe n'était pas ce qu'on pouvait appeler d'une importance secondaire dans l'intrigue. Merde.

J'avais supprimé les photos d'Hannah de mon téléphone depuis plusieurs mois. Je ne méritais pas de les garder, d'autant qu'elle n'aimerait pas que je les regarde. Pourtant, j'ai essayé de les rappeler à ma mémoire tout en glissant ma main entre mes cuisses.

Je me suis efforcé de me souvenir de la première fois, alors que nous étions des inconnus sur Internet.

Hannah, ouvre ton peignoir.

Et de la deuxième fois, quand j'ai eu une érection rien qu'en découvrant sa photo.

La troisième fois, dans le motel du Montana.

Mon Dieu, tu es parfaite. Allonge-toi. Pose le téléphone à côté de ton oreille. Je veux que tu aies les deux mains libres.

Je me suis rappelé sa lourde chevelure noire étalée sur mes cuisses. Sa main effleurant mon membre pour la toute première fois. Sa bouche, le pli de son genou. Les reflets du soleil sur ses cils.

Dans ma main, ma queue ne frémissait même pas.

J'ai lancé ma bouteille à travers la pièce. Quand elle s'est écrasée contre le mur, une pluie de bière et de verre est retombée sur le sol. Laurence a bruyamment bondi dans un coin de sa cage.

— Désolé, ai-je bredouillé. Putain, e
Laurence.

J'ai repoussé mon cahier. En me levant,
ville s'est tordue et je me suis écroulé. J'ai accueilli la douleur comme un soulagement béni. Le sol s'est soulevé pour venir à ma rencontre et, titubant, je me suis laissé dériver dans la rivière de l'inconscience.

24

Hannah

Comme mon vol en partance de Denver a été retardé, j'ai eu le temps de me demander si j'avais complètement perdu la tête.

Malheureusement, je n'ai pas eu l'occasion de faire machine arrière. Pas avec Nate qui me filait comme un garde du corps. Le salopard avait omis de préciser qu'il projetait de prendre l'avion avec moi puis de m'accompagner sur les cinq heures de route reliant Newark à Geneva. Neuf heures de tête-à-tête avec le frère de Matt m'attendaient. Comme si la situation n'était pas assez trouble comme ça.

— Hannah, s'il vous plaît, a dit Nate en saisissant la bandoulière de mon sac de voyage pour la vingtième fois.

J'ai agrippé les lanières de mon sac à dos.

— C'est bon, ai-je lancé en le regardant de travers.

Voyant qu'il fronçait les sourcils, j'ai éprouvé des remords. Ah ces types riches… arrogants… présomptueux… si séduisants ! Comment pouvaient-ils être agaçants et pitoyables en même temps ?

De l'agacement et de la pitié : les mêmes émotions que j'éprouvais dès que je pensais à Matt. Matt, l'homme que j'allais sauver.

C'était le premier week-end d'octobre, ce qui fait que j'avais eu une semaine environ pour ruminer la requête de Nate. Et j'ai fait sembler de réfléchir, même si j'avais pris ma décision à l'instant où j'avais appris qu'il buvait. J'ai essayé d'évoquer mes congés avec Pam. Comme chaque fois qu'elle ne souhaitait pas aborder un sujet, elle a à peine levé le nez de l'ordinateur.

— Oui, tout est réglé, Hannah. J'en ai déjà parlé avec Nathaniel. Je pars à Los Angeles ce week-end-là et Laura sera à Chicago. Nous fermerons le bureau.

— Seulement, ai-je poursuivi, je ne sais pas quand je reviendrai exactement. Ça risque de prendre plus qu'un week-end. Je ne sais pas trop.

— Oui, pas de problème. Tout est réglé, Hannah. C'est peut-être difficile à croire, mais je peux survivre sans toi.

Pam m'a jeté un coup d'œil. Zut, elle devait croire que j'essayais d'obtenir des congés payés, ce qui n'était pas du tout le cas. Grâce à Nate, j'avais cinq mille dollars de plus en banque. Je me suis demandé si Matt était au courant. Possible que ce soit son argent. Il fallait que j'arrête de creuser la théorie du complot.

— Super, bon. Je vous enverrai un e-mail si je vois que ça risque de prendre plus d'une semaine, mais ça m'étonnerait.

— Très bien. Bonne idée, Hannah.

Malgré sa voix et son attitude qui m'indiquaient que je pouvais disposer, je me suis attardée devant son bureau pour l'obliger à me regarder.

— Oui, Hannah ?

— Vous êtes en contact avec Matt ?

J'ai cru voir une ombre passer dans ses yeux, mais elle a disparu avant que je ne l'aie identifiée.

— Oui. C'est toujours mon auteur. Il nous arrive de communiquer.

— Comment va-t-il ?

J'ai fermé les yeux; je refusais d'affronter son regard cinglant.

Cette femme est un requin, m'avait dit Matt un jour, mais il était lui-même un tigre et Nate un faucon. Ils étaient tous dangereux. Ils vivaient tous dans la bulle du succès et, plus que jamais, j'avais l'impression d'être un enfant. Un enfant dans le noir. Je me posais sans cesse la question : comment osaient-ils ? Comment Matt avait-il osé se servir de moi et me mentir ? Comment Nate avait-il osé surgir sans prévenir et acheter mon aide ? Comment Pam osait-elle me traiter avec froideur et indifférence alors que je partais sauver son maudit auteur ?

D'accord, j'étais amoureuse de Matt. Debout dans le bureau de Pam, alors que mon pouls s'accélérait, j'ai senti toute la colère et la chaleur de mon amour. Je n'avais pas besoin de cinq mille dollars pour aller le rejoindre. Cet argent était insultant. Et je ne rendais pas non plus service à Pam en partant le retrouver. Une chose était sûre, il ne méritait pas que je lui tende la main.

J'allais le retrouver parce que je l'aimais, et que rien n'arrête l'amour.

— Il a connu des jours meilleurs, a répondu Pam d'une voix calme.

J'ai ouvert les yeux dans un battement de paupières. Pam ne me toisait pas du regard. Son expression s'était radoucie et elle fronçait délicatement les sourcils.

— Il a changé, Hannah. Je ne le reconnais plus. C'est difficile à dire mais...

Ses doigts ont survolé le clavier. L'émotion la rendait rétive. Ça avait le même effet sur Matt ; le même effet sur Nate. Je me suis sentie victorieuse simplement parce que j'étais capable d'être humaine.

— Mais toi, tu pourras me le dire, a repris Pam en s'éclaircissant la voix. Tu vas le voir, alors tu me diras comment il va.

Clignant des yeux, j'ai hoché la tête.

— D'accord, promis, ai-je répondu.

Je suis sortie précipitamment avant de fondre en larmes. Pam avait besoin de moi. Tout comme Nate et Matt. Pourquoi ne l'admettaient-ils pas ?

J'ai préparé mes bagages le jeudi, après avoir appelé Nate et accepté son plan. Il a très maladroitement dissimulé son soulagement. Quand j'ai voulu lui rendre son argent, il m'a rembarrée. Il m'a conseillée de prendre des vêtements chauds, et précisé qu'il me conduirait à l'aéroport. Ce n'est qu'en passant me prendre qu'il a ajouté que nous allions voyager ensemble. *Connard.*

Nous avons embarqué avec quarante minutes de retard. Pendant que je rangeais mon sac, bouche bée, Nate avait un grand sourire. J'ai allongé mes jambes.

— Avez-vous suffisamment de place pour vos jambes, Mademoiselle Catalano ?

J'ai rougi.

— C'est la première fois que je voyage en première classe.

— On ne devrait jamais voyager autrement.

Je me suis tournée vers le hublot ovale, le regard perdu au-dehors. Ouais, on ne devrait pas voyager autrement si on en a les moyens.

J'avais envie de bavarder, après le décollage, alors que nous traversions une zone de turbulence - je suis nerveuse en avion -, mais je le snobais depuis le début. Malgré les secousses, il a fermé les yeux et s'est assoupi.

J'ai observé son visage. Une fois de plus, sa ressemblance avec Matt m'a frappée. Cependant, les cheveux de Nate étaient noirs, et ceux de Matt châtains avec les pointes plus claires et quelques mèches plus foncées. Je me souvenais de la douceur de sa chevelure entre mes doigts... quand on s'embrassait... quand il plongeait la tête entre mes cuisses.

Merde.

Je n'allais pas à New York pour sauter dans le lit de Matt. J'allais à New York pour tenter de l'aider, puis je retournerais à ma vie.

Une fois que j'aie été certaine que Nate était profondément endormi, j'ai sorti mon exemplaire de *The Silver Cord.* Ces trois derniers mois, j'avais relu les livres de Matt. Contenu dans ses phrases, codé dans ses mots, je trouvais l'homme que j'aimais et tous ses secrets. Lire ses livres, c'était comme entendre sa voix. Ses traits d'esprit, son sarcasme, ses sautes d'humeur, mais aussi sa sagesse désespérée caractéristique – tout s'y trouvait.

Le vendredi matin, j'avais téléphoné à Pam pour savoir si de nouvelles pages du *Substitut* étaient arrivées. Les envois de Jane Doe étaient réglés comme du papier à musique, ils nous parvenaient tous les jeudis, mais nous n'avions pas reçu de nouveaux chapitres depuis deux semaines. J'avais espéré avoir des feuillets à lire dans l'avion. Mais il n'y avait rien, et Pam n'a pas donné d'explication.

Très embêtant. L'auteur était coincé sur une scène que j'étais impatiente de lire, mais que je redoutais également. La scène d'amour.

Nate a fermé mon livre pour vérifier la couverture.

— Nate !

J'ai bondi en détournant mon ouvrage.

— Désolé, je me demandais ce que vous lisiez.

J'ai rangé *The Silver Cord* dans mon sac à dos.

— Maintenant vous le savez.

J'avais les joues en feu.

— C'est l'un de ses livres que je préfère.

J'ai jeté un coup d'œil à l'homme impeccable assis à côté de moi. Pour voyager, j'avais choisi une tenue confortable composée d'un leggings et d'une tunique grise. Nate ressemblait à un cadre de Wall Street avec son costume gris et sa cravate dorée, avec un nœud Eldredge si réussi que j'avais envie de fixer sa gorge. Quand Nate ne me mettait pas les nerfs en pelote, il m'intriguait. Que faisait-il dans la vie ? J'avais remarqué son alliance imposante. Est-ce que tous les Sky trompaient leur femme ou juste leur petite amie ?

— Est-ce vrai ? ai-je demandé. Que ça parle plus ou moins de... votre famille ?

— Oui, a répondu Nate en souriant.

J'ai froncé les sourcils. Il avait par moments des sourires si chaleureux que ma colère se dissipait, et dès qu'il me parlait, il m'accordait toute son attention. C'était déconcertant. Il venait de se tourner entièrement vers moi, visiblement indifférent aux yeux ronds de plusieurs hôtesses de l'air.

— Je crois comprendre que c'est ce que vous avez lu sur Internet ?

Loin du cynisme de Matt, il parlait avec une franche curiosité.

— Eh bien, oui. J'ai... suivi l'histoire pendant un moment.

— Je ne peux pas vous le reprocher.

Tandis que Nate me regardait patiemment, j'ai pensé à *The Silver Cord.*

— Alors comme ça, vous avez grandi dans une famille très religieuse ?

— Oui, très.

— Je ne l'aurais jamais deviné, ai-je marmonné.

J'ai posé la main sur ma bouche - merde, ce n'est pas ce que je voulais dire- mais Nate a seulement ri.

— Pensez à nos prénoms : Matthew, Seth, Nathaniel. Tous bibliques. Nos parents nous emmenaient à l'église deux fois tous les dimanches. Notre oncle, pas tant que ça.

— Vos parents, ai-je chuchoté.

— Oui. Matt a très mal vécu leur mort. Il était jeune. Assez vieux pour se souvenir d'eux, et trop jeune pour vraiment comprendre. Je pense qu'il ne comprend toujours pas. Il souffre comme je n'ai jamais vu personne souffrir, depuis toujours. Il est très émotif.

Sans quitter Nate des yeux, je l'ai supplié en silence de poursuivre. Au bout d'un moment, il a repris.

— Je me souviens d'un jour où nous étions en vacances dans le Maine. Notre père est entré dans une grotte, on ne le voyait plus du tout. Matt… (Nate a fait un petit sourire) il s'est écroulé sur le sable et il a pleuré toutes les larmes de son corps. Il a cru que notre père avait disparu. Il était inconsolable, même quand notre père a réapparu. Toute la journée, il a eu les larmes aux yeux, et je voyais… (Nate a montré ses yeux) je voyais que ça allait plus loin que ça pour Matt, la disparition de notre père dans l'obscurité. Ça allait au-delà de la peur. Il s'est senti trahi en quelque sorte.

— La plus petite séparation renvoie à un au revoir plus vaste, ai-je dit d'une voix calme.

C'était une phrase extraite de *The Silver Cord*. Ma citation préférée.

— Oui, exactement.

— Il a toujours voulu devenir écrivain ?

— Oh, je ne sais pas. Il dirait que non. Il en parle rarement, bien qu'un jour, je l'aie entendu déclarer que la seule chose qu'il aime encore moins qu'écrire, c'est de ne pas écrire. (Nate a ricané.) Quand il a quitté l'université, j'ai cru qu'il allait passer le restant de sa courte vie à boire. Mais il écrivait – et il est devenu dépendant de l'écriture.

Jusqu'à aujourd'hui, ai-je pensé.

— Oui, je comprends. Merci.

— Mais de rien. Il semblerait qu'entre Internet et *The Silver Cord,* vous soyez assez bien informée sur ma famille et moi.

J'ai baissé la tête en faisant semblant de chercher quelque chose dans mon sac. J'étais mal à l'aise. C'était une chose de fouiner dans la vie de Matt en tant qu'anonyme sur Internet, mais c'en était une autre d'évoquer le fruit de mes recherches avec son frère assis à côté de moi.

— Oui, peut... peut-être.

— C'est de bonne guerre, Hannah. Je sais pas mal de choses sur vous et votre famille, moi aussi.

Mon ventre s'est serré. Que savait Nate ? Que lui avait raconté Matt ? Il a dû sentir mon angoisse puisqu'il a rapidement ajouté :

— Matt ne parle qu'en bien de vous et de votre famille.

J'ai souri froidement.

Cette conversation a donné le ton à la suite du voyage. Nous avions posé les bases d'une camaraderie forcée, et nous l'avons entretenue tant bien que mal, malgré la gêne évidente que nous inspirait notre aventure. Je continuais d'espérer que Nate m'offre son explication de l'état désastreux de Matt, mais il n'en a rien fait. Peut-être qu'il n'en savait rien. Était-ce ma faute ? Était-ce parce qu'on avait découvert sa véritable identité ? Les deux ? Honnêtement, je ne croyais pas que notre séparation ait pu le mettre à terre.

La voiture de Nate, une berline Cadillac noire, était garée à l'aéroport de Newark.

— J'habite du côté de Trenton, a-t-il expliqué pendant que nous rangionss nos bagages dans le coffre. Il y a quelques petits aéroports entre ici et Geneva, mais il n'y a pas moyen d'éviter un détour improbable - descendre en Floride, remonter à Philadelphie et direction New York- et même là, il faut encore faire de la route. C'est mieux comme ça, et puis ça nous donne le temps de bavarder.

J'ai serré mon sac à dos sur mes genoux. Du temps pour bavarder. Génial.

— Je veux bien prendre le volant, ai-je dit, mais à mesure que nous traversions Newark à la nuit tombante, j'ai éprouvé un soulagement de plus en plus vif à l'idée que ce soit Nate qui conduise.

— Vous allez conduire. Nous irons chercher votre voiture de location à Geneva.

J'ai vérifié mon téléphone. Il était 19h. Même en roulant bien, nous ne serions pas à Geneva avant minuit.

— Ça m'étonnerait que les agences de location ferment aussi tard.

Nate a secoué la tête. Par bonheur, Nate était plus attentif que Matt en voiture. Il avait une conduite agressive, mais son regard perçant restait rivé sur la route et ses mains posées sur le volant.

— J'ai tiré des ficelles pour que le responsable nous attende. C'est une urgence, après tout.

Regardant par la fenêtre, j'ai souri en coin. *Alors lui aussi, vous l'avez soudoyé.* Je me suis souvenu que Matt voulait acheter tout ce que je touchais. J'imaginais sans mal les Sky passant leur vie à grogner et à sortir leurs gros billets au moindre problème.

Lorsque nous sommes arrivés en Pennsylvanie, il faisait nuit noire. Au-dehors, je distinguais à peine les collines et les clôtures des entreprises agricoles.

— Beau pays, a dit Nate. Très fertile. C'est la première fois que vous venez dans l'Est ?

— Ouaip. J'ai grandi dans le Colorado.

— C'est dommage qu'on ne voie pas grand-chose. Demain matin, vous verrez comme les Finger Lakes sont magnifiques. Toute la région est comme ça – on trouve surtout des fermes dans l'État de New York.

J'ai hoché la tête en souriant, bien que les fermes ne correspondent pas à l'image que j'avais de New York.

Je repensais sans cesse à la phrase de Nate.

C'est une urgence, après tout.

Étais-je vraiment la personne de la situation ? Qu'étais-je censée faire ?

Lorsque nous avons traversé New York, Nate s'est détendu. Il me lançait des coups d'œil de temps en temps, et s'est mis à bavarder gaiement. Souhaitais-je m'arrêter pour manger ? *Non.* Avais-je besoin d'un café ? *Non.* Voulais-je écouter la radio ? Du chauffage ? La clim ? Il a accéléré.

— Je vous ai pris un hôtel à Geneva, au bord du lac. Ça va vous plaire. J'ai réservé une suite. Vous avez certainement consulté les documents que je vous ai donnés.

— Oui, vite fait...

J'avais fait des recherches sur l'hôtel mais j'avais rapidement fermé mon ordinateur, préférant ignorer combien Nate dépensait pour moi.

— Ce n'était pas nécessaire, enfin, c'est très gentil...

— Mais non, vous me rendez service, Hannah. Si quelque chose ne vous convient pas ou s'il y a le moindre souci, appelez-moi. Je suis joignable en permanence. Et bien sûr... (il a trituré le rétroviseur, s'est passé la main dans les cheveux, et a tapoté le volant) j'imagine que vous aimeriez aller voir Matt dès votre arrivée.

J'ai planté mon regard dans l'obscurité pour dissimuler ma peur. Je m'étais habituée au calme de Nate, à sa présence imposante. Si, au départ, je ne voulais pas d'un compagnon de route, brusquement, l'idée de me retrouver seule dans la région de New York me terrifiait. Abandonnée avec Matt dans un état instable, ni plus ni moins.

Mise à part notre relation éclair, nous nous connaissions peu. Nous étions des inconnus. De nouveau. Toujours.

— Il... (j'hésitais) enfin, pourquoi...

— Pardon ? Si vous êtes fatiguée, évidemment, allez plutôt à l'hôtel. Attendez demain matin pour aller le voir. Il est dans le coin. Il est...

— Vous lui avez rendu visite ? ai-je bredouillé.

— Bien sûr. Oui, évidemment. (Nate a souri, mais sans desserrer les lèvres.) Plusieurs fois. Il est, vous savez... je suis son grand frère. C'est différent. Quand je suis là, il a l'impression que je le traite comme un bébé. Ça ne marche pas, a-t-il expliqué en riant.

Le sourire de Nate, son bavardage, son rire anxieux – rien de rassurant. J'ai surpris son regard sur moi.

— Il n'est pas dangereux, Hannah.

Je me sentais minuscule. J'ai serré mon sac contre ma poitrine. *Pas dangereux.* Facile à dire pour Nate. Matt n'avait pas fait éclater sa vie.

— Est-il suicidaire ? ai-je murmuré.

— Non ! Mon Dieu, non.

Ses phalanges étaient blanches.

Nous avons poursuivi notre route en silence. Mille questions me brûlaient les lèvres – *Quand l'avez-vous vu pour la dernière fois ? Comment savez-vous qu'il ne pense pas au suicide ?* –, mais mes interrogations semblaient le crisper, et sa nervosité alimentait la mienne.

Je n'avais pas décidé si j'irais voir Matt ou à l'hôtel à mon arrivée. Je me dégonflais à vue d'œil.

Un employé de l'agence de location, amical mais visiblement fatigué, m'a emmenée chercher ma voiture. Nate s'est chargé de remplir les formulaires, puis m'a demandé de signer ici et là. Comme de bien entendu, il avait réservé une Ford Escape, pas un véhicule de classe économique.

La nuit était glaciale. Nate a porté ma valise jusqu'à la voiture et nous nous sommes attardés, le temps de vérifier les directions sur mon iPhone. Il m'avait surchargée de cartes routières, de conseils et de coordonnées. À la fin de la conversation, je grelotais.

Sans prévenir, Nate m'a prise dans ses bras.

— Merci, Hannah, a-t-il dit en me lâchant brusquement.

J'ai fixé mes pieds.

— Je tiens à lui, ai-je dit. Beaucoup.

— Je sais. Maintenant je le sais. Il a besoin de vous.

— Je sais.

L'entendre me dire ça – *il a besoin de vous* – m'a redonné du courage. J'avais un objectif. J'étais là pour l'homme que j'aimais, pas pour me planquer dans un hôtel huppé.

— Je vous téléphone, a-t-il dit.

J'ai pressé l'épaule de Nate avant de monter en voiture.

L'hôtel se trouvait à quelques minutes de route de l'agence de location ; le chalet, à quelques minutes de l'hôtel, au nord de la pointe du Lac Seneca. J'ai quitté Geneva en longeant le lac, et facilement trouvé mes repères. Dix minutes plus tard, j'empruntais le chemin de gravier qui menait au chalet de l'oncle de Matt. Comme il faisait nuit, je conduisais prudemment. Mes pneus crissaient sur le chemin de campagne et mes phares éclairaient des portions de forêt. Mes mains étaient moites sur le volant.

Matt, mon Matt. Je ne l'avais pas vu depuis une éternité. Je brûlais d'envie de le voir, de le toucher. Mon cœur bondissait à sa rencontre.

J'ai franchi deux ornières en traversant les bois. Je me suis arrêtée quand mes phares ont révélé une fenêtre. Si Matt dormait, je préférais éviter de le réveiller. J'ai continué à pied. La fraîcheur de cette nuit d'octobre me donnait la chair de poule.

De grands arbres entouraient le chalet, une construction douillette de taille moyenne avec une véranda enveloppante. Des carillons suspendus aux avant-toits tintaient délicatement dans le noir.

J'ai d'abord envisagé de frapper à la porte mais, finalement, j'ai appuyé sur la poignée. Je suis entrée sans bruit, le cœur battant. À mesure que mes yeux s'adaptaient à l'obscurité, j'ai distingué une table de cuisine et un bar américain jonchés de bouteilles, vides pour la plupart. Seule une mouche brisait le silence. De la vaisselle sale était empilée dans l'évier et une odeur rance flottait dans la pièce.

Du verre brisé sur le sol.

Des cendriers pleins de mégots.

Des vêtements et des papiers éparpillés.

J'ai perçu un bruissement. Jetant un coup d'œil dans le coin, j'ai vu Laurence assis dans sa cage. Ses yeux brillants m'observaient. Je suis allée vers lui sur la pointe des pieds. Je l'ai rapproché de moi et j'ai souri, caressant sa fourrure à travers les barreaux.

— Salut, toi, ai-je murmuré. T'inquiète pas, ça va aller maintenant.

Un cliquètement métallique a résonné dans mon dos.

Je me suis retournée.

Matt était là.

Le canon d'un pistolet pointé sur moi.

25

Matt

Hannah était tellement immobile que j'ai cru que j'avais arrêté le temps.

Moi aussi, j'étais figé. Même mes mains tenaient fermement le pistolet que je braquais sur sa tête. Mon Dieu, j'hallucinais. Ça ne pouvait pas être Hannah. Pourtant, c'était elle. Le clair de lune soulignait les contours de son adorable visage. J'ai senti l'odeur sucrée de son shampooing.

— M… M… Matt, a-t-elle bredouillé dans un souffle.

C'était la réplique parfaite de la voix d'Hannah, rauque avec une pointe de peur. Elle a longé le mur. J'ai baissé mon arme.

— Tu n'es pas réelle, ai-je déclaré.

Les yeux noirs d'Hannah étaient rivés au pistolet. Quand j'ai tapoté le canon contre ma cuisse, ses narines ont frémi.

— C'est moi, a-t-elle dit. Matt, c'est moi. D… donne-moi cette arme.

— Te donner mon arme ? ai-je ri, en l'agitant. Pour tomber dans un rêve horrible dans lequel le fruit de mon imagination me fait exploser la cervelle ? Non merci.

— Je suis réelle, Matt. S'il te plaît. C'est moi, je...

Lorsqu'Hannah a tendu la main vers le pistolet, j'ai reculé avec un petit sourire narquois.

— Oh non, tu n'y touches pas. C'est le revolver de Tchekhov. Tu sais ce que c'est, non ?

J'ai visé le mur et ajusté l'angle de tir. J'ai envisagé l'idée d'aller tirer dans la forêt. Putain, ça ferait du bien. Lorsque la main moite d'Hannah s'est posée sur mon avant-bras, nos regards se sont croisés. Trop réel, ce contact. J'ai détaché mon doigt de la gâchette.

— Hannah ?

— Oui, Matt, c'est moi. Mon Dieu, c'est bien moi. Aide-moi.

Sa main est descendue le long de mon bras jusqu'au pistolet. Elle a posé les doigts sur les miens et l'a lentement baissé.

— Aide-moi, a-t-elle murmuré. Comment je...

Sa main tremblait sur la mienne.

— Tiens, comme ça.

J'ai éjecté le chargeur et fait coulisser la barrette. Une balle a rebondi sur le sol. Hannah a vacillé.

— C'est bon, ai-je murmuré en verrouillant la barrette. C'est vide.

— Je peux...

— Ce que tu veux, ai-je dit.

Nous étions si proches que nos hanches se touchaient. Elle m'a pris le pistolet des mains, puis elle a récupéré le chargeur et ramassé la balle.

— Je reviens tout de suite, a-t-elle promis. Tout de suite.

Elle est sortie d'un pas rapide. J'ai traîné des pieds jusqu'à la fenêtre pour jeter un coup d'œil au-dehors, mais j'y voyais que dalle. Mon Dieu, Hannah était là. Était-ce possible ? Et j'avais pointé une arme sur elle. J'ignorais comment elle était venue jusqu'ici, mais elle allait probablement disparaître dans la nuit.

Avec mon pistolet.

Merde.

Je me suis effondré sur le canapé. Était-ce bien réel ? J'ai saisi la bouteille posée sur la table basse et bu du bourbon au goulot. Ce tord-boyaux avait un sale goût. Je n'ai pas entendu Hannah revenir, mais soudain, elle était à genoux devant moi. Elle m'observait de ses yeux embués de larmes.

— Tu as un autre pistolet ? D'autres armes ?

— Non, ai-je marmonné. Sauf si tu comptes les couteaux de cuisine.

Un soupir s'est échappé de ses lèvres. Elle a tendu la main vers la bouteille, puis s'est ravisée.

— Oh, Matt... qu'est-ce qui t'arrive ? Regarde-toi.

Je me suis examiné. Je portais un boxer-short de mauvaise qualité et des chaussons défraîchis à pompons.

— C'est pas les miens. Je les ai trouvées ici, les pantoufles. Pas à moi.

J'ai avalé une autre gorgée de bourbon. J'étais incapable de réfléchir à tout ça – la présence d'Hannah, moi, le pistolet, tout ça.

Malgré son sourire, une larme coulait sur sa joue.

— Tout va bien, murmurait-elle, ça va aller. (Elle a tapoté mon chausson.) Ils sont bien chauds. Faut pas avoir froid aux pieds.

J'ai déplacé mes pieds sur le parquet, le regard dans le vague.

— Ouais, il fait froid, ai-je dit.

— Très froid même. Il gèle. Je vais fermer les fenêtres, d'accord ?

La main d'Hannah a caressé mon visage. Il fallait que je me rase. Elle a essayé de m'obliger à la regarder, mais mes yeux me piquaient. J'ai détourné le regard.

— Attends, je vais fermer les fenêtres, ne bouge pas.

J'ai choyé la bouteille pendant qu'elle fermait les fenêtres du séjour.

— Tu veux dormir ? Tu es fatigué ?

— Non, ai-je répondu.

— J'allume la lumière ?

— Non.

— D'accord, et si je faisais une flambée ? J'aimerais bien faire un feu.

J'ai haussé les épaules. Hannah a entrepris de porter les bûches de chêne du panier à l'âtre pendant que je l'observais. Sans dire un mot, elle a trouvé des allumettes dans la cuisine et a allumé le feu. Ensuite, elle a rempli le lave-vaisselle.

Autour de nous, le fouillis était inimaginable. Je savais qu'elle aurait du mal à en venir à bout, et peut-être qu'elle en était consciente elle aussi, mais j'imaginais qu'elle avait besoin de s'occuper. Pour ma part, j'étais toujours avachi sur le canapé. Je misais sur le silence. Le silence et l'ivresse.

Hannah a remis un peu d'ordre dans la cuisine, essuyé le bar et empilé les bouteilles vides dans un sac. Elle a soulevé une bouteille à moitié vide de malbec. Après m'avoir jeté un regard, elle a versé le vin dans l'évier.

— Tu te sens prêt à arrêter de boire ? a-t-elle demandé.

Haussant les épaules, j'ai bu une gorgée au goulot.

Je ne pouvais pas détacher mon regard d'Hannah. Ce n'est qu'une fois que l'alcool a commencé à m'engourdir et que la lumière des flammes a empli la pièce que j'ai remarqué qu'elle avait beaucoup changé. Ses cheveux raides et courts retombaient sévèrement autour de son visage. Elle avait les joues creuses et les pommettes saillantes. Son corps s'était affiné.

Je me suis levé et j'ai esquissé quelques pas vers la cuisine. Il fallait que je la voie de plus près. Immobile, Hannah m'observait. Quelle était cette expression sur son visage ? *Avait-elle peur de moi ?* Horrible idée.

Je me suis arrêté net, à l'entrée de la cuisine, et elle s'est remise à vider les bouteilles dans l'évier.

J'ai coulé un regard sur ses chevilles et ses mollets. Son legging était très suggestif. Sa tunique large ne cachait que ses fesses. Mon ancien sentiment de possessivité s'est réveillé, mais je n'ai pas bougé. Trois mois plus tôt, j'aurais soulevé son haut et malaxé ses fesses. Elles m'appartenaient alors – j'étais libre de les admirer et de les toucher.

Quand Hannah est passée à côté de moi, elle a rentré la tête et arrondi le dos, comme pour se faire plus petite. Oui, elle avait peur de moi. Bien sûr. Comment le lui reprocher ? J'étais un inconnu ivre qui l'avait menacée d'une arme un instant plus tôt. Et maintenant que je m'étais rapproché d'elle, je fixais son corps avec insistance.

En me retournant, je l'ai vue rassembler les bouteilles sur la table basse et le sol. Elle s'est arrêtée devant la cheminée et a sorti son téléphone. Je me suis avancé.

— À qui tu envoies un message ? ai-je grogné.

Elle a écarquillé les yeux. Sa colère était telle qu'ils semblaient plus grands. Mais elle restait belle. Aminci, son visage paraissait plus expressif. C'était comme si en perdant du poids, elle s'était réduite à l'essentiel et n'était plus que des émotions pures.

— À Nate, a-t-elle répondu. Ton frère.

J'ai éclaté de rire. Nate, évidemment. Nate et ses grandes idées ! J'ai arpenté la pièce, renversant des bouteilles et des vêtements sur mon passage.

— Nate, putain de Nate. C'est lui qui t'a envoyée ici ?

— Il m'a demandé de venir.

Hannah a rangé son téléphone.

— Voyez ça comme c'est mignon. Et toi, tu accours. Sympa de m'avoir prévenu. Tu sais, j'aurais apprécié qu'on me prévienne.

— Il craignait que tu te mettes en colère. Que tu partes. Je pense qu'il a bien fait.

Je lui ai décoché un regard noir. Elle m'a ignoré et a continué à vider les bouteilles. J'ai serré plus fort le col de ce qui allait bientôt être ma dernière bouteille de bourbon.

— J'espère que t'es contente. Tu viens de jeter mille dollars de vin dans l'évier.

— Je te rembourserai. Tu dois arrêter de boire, Matt. Tout le monde se fait du souci pour toi.

— Tout le monde ?

— Pam, tes frères, ton oncle.

— Et toi, alors ?

J'ai porté la bouteille à mes lèvres. Je buvais trop, et trop vite. Comme ça tanguait, je me suis adossé dans le fauteuil. Hannah avait encore les larmes aux yeux. Si seulement elle arrêtait de pleurnicher !

— Personne ne se fait autant de souci que moi, ai-je dit.

Elle a posé le sac de bouteilles dans la cuisine et a disparu dans ma chambre. J'ai fermé les yeux. Je l'entendais se déplacer dans le chalet, fermer les fenêtres. Elle est revenue avec quelques autres bouteilles, qu'elle a vidées et jetées. Elle a sorti tout l'alcool du réfrigérateur et du congélateur, et a ramassé les éclats de verre avec une pelle. Son regard est tombé sur la table de la cuisine. Elle était jonchée de flacons de cachets et de papiers.

— C'est à moi, ai-je dit.

— Je ne jetterai rien d'autre.

Hannah est allée vers la table. Je craignais de m'affaler si je m'éloignais du canapé, et de toute façon, c'était terminé. En réalité, c'était terminé depuis un moment.

Hannah considérait mes médicaments. Tandis qu'elle alignait les flacons, des larmes ont coulé sur ses joues. La lumière des flammes éclairait la table, illuminant mon cahier et des piles de pages volantes. Hannah a pris la première pile. J'ai vu son expression changer.

Enhardi par le bourbon, j'étais prêt à exiger de savoir pourquoi elle n'avait jamais répondu à mes milliers d'appels, de SMS, d'e-mails. Pourquoi, si elle se faisait du souci, elle ne m'avait pas donné signe de vie pendant une éternité ? Pourquoi ? Pourquoi ne me pardonnait-elle pas ? Et pourquoi ne me pardonnais-je pas à moi-même ? Mais j'étais toujours trop effrayé pour l'interroger.

Sans le pardon d'Hannah, je ne trouverais jamais le salut. Elle me laissait seule avec mon énigme. J'avais besoin d'elle parce que je l'aimais – ou je l'aimais parce que j'avais besoin d'elle. Pourquoi nos sentiments étaient-ils devenus aussi complexes qu'un labyrinthe ? Maintenant, j'étais perdu dans le noir. Dans mes rêves, je courais sur des chemins bordés de haies élevées. Et toujours ces feuilles qui me frôlaient, aussi légères que des rires. Toujours la nuit interminable.

— Je ne savais pas... comment faire pour que tu m'écoutes, ai-je dit en prenant soin de ne pas bafouiller.

— Alors tu as fait ça ?

Elle s'est emparée des pages manuscrites du *Substitut*. J'ai hoché la tête.

Hannah n'a rien dit pendant un moment. Je la voyais réfléchir... une ribambelle de questions, de réponses et de prises de conscience. Elle avait dû ressembler à ça quand elle avait découvert que j'étais M. Pierce. Elle a fini par reposer les feuilles. Elle est venue vers moi. Cette fois, c'est moi qui étais effarouché. J'ai fermé les yeux et rassemblé mon courage, adossé dans le canapé. Hannah m'a délicatement pris la bouteille des mains. J'ai entendu qu'elle la posait sur le sol.

Elle m'a serré par-derrière, repliant les mains sur mon cœur. Mon Dieu, sa peau si douce...

— Tu me trompes tout le temps, a-t-elle murmuré.

J'ai agrippé le canapé à deux mains.

— Tout le temps, Matt, quand tu me parles, ce n'est jamais ta voix que j'entends. Tu ne sais donc pas que je t'aime ? Je n'ai qu'à chercher sous tous tes mensonges pour te trouver.

J'ai rouvert les yeux et, renversant la tête en arrière, j'ai planté mon regard dans le plafond voûté. Je refusais de libérer mes larmes. Les doigts d'Hannah se promenaient sur mon torse et sur mon ventre. L'œil noir du désir s'est ouvert d'un coup.

— Hannah... je n'y arrive pas.

— Tu n'arrives pas à quoi ?

Elle a embrassé mon dos. Sa bouche ouverte s'est attardée sur mon épaule nue. Elle l'a mordillée en me prenant par les hanches.

— À écrire la scène, ai-je marmonné. *Je n'arrive plus à bander.*

— J'ai attendu cette scène. J'ai survécu en m'accrochant à tes mots. Qu'est-ce qui te bloque ?

— Je ne la sens pas. Sans les sensations, je ne peux pas...

J'ai enfoncé les doigts dans le dossier du canapé. C'était une telle humiliation. Je me serais enfui loin d'Hannah si je n'avais pas été certain de m'effondrer. Elle ondulait contre moi, semant des baisers le long de mon cou jusqu'à mon oreille. Se hissant sur la pointe des pieds, elle a tiré sur le lobe de mon oreille. J'ai poussé un petit gémissement.

— Je ne peux pas, ai-je geint d'une voix suppliante. Je ne peux pas.

— Chut, Matt. Tout va bien maintenant, c'est fini. Je ne suis là et je ne te laisserai pas seul.

Hannah a pressé sa poitrine contre mon dos. Elle a posé la main sur mon entrejambe. J'ai retenu mon souffle. Pour la première fois depuis plusieurs mois, une vague de chaleur m'a submergé.

— Ah... putain, ai-je dit dans un râle, Hannah...

J'ai frotté mon sexe dans sa main pendant qu'elle me murmurait des douceurs à l'oreille. Le sens de ses mots m'échappait ; seuls demeuraient son souffle chaud et sa voix encourageante. Rapidement, mon membre a tendu le tissu de mon boxer. Hannah l'a fait glisser sur mes pieds. Elle a enroulé les doigts autour de ma hampe et pris mes testicules dans sa main. J'ai baissé la tête sans pouvoir y croire.

J'en voulais plus.

Je me suis frotté frénétiquement dans la main d'Hannah.

— Je n'ai pas... ai-je bredouillé. Ça ne va pas durer.

— Tout va bien, Matt, ça va.

La lueur des flammes dansait sur nos peaux qui prenaient une teinte orange ambré. Le silence nous enfermait dans sa bulle. La main d'Hannah s'est adaptée à mon rythme désespéré.

— Oh, ai-je soupiré, oh, oh...

Dans un cri proche d'un sanglot, j'ai joui dans sa main. Je me suis effondré dans le canapé. Hannah s'est écartée pour s'essuyer discrètement la main, puis elle est revenue m'étreindre. J'ai passé un bras autour d'elle.

— Je suis fatiguée, a-t-elle dit en m'embrassant dans le cou. Il est tard. Tu veux dormir ?

— Mm.

Je me suis appuyé sur elle pour me relever. Putain, je ressentais violemment les effets de l'alcool. En passant devant ma bouteille, Hannah l'a attrapée et m'a aidé à marcher vers la cuisine.

— La dernière, ai-je dit en jetant un œil au bourbon.

— Alors, c'est toi qui le fais.

D'une main tremblante, j'ai versé le liquide ambré dans l'évier. Hannah ignorait – comment aurait-elle pu le savoir – à quoi le lendemain allait ressembler.

Tandis qu'elle me guidait vers la chambre, j'ai remarqué le pendentif qui retombait dans le creux de sa gorge. Il brillait sur sa peau blanche.

— Le cadenas, ai-je marmonné.

Ou plutôt trois cadenas, car je voyais triple. Malgré cela, je savais exactement ce que c'était – le collier que je lui avais offert à Estes.

— Je l'ai fait graver, a-t-elle dit.

Elle a posé ma main sur le métal lisse, et j'ai senti le contour des lettres… *H… M.*

Hannah.

Matt.

Je me suis effondré sur le lit, aspiré par l'obscurité.

26

Hannah

Je me suis réveillée d'un bond. Le lit était froid. La pièce était sombre et silencieuse, et il m'a fallu un temps pour me rappeler où j'étais : dans un chalet à Geneva, État de New York. J'ai vu un rai de lumière sous la porte de la salle de bains. Mon Dieu, Matt...

Je me suis adossée à la tête de lit et j'ai ramené le duvet sur moi. Était-il malade ou utilisait-il simplement les sanitaires ? Avait-il une réserve cachée d'alcool dans le chalet ? Dans le noir, je me suis efforcée de ne penser à rien. J'avais le cœur en miettes. Mon pauvre amant... dans quel état le chagrin le mettait-il ? Il avait perdu dix kilos, au bas mot, et il avait le regard fou et vitreux. Son beau visage négligé était assombri par une barbe naissante. Ses cheveux retombaient dans sa nuque. Toutefois, le pire était son absence totale de fierté. Traînant des pieds, évitant mon regard... il était brisé. Quand je l'ai vu comme ça, mes intentions ont été réduites à néant. Comment avais-je pu croire que j'étais capable de garder mes distances ? Pourquoi faire ? L'amour est implacable.

Sur la table de nuit, le réveil indiquait 5h12. Pas étonnant que je me fasse l'effet d'une loque.

Je me suis glissée hors du lit et j'ai enfilé ma tunique. J'avais un pyjama dans ma valise, mais je l'avais laissée dans la voiture et en me couchant, je ne voulais pas m'éloigner de Matt, même après qu'il s'était écroulé sur le lit. Je ne voulais pas qu'il soit seul au réveil. Plus jamais. Je me suis approchée de la porte de la salle de bains en tendant l'oreille.

— Matt ?

Silence. J'ai tapé discrètement.

— Je vais bien, a-t-il répondu d'une voix calme.

J'avais l'impression qu'il était par terre. Je me suis accroupie et j'ai posé les mains sur la porte.

— Tu es sûr ?

— Euh, je...

J'ai entendu des bruissements, puis plus rien.

La veille au soir, tout en regardant Matt respirer laborieusement dans son sommeil, je m'étais demandé si je devais redouter une intoxication éthylique. L'oreille collée à la porte, j'étais rongée par l'inquiétude.

— Matt ? Tu es malade ?

— Gueule de bois, a-t-il répondu. Rien de grave.

Son ton tranchant sous-entendait qu'il souhaitait que je le laisse tranquille. Il devait vomir ses tripes. Sans surprise, je l'ai entendu bouger puis j'ai perçu les échos de ses haut-le-cœur. Ces sons gutturaux étaient douloureux. Je me suis rapprochée au plus près. Souffrir seul, c'était tout Matt.

Pourquoi se cachait-il de moi ? Après tout ça, il devait savoir que même sous la menace d'une arme, je ne le laisserais pas. Incapable de me rendormir, j'ai fait les cent pas dans la chambre. J'ai passé mes leggings. J'ai fait le lit. Quand je m'inquiète, j'ai besoin de m'occuper. Il a tiré la chasse d'eau, mais il n'est pas sorti.

Après avoir erré dans le chalet, j'ai fait un peu de ménage, rassemblé le linge sale et vidé les cendriers. J'ai changé l'eau du bol de Laurence et je lui ai donné des raisins secs. Pauvre petite bête, tout ce qu'il avait dû voir... Mon regard s'est porté sur la table de la cuisine et la pile de feuilles. Une fois de plus, je me suis sentie trahie. Matt et Pam avaient comploté pour me faire lire *Le Substitut*. Une histoire d'amour. Une histoire de mensonge. Je me suis souvenue de ce que j'ai éprouvé en atteignant le début de la scène de sexe manquante : je voulais que ça leur arrive, même s'il y avait tromperie.

Matt cherchait-il à orienter les sentiments que m'inspiraient ses actes, ou simplement à s'expliquer ? Mon cœur n'était pas comme des mots couchés sur le papier. Pas une fiction. C'était ma vie.

En retournant dans la chambre, j'ai entendu un cri.

— Matt !

Il était plus que temps qu'il sorte de sa cachette. Je suis entrée en trombe dans la salle de bains. Matt était tapi dans un coin, les bras serrés autour de lui, le regard perdu sur le sol. Ça empestait le vomi.

— Mon Dieu, mon bébé, ai-je murmuré en m'agenouillant à côté de lui et en écartant les cheveux qui lui retombaient sur les sourcils.

Il tremblait des pieds à la tête. Il était en nage.

— Hannah. Hannah...

Il a agrippé mon bras. Je n'avais jamais vu autant de peur dans ses yeux. Il parcourait désespérément le carrelage du regard, où il n'y avait rien d'autre à voir que des carreaux clairs mouchetés de gris.

— Matt, ça va aller. Écoute-moi, ça va aller.

Chaque fois que je rabattais sa mèche vers l'arrière, un filet de sueur perlait au bord de ses sourcils. J'ai porté la main à son cou ; son pouls était trop rapide. Mon Dieu, que lui arrivait-il ?

— Xanax, a-t-il articulé en claquant des dents. Va m'en chercher. Va me chercher un Xanax. Dans la cui... cuisine.

— Matt, je ne crois pas...

— Hannah !

Je me suis précipitée dans la cuisine. Alors, Xanax. Trouve un Xanax. Il était peut-être dépendant. Putain, c'était ça. Merde. Avait-il besoin de sa dose, d'une nature ou d'une autre ? Prenait-il autre chose, en plus de se noyer dans l'alcool ? La panique m'embrouillait les esprits. Mes mains ont frappé la table et éparpillé les flacons. Merde. C'était lequel ? Et puis pourquoi Matt avait-il tous ces maudits médicaments ?

J'ai fini par trouver le Xanax. J'ai fait tomber un cachet ovale bleu dans ma main et j'ai couru rejoindre Matt qui était agrippé au lavabo. L'eau dégoulinait de ses cheveux. Il s'est emparé du cachet, a mâché et avalé, grimaçant de dégoût. Je me tenais à côté de lui, hésitante. Il m'a souri d'un air mécontent.

Je méprisais mes émotions. J'ai essuyé mes larmes d'un geste rageur. Putain, je ne supportais pas de voir Matt - un homme qui affiche habituellement un air suffisant et autoritaire- dans un tel état d'égarement. J'ai aspergé son visage d'eau fraîche. Il a bu dans ses mains en coupe. Quand j'ai tenté de lui frotter le dos, il a serré les dents. Il était en feu.

— Matt, qu'est-ce que je peux faire pour toi ? Qu'est-ce qu'il y a ? C'est... (j'ai hésité) je n'ai jamais vu de gueule de bois comme celle-là.

Matt est retourné se tasser dans le coin. Il a ouvert la bouche, puis il a bondi vers les toilettes et a vomi, accroché à la cuvette. Il avait l'estomac vide. Il n'avait plus rien à rejeter que de l'eau, de la bile et un tourbillon bleu de miettes de Xanax.

— Oh, putain, a-t-il maugréé.

Il a été pris de violents tremblements. Je lui ai saisi la main.

— Matt, ai-je dit, désemparée.

Il avait l'air de mener une lutte intérieure. Au bout d'un moment, il s'est forcé à se relever.

— Il faut... qu'on... aille à l'hôpital, a-t-il bégayé. (Il a fouillé mon regard. J'avais les yeux comme des soucoupes.) Ça va aller, Hannah, mais on d... doit y a... aller. Je... je suis en manque.

Il semblait à bout de forces.

J'ai lentement absorbé le sens de ses paroles. Manque d'alcool. J'aurais dû m'en douter, mais je n'avais jamais assisté à ça. Je n'avais pas imaginé… je n'avais jamais côtoyé un seul alcoolique avéré. Avant Matt.

— Ouais, d'accord, ai-je dit. (Je devais me montrer forte. Rester calme.) D'accord, je…

— Emmène… moi à la v… voiture, m'a pressé Matt, en esquissant un pas vers la sortie. Ton téléphone… Geneva General.

Son anxiété était contagieuse. Les battements de mon cœur se sont accélérés, mes mains tremblaient. Au moins, j'avais quelque chose d'autre à faire que de rester plantée à côté de lui et paniquer. J'ai aidé Matt à traverser le chalet jusqu'à la véranda. Il a vomi sur la rambarde. Il portait toujours son boxer et ces vieilles pantoufles tristounettes. J'évitais de les regarder, de crainte de craquer. Je l'ai installé dans la voiture du mieux que j'ai pu, mais il s'est avachi sur le siège. En courant, je suis retournée chercher mes tongs et mon sac à main à l'intérieur.

L'hôpital de Geneva General se trouvait à six kilomètres. Mon téléphone sur les genoux, j'ai lu les directions tout en reculant dans l'allée si vite que j'ai arraché des branches.

J'ai pressé l'épaule de Matt.

— Ne t'en fais pas, ai-je dit. Nous y serons dans huit minutes. Cinq même. Je t'aime, Matt.

S'il m'a entendue, il n'a pas réagi. Il était roulé en boule contre la portière. À chaque bosse, il serrait les dents et retenait son souffle, mais il était hors de question que je ralentisse. J'ai conduit pied au plancher, projetant des graviers à chaque embardée. Le faisceau de mes phares rebondissait dans la nuit.

— C'est bon, ça va aller, répétais-je tandis que je regardais tour à tour la route et mon téléphone. Putain d'obscurité. Maudits panneaux !

— Là !

Quand j'ai viré vers North Street, Matt s'est retrouvé ballotté.

— Désolée, je…

Au moment où j'ai jeté un œil vers lui, j'ai écrasé la pédale de frein. Mon cri a résonné dans l'habitacle. Il convulsait, les yeux révulsés en arrière, et ses quatre membres étaient pris de secousses incontrôlables.

J'ai mis les gaz. Les pneus ont crissé. Lorsque nous sommes arrivés devant l'hôpital, Matt ne bougeait plus. J'ignorais ce qui était plus grave : les spasmes ou cette immobilité de mort.

Il a été pris d'une nouvelle crise quand je l'ai tiré hors de la voiture. J'ai traversé le parking des ambulances en courant. Les lieux étaient baignés d'une lumière blanche sinistre. *Mon Dieu, merci mon Dieu, merci pour cet hôpital.* Je me suis rendu compte que je priais en courant. *Ne le prenez pas, je vous en prie ! Dieu, il est à moi !*

J'ai fait irruption aux urgences. J'imagine que j'ai prononcé les bons mots, expliqué correctement la situation, mais je n'entendais rien d'autre que l'écho de ma frayeur et des hurlements. Mon cœur était resté dans la voiture auprès de Matt. J'ai regardé les ambulanciers l'allonger sur un brancard. Son beau corps inanimé. Puis il a eu une autre attaque. Des étrangers ont entouré le brancard. J'ai essayé d'atteindre Matt, mais ils l'ont porté à l'intérieur en toute hâte. En les suivant, je me suis cognée contre une infirmière.

— Mon amoureux ! ai-je hurlé d'une voix perçante, en tendant la main vers lui. *Mon amoureux ?*

— Mademoiselle, écoutez-moi. (L'infirmière m'a prise par les épaules. Impossible de lui échapper, elle était massive et ferme.) Pour l'instant, nous avons besoin de vous ici. Comment vous appelez-vous ?

— Hannah. Hannah Catalano.

J'ai regardé autour de moi pour la première fois. Un homme âgé et un couple d'âge moyen étaient assis dans le hall. Trois paires d'yeux posés sur moi.

— Très bien, et comment s'appelle votre petit ami ? Il a sa carte d'identité sur lui ?

L'infirmière m'a emmenée derrière la banque d'accueil. D'accord, là, c'était le bureau administratif. En entrant, je l'avais à peine vu, et j'avais failli grimper sur son bureau pour hurler qu'on vienne en aide à Matt. Je me suis laissée tomber sur une chaise fine en aluminium, les bras serrés autour de moi. *Matt, mon Dieu, Matt.*

Pendant un quart d'heure, j'ai répondu à des questions et rempli les documents, laissant la moitié vide par manque d'informations. La plupart me montraient à quel point je le connaissais mal. Au moins, je ne pleurnichais pas. Le peur et l'effroi bloquaient mes larmes.

— Que lui font-ils ? Ils peuvent arrêter les convulsions ? C'est... ?

L'infirmière a esquivé mes questions en posant les siennes.

— Il est sévèrement déshydraté. Savez-vous depuis combien de temps il boit ? Combien de fois a-t-il été désintoxiqué ?

Je ne sais pas. Je ne sais pas. Je ne sais pas !

Désintoxiqué, combien de fois...

J'ai revu sa main trembler quand je l'ai obligé à vider la dernière bouteille dans l'évier. J'ai eu envie de crier. Il connaissait sûrement la suite. Il était déjà passé par là, probablement plusieurs fois.

Vers 8h, l'infirmière m'a remerciée.

— Je vous appelle dès qu'on l'a stabilisé, a-t-elle promis.

J'ai traversé le hall d'une démarche traînante. Des gens allaient et venaient. Les néons ronronnaient. De mon téléphone, j'ai cherché « manque alcoolisme » sur Google, et parcouru les résultats.

Pronostic vital engagé.

Plusieurs semaines de forte consommation d'alcool.

Agitation, trémulation, delirium tremens... potentiellement mortel.

Hier, lorsque j'avais enlacé Matt, qu'il avait éjaculé dans ma main, était-ce la dernière fois ? Et si je le perdais, comment pourrais-je continuer à vivre ?

J'ai parcouru ma liste de contacts. Ma mère, mon père, Chrissy, Jay, Pam, Nate. Ce serait bien de téléphoner à Nate. Mais où était-il ? Il passait peut-être la nuit à Geneva, même si j'en doutais. Il avait dû rentrer dormir chez lui.

— Hannah ?

L'employée de l'accueil me souriait.

— Vous pouvez aller le voir. Au bout du couloir, le premier lit à gauche.

Ma terreur est remontée en flèche.

— Merci, ai-je dit avant de prendre mes affaires et de longer le couloir en trottinant vers les soins intensifs.

La blancheur aseptisée de l'hôpital m'agressait les yeux. Autour de moi, je ne voyais rien d'autre que des monitorings, des lits et des rideaux. Je percevais des chuchotements et des grognements occasionnels. Les médecins et les infirmières, affairés, m'ignoraient. Premier lit à gauche. Personne ne m'a arrêtée lorsque j'ai écarté le rideau de séparation. Matt était allongé sur un lit, la tête inclinée. Des bandes de Velcro retenaient ses poignets et ses chevilles aux barreaux. Il avait une intraveineuse plantée dans un bras, un cathéter dans l'autre. La poche du goutte-à-goutte était à moitié vide. Il était endormi, ou peut-être inconscient. Un monitoring clignotait au rythme de ses signes vitaux.

La gorge serrée, je me suis approchée. Le chagrin m'oppressait. C'est moi qui avais provoqué ça. Je l'avais forcé à jeter tout son alcool, et son organisme avait cédé à la panique. Et en premier lieu, c'est à cause de moi qu'il avait recommencé à boire.

Quelqu'un lui avait mis une blouse claire à pois bleus et des chaussettes antidérapantes. Un tube ressortait de sa blouse. J'ai posé la main sur son torse.

— Matt ? ai-je murmuré, même si je savais qu'il ne m'entendait pas.

Il y avait une brochure à côté de son lit, intitulée *Les Moyens de contention et les droits du patient.*

Sans enlever la main de son torse, j'ai pris mon téléphone. J'ai écouté la tonalité.

Au moment où je me suis dit qu'il n'allait pas répondre, j'ai entendu un déclic puis la voix endormie de Nate.

— Bonjour, Hannah, tout va bien ?

J'ai éclaté en sanglots.

27

Matt

Quand Nate a posé le lamantin en peluche sur ma poitrine, je l'ai touché à contrecœur. Il était doux comme du velours, avec des yeux en plastique noir. Je l'ai caressé en fixant le mur.

— Un animal en peluche, ai-je raillé. Elle me prend pour qui, un gosse ?

Nate a haussé les épaules.

— Tout ce que je sais, c'est que tu fais très bien l'enfant.

Nate était plus brusque que d'habitude. Je ne l'avais même jamais vu comme ça. J'ai serré le lamantin contre moi.

— C'est quoi ton problème, bordel ? Tu m'as fait chier toute la semaine. Je suis dans un lit d'hôpital, fiche-moi la paix.

Nate s'est assis sur une chaise à côté de mon lit et a joué avec ses doigts. Il a regardé mon petit déjeuner intact.

— J'aimerais savoir comment tu as l'intention de sortir d'ici si tu ne manges rien, Matt.

— J'ai pas faim. Tape « sevrage » sur Google et tu verras. C'est un symptôme assez courant.

Nate a expiré par le nez. Les yeux fermés, il s'est adossé dans sa chaise. Il avait tout d'un saint en souffrance. J'ai levé les yeux au ciel.

— Tu sais, ai-je dit, tu devrais m'envoyer Hannah, sans me prévenir, et la charger de me forcer à m'alimenter. Ça serait tout à fait dans la lignée des humiliations que tu aimes me faire subir.

— Ne va pas croire que je n'ai pas essayé, Matt. Malheureusement, elle était tellement abattue quand je lui ai annoncé que tu ne voulais pas la voir que ce serait ridicule de l'envoyer dans ta chambre.

— Je ne veux pas *qu'elle me* voie. Ça fait une sacrée différence.

— C'est à elle qu'il faut l'expliquer ! (Nate s'est levé pour faire les cent pas. Je ne l'avais jamais vu aussi nerveux. Il avait toujours été le plus calme de tous, le plus gentil aussi.) De plus, elle s'est suffisamment chargée du sale boulot à ma place.

Le sale boulot. Ça fait mal.

— Je la verrai à ma sortie, ai-je grommelé. Quand je pourrai enlever cette fichue robe, me raser et avoir l'impression de ressembler à moi-même.

— Toi et ta maudite fierté. Je suis à peu près certain qu'elle t'a vu dans un pire état.

— Oui, merci bien, ai-je rétorqué.

Nous avons échangé un regard noir. Mon frère, ce sale con. Fraîchement douché, dans son costume sur mesure, facile d'avoir le dessus. J'ai trituré les nageoires du lamantin.

— Je n'avais pas d'autre solution, Matt. Et tu sais quoi ? J'ai bien fait. Tout ce que je regrette, c'est d'avoir entraîné cette pauvre fille dans cette histoire. Tu l'as menacée d'une arme, espèce de taré.

J'ai grimacé. Donc Hannah lui avait parlé du pistolet.

— Oui, elle m'a raconté, a dit Nate comme s'il lisait dans mes pensées. Et avant que tu ne poses la question, oui, c'est moi qui ai ton arme. Et je ne te la rendrai pas.

— Elle est là ?

— Oui, comme d'habitude, elle est assise dans le hall comme une misérable orpheline. Elle voulait te l'offrir en main propre, a précisé Nate en tapant le lamantin du bout du doigt.

— Ne la touche pas.

— Pardon ? a fait Nate, les yeux écarquillés

— Vous avez fait quoi, tous les deux ?

— On a nettoyé *ton* bordel. On a soigné *ton* lapin. On a fait *tes* bagages.

J'ai vaguement hoché la tête. Mon séjour au chalet était donc terminé. J'allais rentrer à la maison, mais où était-ce ? Chez mon oncle, ou à Denver ? Ou Nate allait-il essayer de m'expédier dans un centre de désintoxication ? Bizarrement, j'étais neutre. En fait, je n'étais pas fichu de savoir ce que je voulais, à part Hannah. Et même Hannah demeurait un territoire étranger. Quand je pensais à elle, l'embarras et la culpabilité m'assaillaient.

— Ils me laissent sortir ? ai-je demandé.

— Avale ton petit déjeuner.

Nate était le seul à pouvoir me parler sur ce ton. Nate était le seul à me donner l'impression d'être un enfant.

J'ai tiré le plateau vers moi et planté ma fourchette dans l'omelette que j'avais commandée. Je pensais à Hannah, assise dans le couloir, qui attendait Nate. Qui m'attendait. Un nouvel accès d'anxiété a rapidement été dissous par les médicaments. Putain, j'étais bourré de médocs. J'étais hospitalisé depuis cinq jours. J'avais une chambre individuelle et on m'avait retiré la perfusion, mais les infirmières et les médecins me surveillaient de près.

Mon omelette était froide et caoutchouteuse. J'ai porté une autre bouchée à mes lèvres. J'ai coincé mon lamantin sous mon bras et regardé Nate. Même si je n'essayais pas d'avoir l'air pitoyable, c'est probablement ce que mon visage exprimait si j'en croyais son revirement.

— Oh, merde, Matt.

Il s'est approché de moi, a pris ma nuque dans sa main et pressé son front contre le mien. Il sentait l'eau de toilette et l'automne. Le monde extérieur. Mon grand frère. J'ai fermé les yeux pour repousser mes larmes.

— Pourquoi je suis complètement déglingué ? ai-je murmuré.

— Hé, petit frère, tu n'es pas déglingué. (Il a caressé ma nuque.) Je t'aime, frangin. Ton frère t'aime.

Ma gorge s'est serrée. Essayait-il de me faire pleurer ? J'ai pressé mon lamantin sous mon bras.

— Et Hannah t'aime aussi, Matt. Elle t'aime vraiment. Tu ne le vois pas ?

Nate s'est brusquement redressé et m'a tourné le dos. Il a porté la main à son visage.

— Nous te ramenons à la maison aujourd'hui. (Il s'est raclé la gorge et a retrouvé sa voix normale.) Tu dois faire un effort significatif pour avaler ton petit déjeuner, montrer que ton organisme se remet en marche. Le médecin va venir te voir. Le psychiatre aussi aimerait te voir. Sois gentil, d'accord ? Et tu *dois* promettre de prendre les médicaments qu'on va te prescrire en signant la décharge, quels qu'ils soient.

— Promis, je les prendrai.

J'ai mâché une autre bouchée farineuse.

— Très bien, frangin. Pendant qu'ils t'ausculteront, j'irai remplir la décharge. Je t'ai apporté des vêtements aussi.

La panique m'a de nouveau serré la poitrine. Il n'y avait que du Librium dans mes veines. J'ai pensé aux vêtements que j'avais au chalet. Je n'avais pas pris grand-chose. Au moment où j'avais fait mes bagages, en août, je ne me souciais pas de mon allure. Mais maintenant ? J'allais voir Hannah.

— Des vêtements chauds ? ai-je risqué.

Nate était à la porte. Il a dû percevoir l'anxiété dans ma voix.

— Des affaires à moi. (Il s'est retourné pour me sourire.) Et un rasoir.

Mon docteur était un jeune homme d'origine indienne. Je le voyais une ou deux fois par jour.

Il m'appelait M. Sky et ses gestes professionnels étaient plaisants.

— Vous avez mangé votre petit déjeuner, M. Sky. C'est bien.

J'ai souri en hochant la tête. C'était vrai, j'avais terminé l'atroce plateau composé d'une omelette industrielle, d'une coupelle de fruit insipide, de jus d'orange, de lait et d'un toast. Et j'avais mal au ventre. Le Dr Parish a écouté mon cœur et m'a regardé dans les yeux.

— M. Sky, vous devez continuer à prendre le Librium pendant sept jours. Je vais vous prescrire une dose progressive mais si vous ne le prenez pas, vous aurez des crises. Vous ne devez pas boire du tout.

— Je ne boirai pas, ai-je promis.

Le docteur m'a épargné des mises en garde supplémentaires. Nous nous sommes serré la main.

— Il faut prendre soin de vous, M. Sky.

Le psychiatre de service était une grande femme à la peau translucide et aux cheveux gris blond. Elle a baissé le rail pour s'asseoir au bord du lit.

— Envisagez-vous de suivre une cure de désintoxication en sortant d'ici ? Je vous le conseille vivement. Nous sommes en relation avec New Mercies. Leur programme de traitement avec hospitalisation de trente jours aide grandement à rester sobre. C'est une excellente transition.

Sois gentil, avait dit Nate. Je me suis frotté la bouche pour chasser mon sourire narquois.

— Je vais très bien, ai-je dit. C'est super, la grande forme – je venais de me désintoxiquer pour la centième fois et, alité, je berçais un petit lamantin en peluche offert par mon amoureuse que je refusais de voir.

Mon amoureuse.

J'ai fermé les yeux. La nuit où Hannah était apparue dans le chalet et m'avait fait jouir... elle était perdue dans un brouillard éthylique. Je me souvenais du plaisir, néanmoins. Diable, cette fille...

— Matthew ? Est-ce que vous vous sentez bien ?

J'ai lancé un regard noir à la psychiatre. Je m'apprêtais à la menacer de lui envoyer l'avocat de mon oncle, un New-Yorkais qui écrasait les gens comme s'il était payé pour ça (il l'était), mais j'ai serré les dents. *Sois gentil.*

— J'ai tout le soutien de ma famille et de mes amis, ai-je dit. Je ne boirai pas.

La psychiatre m'a encore enquiquiné pendant dix minutes. Elle m'avait demandé si je pensais au suicide. Elle a même demandé si j'avais envie de tuer quelqu'un. Par chance, elle n'avait pas eu vent de l'incident du pistolet. Elle a récapitulé le traitement qu'on allait me prescrire, dont le Librium, par doses progressives.

— Quand vous aurez signé l'autorisation de communication de renseignements, nous faxerons votre dossier à votre psychiatre, à Denver. Vous devriez prévoir un suivi avec lui dès votre retour.

— Bien entendu, ai-je dit.

Merde. J'allais passer la semaine abruti par les médicaments.

Elle est enfin partie. Nate est revenu, un grand sourire aux lèvres. Il m'a annoncé que le médecin et la psychiatre avaient donné leur feu vert. Il a laissé un sac de vêtements au bout du lit.

— Tu me rejoins dehors quand tu es prêt. Je t'attends devant.

Là, j'aurais pu l'embrasser. Il m'avait prêté un costume en velours gris foncé Armani Collezioni et un pull en cashmere à encolure en V vert foncé. Je me suis rapidement changé, appréciant le contact des vêtements luxueux sur ma peau. Dans la salle de bains, j'ai dû m'agripper au contour du lavabo. La pièce a tangué comme une barque dans le creux d'une vague, puis elle s'est stabilisée. Ça, j'étais faible. Et je n'avais pas une mine attrayante. Je me suis lavé le visage et rasé en évitant mon reflet le plus possible. Ma tête ne m'aidait pas à me mettre en condition pour voir Hannah. Rien ne m'aidait.

Tenant le lamantin en peluche, je me suis assis au bord du lit. J'ai dû rester là un certain temps puisque Nate a surgi, un sourire incertain aux lèvres.

— Hé, frangin, tu es tout beau.

— Oh, ouais, merci.

J'ai passé la main sur le pull doux.

— Tu as tout ?

Il a pris le sac matelot et a survolé la pièce du regard. Il s'est arrêté sur le lamantin.

— Tu as ton petit pote ?

— Ouais.

— Pour les papiers, c'est réglé. Il ne manque que ta signature.

— D'accord.

Je me suis levé lentement. Nate a passé le bras autour de mes épaules et m'a guidé hors de la chambre. Je lui étais plus reconnaissant que jamais. J'ai griffonné mon nom sur deux papiers, puis l'infirmière m'a souhaité bon courage de derrière le bureau. Nate m'a entraîné vers le hall. Je fixais le carrelage.

— Le voilà ! a annoncé Nate avec une joie surfaite.

Je n'ai pas levé les yeux. Sur le sol brillant, j'ai vu une silhouette approcher. Merde, j'avais oublié de retirer le bracelet de l'hôpital. J'ai tiré dessus pour l'arracher.

Les pieds d'Hannah – ses bottes en peau de mouton– ont surgi devant mes yeux. J'ai jeté un coup d'œil à Nate. Il s'est écarté, mais il nous observait avec une franche curiosité. Hannah a posé la main sur mon bras. J'ai brièvement croisé son regard. Noir, larmoyant, plein de sollicitude.

— Merci, ai-je dit en montrant le lamantin.

La honte m'écrasait comme si je portais le poids du monde sur mes épaules.

— Il te plaît ?

Hannah a pris mes deux mains. Une image m'est revenue : celle d'Hannah baissant le pistolet.

— Oui, il est doux...

Nous sommes restés face à face un moment, moi qui triturais le lamantin et Hannah qui me caressait les mains et les poignets. Le courant passait entre nous, comme avant. Peau contre peau. Nate, ayant probablement compris que je n'étais pas près de bouger, nous a invités à partir. L'air froid m'a enveloppé. J'ai aspiré une bouffée piquante. Octobre sur la côte Est... plein de vie. J'avais hâte d'avoir la tête claire, mais malheureusement, notre premier arrêt a été à la pharmacie. Nous avons payé les médicaments, et Nate m'a fait prendre la première dose sur le parking. Il a acheté un Sprite au distributeur, l'a ouvert et a déposé le bon cachet dans ma main. Je me suis décalé.

— Hannah me regarde, ai-je sifflé.

— Prends-le.

J'ai avalé le cachet et rendu la cannette à Nate.

— Tu pourrais essayer de la regarder en face, a-t-il dit.

— J'essaie.

Quand je suis remonté à l'arrière de sa voiture, Hannah m'a souri. J'ai plus ou moins souri dans sa direction.

Laurence était dans sa cage, sur le siège passager. Lorsque la voiture a redémarré, il s'est mis à tourner en rond.

— Nous n'avons pas besoin de retourner au chalet, a expliqué Nate.

Avec Hannah, ils avaient emballé toutes mes affaires et fait le ménage. J'ai eu une pensée pour Wendy et les animaux de la ferme.

— Qu'est-ce qui ne va pas ? a chuchoté Hannah.

— Il y avait... des légumes. Dans le frigo.

— Nous avons dû en jeter une partie à la poubelle. Mais nous en avons mangé autant que possible.

J'ai été pris de colère en imaginant Nate aux fourneaux avec Hannah. J'ai serré mon lamantin en regardant par la fenêtre. Hannah me tenait la main. Le Librium a fait effet d'un coup au moment où nous sommes entrés sur l'autoroute. J'ai été balloté contre la portière. Hannah a posé ma tête sur ses genoux et je me suis roulé en boule sur la banquette.

— On va où ? ai-je demandé calmement.

— Chez ton frère.

— Et nous ?

— Où veux-tu aller ?

Elle caressait mes cheveux.

— Là où tu vas.

— Alors tu rentres à Denver avec moi. Je vais m'occuper de toi, Matt.

Je me suis endormi, apaisé par le contact des doigts d'Hannah sur mon visage.

La voix stridente de mon neveu m'a tiré du sommeil.

— Tonton Matt, Tonton Matt, Tonton Matt !

Mon neveu est une terreur contre nature. Je me suis redressé juste à temps pour le voir se jeter sur la voiture. Nate est sorti en riant. C'était peut-être en élevant Owen, âgé de huit ans, que Nate avait appris à me gérer.

— Ouah, a murmuré Hannah.

Elle regardait dehors, le terrain qui grimpait vers la maison. J'ai éprouvé une pointe de colère – et de jalousie.

D'abord, ils cuisinaient ensemble, et maintenant elle admirait son horrible quotidien de banlieusard. Était-ce ce qui plaisait à Hannah ? J'ai suivi son regard vers la demeure, une bâtisse en brique à deux étages que Nate avait acquise pour un petit million.

— On pourrait...(Je me suis gratté la joue.) Je pourrais...

Saletés de médocs qui m'embrouillaient. Qu'essayais-je de dire ? Nous pourrions trouver une maison comme celle-là ? Et puis quoi encore ?

Lorsque Nate a ouvert ma portière, Owen s'est jeté en travers de mes genoux. Valerie descendait l'allée à la hâte pour venir nous accueillir en tirant Madison par la main. Ma nièce est une petite fille tranquille, qui aime lire, grâce à Dieu. J'ai porté Owen hors de la voiture. Tout le monde m'observait. *Tout le monde.* Nate, Valerie, ma nièce et mon neveu, Hannah. J'avais envie de disparaître. Nous nous sommes dit bonjour avec effusion, maladroitement. Valerie a d'abord enlacé Hannah, puis moi. Je l'ai embrassée sur la joue. Ma nièce m'a serré par obligation. Nous avons échangé un regard qui sous-entendait *Je sais ce que tu ressens.*

— Salut, Val, ai-je marmonné. Salut, Maddie.

Quand j'ai posé Owen, il s'est accroché à ma jambe si bien que j'ai dû le tirer jusqu'à la maison. Je n'ai pas lâché mon lamantin, et je n'ai pas lâché la main d'Hannah.

Il était quinze heures, et Valerie insistait pour nous nourrir.

— Je n'ai pas faim, ai-je marmotté.

J'étais au plus mal. L'odeur de pot-pourri et le thème violet de la décoration me retournaient l'estomac.

Hannah et Madison étaient en grande conversation sur *L'Héritage*[1]. Je me suis débarrassé d'Owen qui s'est enfui en braillant comme un putois dans toute la maison, sa voix a résonné dans les pièces à haut plafond.

Nate me précédait avec les valises.

— Je vais vous installer en bas, a-t-il dit en se dirigeant vers le sous-sol. Ça te va ?

— Mm.

— Maddie aimerait s'occuper de ton lapin. Elle était impatiente de le rencontrer.

— Si elle veut, ai-je répondu.

Mieux valait Maddie qu'Owen.

Le sous-sol, aménagé et entièrement équipé, se composait d'une chambre indépendante, d'une kitchenette, d'une salle de bains et d'un salon avec télé. Comme si ça m'intéressait. Mon seul désir, c'était d'être avec Hannah.

Nate m'a frotté le dos et nous avons échangé un bref coup d'œil.

— Je dirai à Hannah que tu es en bas, a-t-il dit.

J'ai acquiescé. Je savais, et ce n'était pas nouveau, que j'avais le meilleur grand frère du monde.

---

1. Série de romans fantasy écrits par Christopher Paolini.

28

Hannah

Nate m'a retenue alors que je descendais au sous-sol.

— Hannah, je ne sais pas si nous aurons une autre occasion de discuter. Sans Matt dans les parages.

Il a agité la main en riant. Il avait l'air contrit. Depuis cinq jours, j'avais l'impression que Nate me faisait passer le test du frère – pour vérifier si j'étais assez bien pour Matt, ou assez dérangée. Chaque conversation sur mon travail et mes centres d'intérêt ressemblait à un interrogatoire, il était distant et taciturne.

Et quand nous avons nettoyé le chalet, Nate s'arrêtait de temps à autre devant le fatras pour déclarer « Matt est comme ça ». Il employait toujours le même ton – intransigeant, presque fier– et je comprenais très bien où il voulait en venir.

Matt est comme ça, c'est à prendre ou à laisser.

Nate n'avait pas compris que les dés étaient jetés.

Ensuite, quand Matt a refusé de me voir à l'hôpital et que je suis restée pour ranger le chalet et les affaires de Matt, l'attitude de Nate a changé. Il a commencé à évoquer plus ouvertement les abus de Matt. J'ai appris qu'il s'était déjà désintoxiqué six fois. Il retournait régulièrement à l'hôpital ou en cure de désintoxication. Il avait également été convoqué plusieurs fois au tribunal pour possession de substances illicites, ivresse sur la voie publique et conduite en état d'ivresse. À chaque fois, l'avocat de la famille l'avait habilement soustrait aux accusations. Nate m'a raconté des tas d'anecdotes sur Matt. Des histoires amusantes. Des histoires terrifiantes. J'ai bu ses paroles. Je comprenais que Nate aimait excessivement son frère, et que nous avions cela en commun.

Je me suis arrêtée, la main sur la poignée de la porte.

— D'accord, qu'y a-t-il ? ai-je répondu.

Je venais de passer une demi-heure en grande conversation avec la nièce de Matt, puis avec la femme de Nate, pour finir par admirer la collection de Lego d'Owen. J'avais hâte de retrouver Matt.

— Rien de spécial.

Nate a déboutonné son col. Ses réserves d'énergie semblaient inépuisables. Après une semaine passée à prendre l'avion, à conduire, à faire le ménage et les bagages, il n'avait même pas l'air fatigué.

— Ce n'est pas la première fois que je le vois dans cet état. C'est important qu'il prenne ses médicaments.

— Je sais. J'y veillerai.

— Ça ne va pas être facile pendant un certain temps, Hannah. En général, il lui faut du temps pour vraiment décrocher.

— De l'alcool ? ai-je demandé, intriguée.

Je manquais d'expérience pour accompagner Matt dans sa période de sevrage, mais j'étais motivée.

— Oh, non, ça m'étonnerait qu'il boive. C'était juste une réaction.

Juste une réaction. À mon erreur. C'est de ma faute.

— Je veux dire par là qu'il risque de ne pas être comme avant, pendant un moment, mais vous l'avez sûrement remarqué.

J'ai acquiescé.

— Il n'est pas à votre charge, a poursuivi Nate. Je vais réserver vos billets d'avion pour demain, si je peux, mais si c'est trop tôt... (Il a froncé les sourcils. C'était rare qu'il cherche ses mots.) Je veux dire, vous avez agi comme je l'espérais, Hannah. Même mieux. N'ayez pas l'impression... enfin, vous savez qu'il peut rester ici un moment. Je serais heureux qu'il reste ici, je ferais n'importe quoi pour lui.

Son regard était fixé sur la grande baie cintrée au-dessus de la porte d'entrée. Le soleil de l'après-midi réchauffait son visage. En cet instant, devant sa patience et son air grave, j'ai été convaincue de sa sincérité. Il était prêt à tout pour Matt. Et pourtant, j'étais certaine de savoir où Matt serait le plus heureux. Personne ne pouvait l'aimer comme moi. Sa place était à mes côtés.

— Demain, c'est parfait, ai-je dit avec l'intention de lui rembourser les billets au tarif dernière minute, dès que je pourrais. Plus vite nous retournons à nos vies, mieux c'est.

— Je suis d'accord, Hannah. Alors je vais m'occuper des billets d'avion. Vous pouvez en parler à Matt, si vous voulez bien. Et merci encore. Il a de la chance de vous avoir.

Nate m'a embrassée sur la joue. Bien que son baiser ait été formel et chaste, je ne pouvais pas m'empêcher de penser au regard jaloux de Matt. S'il nous voyait, il sortirait de ses gonds.

J'ai refermé la porte du sous-sol derrière moi. Je m'attendais à trouver Matt endormi, mais en entrant, j'ai entendu la douche. Nos valises étaient dans la chambre. J'ai enlevé mes bottes et j'ai tourné en rond sur la moquette épaisse. Valerie avait l'air plutôt sympa, mais elle était une piètre décoratrice. Elle avait transformé la demeure de Nate en maison de poupée.

L'eau coulait sous la douche... et coulait pendant que j'arpentais la pièce.

J'ai fouillé la petite cuisine. Elle était remplie de sodas, de fruits et de tout ce qu'il fallait pour préparer des sandwichs. Si jamais Matt avait faim, on était équipés. Devais-je le pousser à manger ? C'était terrible de ne pas savoir quoi faire.

Je me suis dévêtue et j'ai posé mon jean et mon pull sur ma valise. J'ai ôté mon soutien-gorge et mon string. Je n'avais pas besoin de me laver – je m'étais douchée dans la matinée– mais j'avais besoin d'être avec Matt.

Je suis entrée dans la salle de bains. La vapeur emplissait toute la pièce. Comme n'importe quelle fille à ma place, j'ai jubilé. Les goûts de princesse de Valerie rendaient mal dans la maison, mais dans cette pièce, c'était magique. Des tapis moelleux, d'immenses serviettes épaisses et un lavabo entouré de tout un tas de bougies, de produits de beauté et de parfums. J'ai claqué la porte pour annoncer ma présence. Quand j'ai tiré le rideau, j'ai trouvé Matt sous le jet, le regard fixé, inerte, sur l'écoulement. Nos regards se sont croisés ; il a tourné la tête, l'air aussi méfiant qu'un chien.

Il risque de ne pas être comme avant pendant un moment.

Je me suis faufilée sous le jet de la douche.

— On aime tous les deux les douches bien chaudes, ai-je dit à son oreille.

Il a grimacé en évitant mon regard. Je n'avais besoin de personne pour comprendre que Matt était pétri de honte. Je l'avais vu au plus mal, une facette qu'il ne m'aurait pas montrée de son plein gré. Mais aussi, je n'avais besoin de personne pour savoir qu'il était heureux de me voir.

Malgré sa grimace, j'ai senti son membre durcir contre ma jambe. Quand je me suis frottée contre lui, il a cligné des paupières. Coincé entre la culpabilité et le désir, il était immobile. J'ai posé sa main sur ma poitrine. Il a pressé doucement ma chair, et j'ai gémi.

Mon Dieu… ses mains, savait-il l'effet qu'elles me faisaient ?

Mes mains ont exploré son corps avec fièvre. J'ai eu un pincement au cœur en sentant ses os.

Par pur plaisir, j'ai promené le savon sur sa peau. De mes doigts glissants, j'ai étalé du savon dans son dos, du shampooing dans ses cheveux.

Peu à peu, Matt s'est mis à me toucher. Au début, ses gestes étaient prudents, caressant mes épaules, mes bras et mon buste. Il regardait ses mains, jamais mes yeux. Entre nous, son sexe durcissait. Lorsque je l'ai touché, il a pris mes seins dans ses mains. Il les a portés à sa bouche pour en lécher la pointe. Il me touchait comme jamais.

Le bout de ses doigts dansait sur mon sexe. Gémissant, j'ai voulu me frotter contre sa main, mais il prenait son temps. Il me touchait comme s'il me découvrait avec émerveillement : il a écarté mes lèvres et insinué un doigt dans mon intimité tandis que je haletais. Mon Dieu, sa lenteur était un vrai supplice. Finalement, nous avons titubé hors de la douche. Agrippée au rebord du lavabo, j'ai regardé Matt par-dessus mon épaule. Ses boucles mouillées étaient plaquées dans mon cou.

J'espérais être aussi attirante que lui, qui ressemblait à un dieu marin échoué sur le rivage. L'eau ruisselait sur son corps ferme. Sa merveilleuse bande de poils dorés luisait. Étais-je sous l'influence du décor ?

Me tenant par les hanches, il a placé son sexe à l'entrée de ma fente. Il s'est mis à trembler.

— Tout va bien, ai-je murmuré. S'il te plaît, j'en ai tellement envie…

Il m'a pénétrée lentement. Je me suis mordu la lèvre pour ravaler un râle. Si je ne me retenais pas, la maison entière m'entendrait. D'un geste frénétique, j'ai essuyé la buée sur une partie du miroir.

Tout en fixant notre reflet, Matt m'a pilonnée. Son corps exprimait clairement son besoin. Ses coups de boutoir étaient brutaux, son regard brûlant.

— Oh... Matt, ai-je dit dans un souffle en m'arc-boutant contre le lavabo. Ne te retiens pas.

Matt était inhabituellement silencieux. Aucun mot cochon ne s'échappait de ses lèvres - même pas un gémissement. Il était hypnotisé par notre reflet. Il observait mes seins, leurs formes pleines rebondissant à chaque coup de reins. J'avais le feu aux joues. Je me suis souvenue de notre première fois, quand il a remonté mon haut et m'a tripotée juste devant chez moi. Qu'était devenu cet homme ? Il considérait nos corps.

— Dis-moi, ai-je pantelé. Tu vois quoi ?

Matt a ouvert la bouche, mais aucun mot n'en est sorti. La déception m'a écrasée.

En général, il lui faut du temps pour vraiment décrocher.

J'étais consciente d'en vouloir trop, trop vite, mais j'étais accro à ses obscénités. J'étais accro à ses humiliations sexuelles.

Éperonnée par mon crescendo de cris de plaisir, je répondais à ses coups de reins. Ma langue s'est déliée.

— Ta queue, ai-je bredouillé, je la sens, Matt... tout au fond, entre mes cuisses.

— Hannah... a-t-il murmuré.

— Parle-moi, s'il te plaît, parle-moi...

— Ma... ma queue, a-t-il dit dans un souffle. (J'ai gémi de plaisir mais aussi pour l'encourager.) Putain, prends-la. Je la regarde s'enfoncer en toi. Ah, putain, je la vois dans ta petite chatte serrée...

J'ai oublié toute dignité : un élan passionné l'a réduite en lambeaux.

— Donne-la-moi, Matt, baise-moi, jouis en moi...

— Putain, Hannah !

Les mains de Matt se sont affolées, ses doigts forts ont trouvé mon clitoris, l'ont massé, excité, faisant exploser mon corps.

Nous avons joui ensemble, puis nous nous sommes effondrés contre le lavabo.

Ensuite, Matt est retombé dans l'inertie. Je l'ai enveloppé dans une serviette et j'ai séché ses cheveux avec une autre. J'avais espéré que le sexe lui éclaircisse les idées d'un coup, mais c'était ridicule de ma part. Nate avait raison : Matt avait besoin de temps. Je n'étais pas pressée. Je l'ai embrassé sur les lèvres. Il m'a mollement rendu mon baiser.

— Fatigué, a-t-il murmuré en sortant d'un pas traînant.

Je l'ai suivi du regard avec désarroi. Il avait vraiment l'air fatigué, et c'était compréhensible. Il venait de traverser un calvaire. D'ailleurs, j'aurais peut-être dû éviter de l'inciter à coucher avec moi. Où avais-je la tête ? J'ai appuyé les paumes de mes mains sur mes yeux. Hannah, sers-toi de ta tête !

J'ai pris une orange et une bouteille d'eau dans le réfrigérateur et je suis allée rapidement le rejoindre dans la chambre. Il était couché sur le ventre à même le duvet. Seulement vêtu d'un boxer-short noir, il tenait le lamantin contre lui.

J'avais une boule dans la gorge.

— Je t'ai apporté une orange.

Silence.

J'ai posé le fruit sur la table de chevet, à côté de ses flacons de pilules.

— Tu en as pris ? Je crois... (j'ai agité le flacon) je crois que tu es censé en prendre deux fois par jour.

Matt a tendu la main.

— Ouais, et alors...

Alors, on ne fait pas n'importe quoi avec les médocs. Lequel était lequel ? Dose progressive ? Dose maximale ? Après un moment d'hésitation, j'ai déposé une gélule de 25 mg dans sa main. Il l'a avalée avec de l'eau de la bouteille.

— Désolé, a-t-il dit au bout d'un moment.

Je me suis séchée avant de m'asseoir nue sur le lit. Je me suis allongée à côté de lui, et je l'ai serré en imbriquant nos corps.

— Pas la peine de t'excuser.

— Ça me fait dormir. On peut parler ?

— Oui, bien sûr.

— J'ai merdé. Avec toi.

— Pas d'excuses, ai-je répété. Je ne regrette pas de t'avoir rencontré.

— J'ai essayé de garder mes distances. Au début, j'ai essayé.

— C'était impossible. (Instinctivement, ma poitrine s'est serrée à l'idée d'une vie sans Matt. J'ai pris une inspiration. Le moment était venu de me ridiculiser.) Je peux dire un truc ?

— Mm.

— Matt, je... je crois que je n'aurais pas pu continuer sans toi. Pas dans cette vie. (Mes doigts se sont promenés dans son dos.) Je t'aime. Tu sais que je t'aime.

— Pourquoi ?

Comme ses yeux étaient fixés sur le mur, c'était plus facile. Ses yeux verts si pénétrants... je n'aurais pas pu leur dire ces choses.

— Je crois que je t'aime depuis le début, ai-je murmuré. J'ai senti un truc quand on s'est rencontrés, depuis qu'on a commencé à écrire ensemble. Comme si je t'aimais avant de te connaître, que l'amour était en moi et qu'il attendait le bon moment. Alors tu n'as pas de raison de t'excuser, Matt. C'est toi que j'aime. Les pourquoi sont inutiles.

Matt a roulé vers moi. Il a croisé mon regard – enfin – en faisant un effort évident. Nous nous sommes observés.

— Toi et Nate...

— C'est un parfait gentleman, ai-je dit.

— Ouais ? a fait Matt en me dévisageant, l'air endormi.

Son inquiétude était-elle réelle ? J'ai soupiré en posant la main sur sa joue.

— Matt... je ne veux pas d'un parfait gentleman.

— Que veux-tu ?

— Toi.

Pour la première fois depuis plusieurs mois, j'ai vu le visage de Matt s'éclairer sous l'effet d'un vrai rire. Un rire faible et las, mais tout de même un rire. J'ai eu les larmes aux yeux.

— Pas un gentleman, a-t-il gloussé tandis que ses paupières se fermaient.

— Surtout pas un gentleman, ai-je susurré.

29

Matt

Avec Hannah, nous nous comprenions sans parler.

J'allais vivre avec elle à Denver.

— C'est ici, a-t-elle déclaré en souriant devant un immeuble d'angle sans prétention.

J'ai payé notre taxi et soulevé la cage de Laurence. J'ai tiré nos valises sur le trottoir. C'était un petit bâtiment résidentiel qui était, en toute franchise, hideux. Des balcons frêles ressortaient des murs de brique marron. À l'intérieur, nous avons dû porter nos bagages jusqu'au deuxième étage.

— Je n'ai pas eu... tellement le temps, a dit Hannah en ouvrant la porte.

Qu'avait-elle fait de ces trois mois ? Son appartement était rudimentaire. J'ai posé la cage de Laurence sur le sol du salon. Un salon ? Une salle de séjour ? Seulement meublé d'une lampe et d'une « table » constituée d'une planche de contreplaqué et de quatre parpaings, c'était difficile à dire.

J'ai fait le tour des pièces vides. Pas de table de cuisine. Deux assiettes dans le placard. Une autre petite pièce entièrement vide. Les seules traces de vie se trouvaient dans sa chambre : des livres, un matelas à même le sol, un calendrier au mur. Je me suis éclairci la voix. Elle se tenait hésitante dans le couloir, et m'observait.

— C'est... (j'ai survolé l'espace à la recherche d'une qualité qui rachète le reste) sympa, les hauts plafonds.

Hannah a éclaté de rire. Elle m'a serré dans ses bras et je l'ai soulevée.

— Tu es là, Hannah, ai-je dit, la bouche dans ses cheveux. C'est là que je veux être.

C'était vrai ; je ne supportais pas de penser à mon immense appartement moderne et tout vide. Je ne voulais même pas entendre parler de mon mobilier ni de mon équipement. J'avais envie de repartir à zéro avec Hannah.

— J'ai lésiné sur la déco, a-t-elle admis. Mais maintenant, je vais tout aménager. Et je vais cuisiner aussi. Faut que tu engraisses.

Quand elle m'a donné un petit coup dans les côtes, j'ai esquissé un petit sourire.

— Engraisse, toi aussi, tant que tu y es.

— Ah oui. (Elle a reposé les pieds sur le sol.) J'ai un peu perdu l'appétit... avec toute ça.

— Mm. Tu t'es coupé les cheveux aussi. (J'ai ébouriffé ses boucles alourdies par les produits coiffants. Hannah m'a regardé en clignant des yeux.) J'aime bien, mon oiseau. Ça me plaît beaucoup.

Elle a poussé un soupir de soulagement.

J'ai poursuivi ma visite de l'appartement avec l'impression d'être un fantôme. J'avais du mal à maîtriser mes changements d'humeur. Les hauts étaient trop hauts et les bas, trop bas. Était-ce dû au Librium ? Je me sentais complètement disloqué. Hannah me suivait, peut-être en se sentant perdue elle aussi.

— Quoi ? ai-je murmuré.

Elle me fixait de nouveau. J'avais la certitude que je n'avais rien de séduisant. Je devais au moins récupérer ma garde-robe au plus vite. Je portais mon vieux jean et un col roulé thermique bleu.

— C'est juste... surréaliste. Quand même, M. Pierce se balade chez moi.

— Matt Sky, l'ai-je reprise, ce salopard complètement givré qui te sert de petit copain.

Je n'avais pas prévu de déclencher un si beau sourire, mais je pense qu'elle n'a retenu que le mot « petit copain ». Elle s'est jetée à mon cou et m'a embrassé férocement. Mon cœur a protesté en battant à un rythme irrégulier. Merde, j'étais affaibli. J'avais failli m'évanouir après notre partie de jambes en l'air chez Nate. Quelle humiliation !

— Mon trésor, je...

Hannah a passé une jambe en crochet autour de mes fesses et s'est frottée contre mon entrejambe.

— Oui ?

— Je... je sais ce qui manque à cet appartement, ai-je dit en la détachant de moi.

— Quoi ?

J'ai passé la main sur le mur nu, terne et taché.

— Un peu de couleur, ai-je dit en lui souriant.

Un peu de couleur. Il s'est avéré que c'était bien peu dire.

La semaine suivante, quand je ne dormais pas à cause des médicaments, nous peignions l'appartement. Je l'ai laissée tout choisir – mais rien payer. Elle raffolait des couleurs vives. Nous avons peint la pièce principale en turquoise, la cuisine en jaune, la chambre en bleu, la salle de bain en rose et la « bibliothèque-bureau-salle de travail », comme nous l'avions surnommée, en vert pomme.

Hannah se donnait un mal fou pour me convaincre de partager les dépenses. En retour, je la menaçais d'acheter tout ce qu'elle regardait, littéralement.

Dans un magasin d'antiquités, je l'ai surprise à rire devant une lampe-clown.

— Ça ? ai-je fait, l'air intrigué. C'est le genre d'objets qui filent des cauchemars, mais comme tu refuses de me dire ce que tu veux vraiment...

— Matt ! s'est-elle écriée en me rattrapant avant la caisse. D'accord, c'est bon. Pas celle-là, ça ! a-t-elle ajouté en me tirant le bras.

Nous avons recouvert le parquet éraflé de tapis colorés. Nous avons fixé des lampes de chez Restoration Hardware dans toutes les pièces – des lustres en forme de cage d'oiseau vintage, le Foucault Iron Orb – et comblé toutes les surfaces vides avec des babioles, des lampes d'appoint et des bougies.

C'est que nous ne manquions pas de surfaces.

J'ai laissé Hannah choisir un îlot de cuisine chez Williams-Sonoma et une belle table ronde avec chaises assorties d'Ethan Allen... ainsi qu'un cadre de lit turquoise, des tables basses grises, une baignoire à pattes de lion, des miroirs arqués de chez

West Elm, un canapé à boutons en velours de chez Couch et à peu près tout le magasin Anthropologie, qui semblait être le magasin préféré d'Hannah. Nous avons acheté des dizaines d'assiettes peintes à la main, des dessus de lit et des housses Rivulets, une commode vintage, des rideaux en dentelle, des coussins imprimés, des patères en forme d'animaux et des nouvelles poignées pour tout (même pour la cabane de Laurence).

Une fois aménagé, l'appartement ressemblait à un croisement entre une caravane gitane et une tente de médium. Tout était dépareillé. Vraiment tout. Il n'y avait pas deux poignées de porte, deux coussins, deux étagères ni deux cadres de photo identiques. Hannah adorait ça. Et moi, j'aimais la voir heureuse. Nous avons écrit « le nid » avec des patères en forme de lettres dans l'entrée. Nous avons beaucoup ri en décorant notre logis. Nous avons pas mal glandé aussi. Je crois que j'étais presque heureux, sauf quand Hannah devait aller travailler.

Je la suivais pendant qu'elle se douchait et s'habillait.

— Mon ombre adorée, disait-elle en m'embrassant longuement avant de sortir.

J'étais tout, sauf adorable en son absence. À cause du Librium, je faisais un somme, puis j'errais dans l'appartement avec la nausée.

Écrire était hors de question.

Hannah a accordé un soin particulier à l'aménagement de notre « bureau », me demandant de choisir le bureau et de faire venir toute ma bibliothèque, mais ça ne m'a pas inspiré. Rien ne m'inspirait. La plupart du temps, j'évitais cette pièce. En réalité, tout ce que j'ai écrit, c'est une lettre à Wendy. Je l'ai remerciée pour ses transcriptions et j'ai joint un chèque. *Indemnité de licenciement,* j'ai appelé ça. Je me suis excusé d'être parti précipitamment et j'ai promis de retourner la voir un jour.

Encore un détail de réglé. Et ensuite ? J'avais l'impression d'être un chien qui attend le retour de son maître. À 17h, je me postais sur le balcon en cherchant Hannah des yeux.

Un jour, je me suis mis en tête de la suivre jusqu'à l'agence. Je pensais me sentir mieux en restant près d'elle. Je l'ai filée jusqu'à l'intérieur de l'immeuble et je me suis échoué sur un banc, dans le hall. Évidemment, Pam m'a trouvé là.

— Matthew. (Elle m'a regardé d'un air interrogateur.) Quel plaisir de te voir !

— Euh, salut, Pam.

J'ai trituré le poignet de mon pull.

— Es-tu... (Elle a jeté un coup d'œil dans le hall désert.) Tu veux me voir ?

— Non, je suis là comme ça.

— Ah ! a fait Pam en battant des paupières.

Mais va-t'en, Pam ! J'ai compté combien de secondes elle allait laisser passer avant de m'interroger sur mon roman, mais elle n'a rien demandé.

— Bon, je suis très heureuse de t'avoir revu.

Elle m'a tapoté-pressé l'épaule. Je commençais à haïr ce geste. Rien de tel pour signifier *Je te considère comme un invalide.*

Comme si ça ne m'avait pas suffi de tomber sur Pam, un groupe de visiteurs a pénétré dans le hall quelques heures plus tard. C'étaient pour l'essentiel des étudiants, probablement en cours d'écriture créative. J'ai pivoté vers le mur. Le guide a commencé à parler d'une voix monocorde :

— L'agence Granite Wing fait partie des lieux symboliques de la littérature à Denver. Elle a été fondée...

— Oh, mon Dieu, s'est exclamé une étudiante. (Des bruits de pas se sont rapprochés. Une jeune femme s'est arrêtée pratiquement sur mes pieds.) Êtes-vous... ? C'est pas possible... ! Mais c'est M. Pierce !

Le groupe de visiteurs m'a encerclé comme un banc de piranhas en sortie culturelle. Le Librium ne me faisait plus d'effet et j'avais laissé le Xanax à l'appartement. Globalement, j'étais foutu. Je n'entendais rien d'autre que *M. Pierce, M. Pierce, M. Pierce.* Ces petits cons ne pouvaient pas le deviner, mais mon nom de plume me provoquait désormais des angoisses. Je ne voulais plus jamais l'entendre. Il me renvoyait à la perte d'Hannah et me donnait l'impression que j'allais encore la perdre.

— S'il vous plaît, ai-je marmonné, les oreilles bourdonnantes.

Même le guide sollicitait mon attention.

— Laissez-le tranquille !

La voix d'Hannah a résonné dans le hall. J'étais debout, dans le coin, tourné vers le mur, la tête dans les mains.

Hannah s'est heurtée au groupe et a chargé la jeune femme qui s'est cognée dans le mur. Elle m'a prise dans ses bras.

— Viens, mon bébé.

Elle m'a emmené dehors.

Après cela, j'ai rarement quitté notre domicile. Hannah veillait à ne pas évoquer mon travail d'écriture, bien que je l'aie vue feuilleter mes pages à plusieurs reprises. Elle supposait certainement que j'écrivais à l'ordinateur. Je n'ai pas cherché à démentir.

Nous regardions des films ensemble, nos préférés à l'un et à l'autre : *Légendes d'automne, Wonder Boys, Will Hunting.*

Nous nous faisions la lecture.

Hannah a voulu m'apprendre à cuisiner. Avec moi, les côtelettes de porcs panées terminaient sur le sol, recouvertes de farine.

Chrissy s'est « excusée » de m'avoir vaporisé le visage. (« Tu le méritais », a-t-elle dit. « Je sais », ai-je répondu.)

Nous baisions dans tous les coins de l'appartement – sous la douche, sur le canapé, au lit, contre les murs. Je savais que je n'étais pas comme avant, bien sûr, et Hannah sentait le changement.

D'une part, le silence avait remplacé ma boulimie de grossièretés. Hannah devait m'exhorter à dire quelques mots. D'autre part, j'étais incapable de la malmener à présent.

J'avais peut-être encore mauvaise conscience. Je ne sais pas.

J'attendais toujours d'avoir le déclic, mais ça ne venait pas, et plus ça tardait, plus j'étais nerveux. Pendant combien de temps ma libido fade satisferait Hannah ? Elle n'en parlait pas, mais elle redoublait d'efforts pour m'inspirer. Elle se trémoussait dans l'appartement en string et bustier. Elle faisait le ménage en jupe, sans rien en dessous, et se penchait par-dessus toutes les surfaces possibles. Elle dormait nue. Tous les matins, je me réveillais en érection, tout contre sa peau douce.

J'avais de la chance.

Et j'étais malheureux.

Quand Hannah partait travailler, elle emmenait toute ma joie avec elle, et le vide qu'elle laissait en moi était ma plus grande misère.

Quand je me suis réveillé, le samedi, l'appartement était vide.

J'ai bondi de pièce en pièce, en proie à une crise de panique modérée.

— Où est Hannah ? ai-je demandé à Laurence.

J'ai essayé son portable. Après plusieurs sonneries, je suis tombé sur la messagerie. J'ai enfilé un peignoir avant de sortir sur le balcon pour scruter la rue. Le soleil de novembre était trompeur. J'ai frissonné en faisant les cent pas. À midi, j'étais toujours sur le balcon, et je devais ressembler à un clochard quand Hannah a surgi sur le trottoir. Dès qu'elle m'a vu, elle m'a fait un geste de la main.

— Rentre ! a-t-elle ri. (Elle portait deux sacs.) Il gèle !

Je suis rentré en traînant des pieds, et je suis allé l'attendre sur le palier. Après avoir grimpé les marches quatre à quatre, elle m'a embrassé sur la bouche.

— Salut, ai-je dit au bord de ses lèvres.

Elle a gloussé pendant que j'essayais de la coincer contre le mur.

— Rentre, a-t-elle murmuré dans un souffle, avant de m'échapper.

Je l'ai suivie à l'intérieur et je l'ai aidée à enlever son manteau. J'ai tourné autour de ses sacs de commission dans l'espoir de voir ce qu'ils contenaient.

— Je t'ai appelée. Où étais-tu ?

— Partie faire des courses secrètes.

Elle a foncé dans la chambre et est revenue avec un sac. Elle a sorti une boîte de cupcakes artisanaux. Ils étaient recouverts d'un épais glaçage – d'ailleurs, il y avait plus de glaçage que de gâteau. J'ai souri quand elle m'en a tendu un.

— Joyeux anniversaire, Matt, a-t-elle chuchoté.

J'ai cligné des yeux, un peu perdu. *Anniversaire ?* Ma montre et mon téléphone étaient dans la chambre. J'ai vérifié le calendrier de la cuisine : 9 novembre.

— Putain de merde, ai-je marmonné.

— Tu as oublié que c'était ton anniversaire, pas vrai ?

Hannah a pris mon visage entre ses mains et m'a embrassé fougueusement. Sans regarder, j'ai posé mon cupcake sur le plan de travail. Je l'ai enlacée.

— Je crois que oui, ai-je murmuré en l'embrassant dans le cou.

Elle a baissé mon peignoir sur mes épaules. Hannah portait une robe-pull moulante et des leggings. Sa tenue mettait son beau corps en valeur. Elle m'a adressé un sourire coquin et sensuel.

— J'ai un autre cadeau pour toi.

Me prenant par la main, elle m'a entraîné vers la chambre. Je l'ai suivie, le regard rivé sur ses hanches qui se balançaient de droite à gauche. J'avais gagné la fellation de ma vie, j'en étais sûr.

Jusqu'à ce qu'elle se mette à farfouiller dans son autre sac. Elle semblait mal à l'aise.

— Tu veux bien enlever ton caleçon ?

Elle m'a jeté un coup d'œil.

— Euh... oui.

J'ai baissé mon sous-vêtement sur mes cuisses. Soudain, la situation était gênante. Hannah était totalement habillée et j'étais devant elle, à moitié en érection, entièrement nu, et pas qu'un peu confus.

Elle a trituré un emballage et a sorti un bandeau du sac. *Oh*... Nous n'avions rien tenté de coquin depuis... depuis quatre mois, quand je l'avais attachée à mon lit. Me croyait-elle capable de ça maintenant ? L'étais-je ?

— Je vois, ai-je fait en riant nerveusement.

— Vraiment ?

Ses yeux brillaient de malice.

Elle s'est placée dans mon dos et m'a demandé de fermer les yeux, puis elle m'a bandé les yeux.

— Enfin, peut-être que je ne vois pas, ai-je raillé en riant largement, tout en me tenant au cadre du lit. Une fellation à l'aveuglette, pas de problème.

Hannah m'a guidé jusqu'au lit et je me suis allongé sur le dos. Ma queue vibrait d'impatience. Je rêvais de sentir sa langue chaude sur mon érection... Si seulement je pouvais le *dire*.

J'ai entendu ses vêtements tomber sur le sol. Avec les yeux bandés, mes sens étaient exacerbés.

Je sentais son parfum de chèvrefeuille et celui des bougies. L'air chaud environnant me faisait l'effet d'un souffle sur ma peau.

— Tu es si beau, a ronronné Hannah.

Elle a grimpé sur moi, et j'ai soupiré au moment où sa peau douce a effleuré la mienne. Elle a remonté mon poignet vers le pied du lit. Mon sourire a faibli.

— Ah, vraiment ? ai-je gloussé tandis qu'elle me ligotait au lit.

— Oui, vraiment.

Ses seins ont frôlé mon visage pendant qu'elle attachait mes poignets aux pieds du lit avec des cordons lisses. J'ai ouvert la bouche pour aspirer leurs pointes.

— Pas encore, a-t-elle murmuré, en les écartant de moi. Merde…

Elle a ligoté mes chevilles aux pieds du bout. La gorge serrée, j'ai tenté de bouger. Zut, Hannah était douée pour faire les nœuds. J'étais bras et jambes écartés, quasi immobilisé. Aucune amante ne m'avait attachée avant elle. C'était toujours moi qui faisais claquer le fouet – au propre comme au figuré. Et pour être honnête, je n'étais pas certain d'apprécier ça.

Hannah s'est assise à califourchon sur mon torse.

— Tu veux me sucer, Matt ? Tu veux lécher ma peau ?

— Mm…

— Il faut que tu me dises exactement ce que tu veux.

— Tes seins.

J'ai senti Hannah hésiter au-dessus de mon visage. Un téton durci a rencontré mes lèvres, mais alors que j'ai voulu le sucer, elle s'est écartée.

— S'il te plaît, ai-je chuchoté.

Instinctivement, j'ai tiré sur les liens pour libérer mes bras.

— S'il te plaît, quoi ?

— J'ai envie de... sucer tes seins, viens.

J'ai été récompensé d'un sein rebondi entre mes lèvres. Le souffle court, j'ai senti ma queue durcir. J'ai sucé son sein avec gourmandise, mordant et tirant pour lui arracher un cri. Petite insensée. Elle n'était pas au bout de ses peines si elle continuait à jouer avec moi.

— L'autre, ai-je ordonné. Donne-moi l'autre.

Elle a obéi, et j'ai fait tourner ma langue autour de l'autre pointe.

— Bon, ça suffit.

Elle s'est éloignée. J'ai tourné la tête sur l'oreiller, les yeux ouverts contre le tissu opaque. Le matelas a bougé. Soudain, son sexe s'est abattu sur ma bouche, m'étouffant.

— Mm ! ai-je grogné en donnant des coups de langue sur la longueur de sa fente.

Elle avait le goût du désir, elle était excitée et trempée.

— Mon Dieu, Matt, a-t-elle haleté.

Je l'ai imaginée assise sur moi, son minou sur mon visage. Ses doigts ont agacé mes tétons et j'ai sursauté sur le lit.

— Touche-moi !

Comme son con était sur ma bouche, mes mots étaient étouffés. Elle s'est frottée sur mon visage, étalant son miel sur mon nez et mes lèvres. Je l'ai baisée avec ma langue.

Elle a enfin pris mon sexe dans sa main. Elle a passé la langue sur le bout. J'ai essayé de m'enfoncer dans sa bouche, mais je ne pouvais pas bouger.

— Que veux-tu ?

Hannah a soulevé son sexe. Ma respiration était saccadée.

— Ma queue, Hannah, suce-la !

Hannah a plongé la langue dans le petit trou de mon gland.

— Ah, s'il te plaît, ai-je murmuré. Suce ma queue, je t'en supplie…

Ce n'étaient pas les bons mots ? J'ai agité les bras et les jambes d'un geste désespéré. Mon érection pulsait, souffrant du manque de stimulation.

Dans un gloussement, Hannah s'est levée. Elle m'a laissé pantelant sur le lit. Putain de merde. Je me suis léché les lèvres, savourant sa douceur musquée.

— C'était juste pour te préparer à la suite, a-t-elle susurré. Je ne vais pas te faire des misères le jour de ton anniversaire, Matt, mais j'avais besoin que tu bandes. Tu es prêt ?

— Putain, oui, ai-je lancé.

Ça ne se voyait pas ? J'étais prêt à tout. Sa bouche, son minou – tout ce que je voulais, c'était Hannah sur ma queue.

J'ai perçu des bruissements indéterminés. Une main froide a saisi mon membre. J'ai sifflé en me contractant. Hannah a commencé à me caresser, étalant une généreuse dose de lubrifiant sur toute la longueur de ma hampe. Alors que des gouttes m'ont chatouillé les bourses, j'ai gémi.

— Bébé, c'est...

— Chut.

Hannah a posé un doigt propre sur mes lèvres. Elle a grimpé sur moi et positionné mon sexe. L'extrémité lisse a glissé le long de sa fente, jusqu'au creux de son anus. J'ai plié les cuisses pour essayer de ramener ma queue vers sa chatte, mais elle la tenait d'une main ferme devant l'entrée de son cul.

— Joyeux anniversaire, mon amant, a-t-elle murmuré.

Elle s'est abaissée lentement. J'ai senti mon sexe écarter son anneau d'une étroitesse improbable. J'étais tendu de la tête aux pieds.

— Que... qu'est-ce que tu fais ?

Hannah a répondu d'un long grognement sourd. Je tremblais malgré les liens. Mon Dieu... elle allait me faire entrer dans son cul.

— Oh, putain, oh... ai-je grondé.

Mon souffle est devenu plus court. Tout à coup, le bout de ma queue l'a pénétrée. Elle a poussé un cri - et j'ai crié aussi, m'agitant sans pouvoir rien faire de plus. C'était si bon que c'en était presque douloureux. Mon cœur tambourinait dans ma poitrine.

— Encore, ai-je supplié.

— Encore quoi ? a demandé Hannah d'une voix tendue mais maîtrisée. Dis-moi, dis-moi tout. Ne me rejette jamais, Matt.

Ne me rejette jamais.

C'est ce que je lui avais dit des mois plus tôt.

— Ton cul, ai-je grondé. Mm... Hannah, empale-toi.

— Mon Dieu, Matt...

Hannah s'est abaissée terriblement lentement. Je ne pouvais rien faire d'autre que d'attendre – et tandis que je patientais, je sentais ma langue se délier. Je ne pouvais pas nier que le moment était incroyablement érotique : Hannah m'obligeant à la sodomiser pour la première fois, mon corps musclé immobilisé.

— Putain, ton cul, ai-je grogné. Ton cul tout serré, tu veux ma queue dedans, Hannah ?

— Oui, a-t-elle dit dans un souffle.

Enfin, Hannah s'est assise sur moi, enfonçant pleinement ma queue en elle.

— Tu es bien comme ça ? ai-je haleté. Hannah, ma belle salope...

— Tu me remplis complètement...

— C'est v... vrai, ai-je dit d'une voix rauque. Chevauche-moi maintenant.

À vouloir mener la danse alors que j'étais ligoté, je risquais de finir frustré, mais Hannah a obtempéré. Elle adorait m'obéir. Et j'adorais être maître de la situation. Elle a commencé à rebondir sur ma queue, ses parois étroites me caressant férocement.

— Putain ! ai-je lancé en me tordant.

J'avais envie de presser ses seins. De la fesser. Dans le silence, le lubrifiant faisait des bruits de succion et les fesses d'Hannah frappaient mes cuisses.

— Plus vite, ai-je pantelé. Allez... fais-moi jouir. Écoute ton cul, Hannah, putain...

— Mon Dieu, oh...

Ses mouvements se sont déchaînés. J'ai tiré sur mes liens. Passant la main dans son dos, elle a pris mes testicules en coupe pour les malaxer. Le souffle coupé, j'ai senti mon sperme jaillir par jets.

— Hannah, je jouis ! ai-je crié dans un râle. Mon Dieu, Hannah...

Ses fesses ont absorbé mon désir jusqu'à la dernière goutte. J'ai commencé à me débattre, montrant les dents comme un animal. Rien ne pouvait m'empêcher d'arracher ces cordons absurdes.

— Détache-moi... *tout de suite.*

30

Hannah

J'ai ligoté mon beau Matt brisé, triste et silencieux.

J'ai détaché mon tigre.

Quand j'ai ôté le bandeau de ses yeux, il avait le regard fou. Un frisson de peur m'a traversée. Merde, était-il en colère ?

— J... joyeux anniversaire, ai-je répété en bredouillant, tout en détachant ses chevilles d'une main tremblante.

D'abord les chevilles, ensuite les mains. Je me demandais si je devais courir m'enfermer dans la salle de bains. Matt ne disait rien. Il me couvait de son regard enflammé. Quand j'ai libéré ses pieds, il a plié les jambes en enfonçant les talons dans le lit.

Depuis des mois, je me languissais de retrouver cet air fougueux... la dangereuse imprévisibilité que j'aimais tant. Mais maintenant ? Je sentais que c'était à double tranchant – la peur si réelle et si excitante.

— Je... j'avais cette idée en tête depuis un moment, ai-je dit. (J'ai massé les chevilles de

Matt, repoussant la libération de ses poignets.) J'espère... que c'était bien.

Il était magnifique. Mon regard s'est attardé sur son corps. Son torse se soulevait sous l'effet de sa profonde respiration ; ses bras fins étaient tout en muscles tendus. J'avais envie de le chevaucher encore et encore. De passer la langue sur ses tétons délicieusement sensibles. Je savais que ça le rendait fou, que ça le faisait bander.

— Ouah, je... j'en ai mis partout, hein ? (J'ai jeté un œil à son entrejambe luisant de lubrifiant. Mon derrière devait être dans le même état.) Je vais... aller chercher un gant, peut-être, je reviens vite.

— Hannah, a tonné Matt d'une voix menaçante.

— Ah oui, désolée...

J'ai rampé jusqu'à la tête de lit. Tandis que je détachais ses mains, une peur irrationnelle s'est emparée de moi. Avais-je dépassé les limites en lui plaçant un bandeau sur les yeux ? Putain, j'aurais dû demander avant. Allait-il disparaître ? J'ai libéré une main. Je m'attendais à moitié à ce qu'il m'attrape par la gorge, mais il a seulement assoupli son poignet.

— La dernière...

J'ai libéré l'autre main de Matt. Il s'est redressé d'un bond. Il m'a assise sur ses genoux d'une poigne d'acier.

— Hannah, a-t-il grogné dans mon oreille. (Il a insinué deux doigts dans mes fesses, m'arrachant un cri. Je me suis tortillée pour échapper à sa main, mais il m'empêchait de bouger.) Tu dois être très contente de toi. Ça te plaît, d'avoir les fesses pleines de foutre ?

Quand il a bougé ses longs doigts en moi, j'ai poussé un petit cri aigu. Matt avait raison : j'étais fière de l'avoir pris de cette manière – mais j'avais mal aussi.

— Je ne t'entends pas, chérie. Il te faut un troisième doigt dans ton cul si habile ?

— Non ! ai-je pantelé. Euh, oui ! Enfin...

Matt a été secoué par un éclat de rire. Mon Dieu... c'était comme avant, ce rire cynique et essoufflé qui me faisait craquer.

— Non quoi, Hannah ? Oui quoi ?

Matt a placé un troisième doigt à l'entrée de mon cul.

— Non... pas plus, s'il te plaît. Je... oui, je... (je me prenais au jeu) J'aime... avoir ton sperme dans mon cul.

— Ah, Hannah.

Matt a sorti ses doigts. Il a caressé l'arrondi de mes fesses. Par réflexe, je les ai éloignées de sa main.

Tout était différent. Tout. Sa façon de me caresser – possessive, avec une intense satisfaction– et dans mon oreille, sa voix exultait de pouvoir. Mon cœur a bondi. Des larmes me sont montées aux yeux. Il était revenu, enfin, il était là.

— Quel adorable derrière, a dit Matt dans un soupir en pinçant mon postérieur. Tu es une bonne fille, c'était très bien de prendre toute ma queue en toi. Tu as eu peur ?

— Oui.

J'ai caché mon sourire intimidé dans son cou.

— Mm, j'en suis sûr. Mais c'est bien, tu m'as fait jouir fort. Tu es prête à m'aider encore ?

Encore ?

Sans me laisser le temps de comprendre ce qui m'arrivait, Matt m'a bandé les yeux. D'un geste sec, il m'a ramené les mains derrière le dos et les a attachées ensemble. Déstabilisée, j'ai basculé sur le lit. J'étais couchée dans une position désagréable quand il a commencé à tirer sur le bout de mes seins.

— Mon Dieu, Matt !

Ses désirs les plus sombres, que Matt réfrénait depuis plusieurs mois, me sont tous tombés dessus d'un seul coup. Il était pressé et affamé. Ses mouvements étaient désordonnés. Il tordait et tirait sur les pointes, frappait et pressait mes seins. Je me tordais sur les draps en gémissant, l'excitation grimpant en flèche.

— Ouais ? a ri Matt. Comment c'est, Hannah ? Juste comme il faut ?

Il a écarté mes jambes et frappé mon sexe. Putain ! La douleur cuisante m'a emplie de désir. Il a mordu mon clitoris. Il m'a tirée hors du lit. J'ai Titubé.

— Matt, ai-je haleté. Où... *où allons-nous ?*

Les mots se sont éteints au bord de mes lèvres lorsqu'il m'a poussée en avant. Il m'a laissée seule un instant - j'ai entendu l'eau couler tandis qu'il se lavait rapidement dans la salle de bains- puis il est revenu et m'a guidée hors de la chambre.

Le temps d'un éclair, j'ai eu l'image de Matt en train de me baiser sur le balcon. *Pas ça !* Mais il m'a fait entrer dans une pièce qui sentait les vieux livres. Ah ! le bureau de mon amant, où il n'écrivait pas une ligne. J'ai entendu des papiers voler. Matt m'a obligée à avancer. Le bois frais et lisse a rencontré mes seins. Je me suis penchée en avant en travers du bureau de Matt.

— Ne bouge pas, a-t-il murmuré.

Ses pas se sont éloignés, puis il m'a de nouveau laissée seule, le cœur battant. J'aimais ça de toutes les manières possibles – l'attente, l'absence de pudeur, la douleur et l'humiliation – bien que je n'aie jamais cessé de me demander pourquoi. Mais je savais l'essentiel, le désir est obscur. Ses bruits de pas se sont rapprochés dans le couloir. Quand il est entré dans le bureau, j'ai senti sa présence. Le mouvement dans l'air. Les bruissements du papier retombant sur le sol.

D'un geste ferme, il a empoigné ma hanche et une bande dure m'a fouetté les fesses.

— Putain ! ai-je crié en bondissant. Matt !

J'ai essayé de m'enfuir. La bande de cuir m'a de nouveau frappée en claquant. Putain de merde, Matt me battait avec une ceinture. Je n'absorbais pas la douleur assez rapidement pour éprouver du plaisir.

— Ça fait un moment que tu as besoin de ça, a-t-il grondé. Je n'arrête pas tant que tu bouges. Faut t'y faire, Hannah, tu adores ça. Tu dégoulines d'excitation.

Mortifiée, j'ai admis que Matt avait raison. Le désir s'écoulait de mon sexe. Mais ça faisait mal ! Mes seins étaient écrasés contre le bureau ; j'avais les fesses en feu. J'ai pris de longues bouffées d'air en me forçant à rester immobile.

Faut t'y faire. Ne bouge pas et accepte.

J'en étais capable.

— Oh, Bébé, a gémi Matt.

J'ai cédé. Je me suis avachie contre le bureau et j'ai laissé la ceinture me frapper à un rythme impitoyable. Ma chatte pulsait, et un filet de suc coulait vers ma cuisse.

— Oh, Hannah, putain…

À sa voix, je savais qu'il prenait son pied pendant que j'étais penchée en avant, figée. Il adorait ça. Ragaillardie par son approbation, j'ai gémi en écartant les jambes.

— Encore, ai-je sifflé. C'est bon ce que tu fais, si bon.

La ceinture a cessé de claquer. Dans la seconde, sa queue m'a pénétrée pleinement. Je savais ce qu'il souhaitait, et je le lui ai donné. Sans bouger, je suis restée alanguie, prenant tout. Matt a massé furieusement mon clitoris sans cesser de me pilonner. Il m'entraînait vers l'extase. Et quand j'ai franchi le seuil de la jouissance, j'ai hurlé son nom. Matt a explosé dans mon corps secoué par des spasmes.

Après avoir joui, nous sommes entrés sous la douche en titubant. J'étais étourdi, en feu de la tête aux pieds, et Matt souriait comme le chat du Cheshire[1].

Le meilleur coup de ma vie : penchée sur un bureau et frappée par une ceinture. Qui l'eut cru ?

Sous la douche, et pendant que nous nous essuyions, les yeux verts de Matt me suivaient. Cette attention me faisait prendre conscience de

---

1. Le chat qui apparaît dans le roman *Alice au pays des merveilles* de Lewis Carroll.

chacun de mes gestes. Mon tigre... toujours à l'affût.

Alors que j'allais enfiler mon pantalon de yoga, Matt a fait non avec un petit sourire en coin.

— Ça, a-t-il dit en me tendant une nuisette ivoire qui me cachait à peine les fesses. Tu la gardes toute la journée.

J'ai rougi plus violemment.

Matt s'est vêtu d'un pantalon décontracté. Nous nous sommes assis sur le canapé pour manger les cupcakes en blaguant. Il n'en revenait pas que je sois aussi effrontée, a-t-il dit en faisant allusion à son cadeau d'anniversaire.

— Mais moi non plus !

J'ai essuyé un peu de glaçage sur son nez. Son regard s'est assombri. J'aimais tant cet air-là...

À l'heure du dîner, Matt a disparu dans le bureau. J'ai voulu aller voir ce qu'il faisait, mais la porte était fermée.

Pfft.

J'ai boudé un moment, assise dans la salle à manger, à caresser le lapin. J'ignorais que je venais de faire la connaissance de mon écrivain.

Au cours de la semaine suivante, j'ai de nouveau rencontré ce sacré écrivain. Matt était pareil à lui-même, le sexe était formidable, mais quand je me blottissais dans ses bras, après coup, il s'agitait.

— Faut que j'aille voir un truc, disait-il, ou : Je reviens tout de suite.

Quand j'allais le chercher une heure plus tard, je trouvais invariablement la porte du bureau fermée. Parfois, je l'entendais faire les cent pas, mais en général, la pièce était plongée dans le silence.

Il arrivait que mes petits plats le fassent sortir. Ces jours-là, je découvrais qu'il était derrière moi au moment où je me retournais – je sursautais, puis je riais, faute de savoir quoi faire. Il était adorable.

— Ça sent bon, disait-il en passant à côté de moi pour piocher dans les gamelles.

Il restait dix minutes avec moi, le temps d'engloutir le dîner, puis sa prose me l'enlevait.

Pendant que Matt écrivait, j'avais du temps pour moi. Je lisais, je faisais du yoga. J'en suis venue à apprécier ces petits moments de solitude. Du temps ensemble et du temps pour soi, tout ce dont un couple a besoin, non ?

Malgré ma forte curiosité, je savais qu'il valait mieux éviter de lui poser des questions sur son roman. Je me disais qu'il finirait par me parler de ce qu'il voulait que je sache – pas grand-chose, au final.

Parfois, avant que je parte travailler ou quand je rentrais le soir, Matt parlait avec animation d'écriture. J'aimais beaucoup l'écouter dans ces moments-là. J'aimais qu'il se confie à moi, et aussi étrange que cela puisse paraître, j'adorais le voir dévoré par sa passion. Il parlait comme à lui-même, argumentant certains points que je n'avais pas contestés, le regard plongé dans un feu que je ne voyais pas.

Mon amoureux était un écrivain. Il était d'abord écrivain et ensuite mon amoureux.

Le dernier vendredi de novembre, Pam m'attendait dans mon bureau à mon arrivée. J'ai enlevé mon manteau et vérifié l'heure à ma montre. Ouf, j'étais à l'heure. Même si je travaillais pour elle depuis un certain temps, en sa présence, je marchais sur des œufs.

— Bonjour, Hannah.

— Bonjour, Mme Wing, ai-je répondu en souriant.

— J'aimerais que tu lises ces manuscrits. (Elle a tapoté deux enveloppes épaisses sur mon bureau.) Laura les trouve prometteurs, mais je n'ai pas le temps de les parcourir.

— Je m'en occupe. Autre chose ?

— Pas pour l'instant. (Pam a esquissé quelques pas vers la porte.) Au fait, quand tu auras fini...

— Oui ?

J'ai levé les yeux. Pam me souriait de toutes ses dents. Ouille, la Pam espiègle était décidément plus effrayante que la Pam sérieuse.

— Eh bien, si tu as le temps, j'ai reçu les derniers chapitres de Jane Doe.

J'ai écarquillé les yeux. Pam a ri, manifestement satisfaite.

— Pam ! ai-je fait sur un ton suppliant.

Elle est allée dans son bureau et est revenue avec une pile de feuilles. Je les lui ai arrachées des mains. Je ne doutais pas qu'elle les ait déjà dépiautées, mais ça m'était égal.

Enfermée dans ma bulle, je les ai dévorées.

C'était *Le Substitut*, bien sûr. Le manuscrit achevé.

L'histoire était de plus en plus sombre, et le chagrin m'a prise à la gorge plus d'une fois. L'amante du substitut découvrait son secret et l'abandonnait. Je sentais que Matt exorcisait ses tourments à travers l'écriture. Seules quelques rares personnes connaîtraient la vérité cachée. Si je m'étais questionnée sur la raison de son malheur pendant son séjour à Geneva, maintenant j'avais la réponse. Pour lui, ma perte était *une présence...*

... un trou dans sa vie qu'il lui était impossible de combler. C'était terminé, mais la fin était impossible puisqu'il ne pouvait pas oublier. Elle allait devenir tout ce vide. Cela lui apportait quelque réconfort.

Rien ne dure éternellement, et rien ne se termine vraiment.

J'ai essuyé mes larmes. J'avais envie de voler jusqu'à la maison, auprès de Matt, mais deux heures seulement s'étaient écoulées. Merde. Les romans de Matt étaient connus pour s'achever sur une note grave. *Le Substitut* ne faisait pas exception. Il se terminait sur le substitut en cavale.

La dernière ligne m'a laissée bouche bée.

Il a disparu de la circulation, au profit de la rivière du monde onirique.

Que signifiait cette terrible phrase vague ? Le substitut se suicidait ? Quoi d'autre ?

Je suis entrée en trombe dans le bureau de Pam. Elle riait avant même mon arrivée.

— Alors, Hannah, qu'en penses-tu ?

— J'en pense que c'est un connard ! Et je déteste la fiction ! (J'ai brandi le manuscrit sous son nez.) On a l'impression qu'il nous tient par les couilles d'un bout à l'autre de ses romans, mais que c'est juste pour nous les arracher !

Par a arqué un sourcil. J'ai cligné des yeux.

— Eh bien, Hannah, je ne te savais pas aussi... explicite.

— Désolée, je...

— Mais ce n'est pas faux. Sa vision du monde est sombre. Tu le sais, non ? Je croyais que tu l'admirais.

Bras croisés, je me suis efforcée d'être objective. Pam avait marqué un point. J'adorais ses romans... avant que je ne l'aime lui. Et maintenant ? Maintenant je le voyais tous les jours - Matt en chaussons, Matt après le sexe, Matt reniflant le fumet de mes petits plats- et je ne supportais pas l'idée de partager ma vie avec un chagrin aussi étrange.

Les choses tristes me semblent plus sincères.

Ses paroles. Typiquement les siennes.

— Pam, je...

— Je t'écoute, a dit Pam en montrant sa porte d'un geste.

— J'allais demander si je pouvais partir déjeuner plus tôt que d'habitude.

— Prends ta journée, Hannah.

J'ai eu envie de l'embrasser. Mauvaise idée.

J'ai filé jusqu'à la maison. Matt était enfermé dans le bureau, évidemment. J'ai ouvert la porte en trombe. À en croire son expression, mon intrusion l'a effrayé, mais un sourire a rapidement remplacé la surprise.

— Tiens, Hannah. (Il s'est levé.) Qu'en penses-tu ? J'ai donné à Pam...

— Je sais, ai-je dit en enfouissant mon visage dans son épaule. Matt, c'est tellement triste.

Il a gloussé et m'a serrée contre lui.

— Mais Hannah, tu sais ce que je pense...

— Je sais, je sais ! Tu trouves que la vie est triste. (Je me suis écartée de manière à voir son visage.) Es-tu heureux ?

Il a haussé les sourcils.

— Bien sûr, je le suis. Comment peux-tu me demander ça ?

— Je ne sais pas. Ton roman, cette histoire...

J'ai rougi. Avais-je poussé trop loin l'interprétation ?

— Hannah, a-t-il dit en me soulevant le menton. (Il m'a caressé la joue et a délicatement passé la main dans mes cheveux.) Je t'ai toi. Je suis le plus heureux des hommes.

— C'est tout ce que j'ai besoin d'entendre, ai-je chuchoté. Tous les jours.

— Madame a des exigences maintenant !

Matt a chassé ma sentimentalité exagérée en me tapotant les fesses. J'ai poussé un cri, et il a ri.

Tandis que nous étions enlacés, ma tête reposant sur son torse et son menton sur le dessus de ma tête, mon regard est tombé sur le bureau. Son carnet de notes était ouvert.

— Tu as commencé autre chose ?

— Mm.

— C'est quoi ?

— Notre histoire, a répondu Matt.

Il m'a scrutée, la tête inclinée sur le côté.

— Notre histoire ? ai-je répété, intriguée.

J'avais du mal à accepter celle du *Substitut*. Comment pourrais-je accepter que Matt nous fasse virer à la tragédie ?

— C'est une histoire d'amour, Hannah.

— Comment ça se termine ?

Soudain, il a pris un air impénétrable.

Il a remonté ma jupe et m'a soulevée. J'ai enroulé mes jambes autour de sa taille.

— Il n'y a pas de fin, a-t-il dit en me portant hors du bureau.

Épilogue

Les écrits d'outre-tombe de M. Pierce
3 février 2014
AARON SNOW, rédacteur

Les critiques ne tarissent pas d'éloges sur Night Owl, *l'e-book qui fait fureur sur Internet et qui est arrivé en tête des meilleures ventes d'Amazon ce week-end.*

L'auteur présumé, W. Pierce, a ouvertement parodié le style de Matthew Sky, cet auteur solitaire qui a publié sous le nom de plume de M. Pierce et gardé son identité secrète pendant l'essentiel de sa carrière littéraire.

Quelques mois après que la mort de Sky a bouleversé le monde littéraire, Night Owl *de W. Pierce a commencé à circuler sur Internet.*

« C'est un coup de pub, a déclaré Pamela Wing, l'ancien agent de Sky, mais c'est également un coup bas. »

Son manque d'originalité mis à part, W. Pierce tire profit de la mort de Matthew Sky. Aucun lecteur ne devrait subir ça, de la même manière qu'aucun critique ne devrait le prendre au sérieux.

De nombreux fans des romans de Sky condamnent l'imitation du style de Sky par W. Pierce, et la représentation crasse de sa personne.

La mort de Sky étant survenue dans des conditions macabres et peu communes, d'autres fans ont adopté un tout autre point de vue. Quelques jours après la parution de Night Owl, *un fan a tweeté : « Ce n'est pas COMME Sky, C'EST Sky. Rien ne dure éternellement et rien ne s'achève. »*

À suivre…

Remerciements

Quelques mercis...

À Betsy Lerner et Jennifer Weis, les lionnes qui montent la garde devant ma porte, à l'équipe de St Martin's Press, au poète Alan Shapiro et à Michael Downs.

J'aimerais aussi remercier Jhanteigh Kupihea, Lisa Jones MAurer, Maryse de maryse.net et Aestas d'aestasbookblog.com.

J'adresse mes sincères remerciements aux blogueurs littéraires qui soutiennent *Night Owl* dans leurs articles, leurs interviews, leurs petits cadeaux et plus encore. Je ne peux pas tous vous nommer, mais sachez que je vous dois beaucoup.

Et enfin, je remercie chaleureusement mes lecteurs. Mes livres sont pour vous, bien sûr.

Cher lecteur, chère lectrice,

Avez-vous aimé *Night Owl ?* J'aimerais beaucoup connaître votre avis. N'hésitez pas à rédiger une critique de mon livre. Je lis tout ce que vous m'envoyez et j'apprécie énormément de connaître vos réactions.

Si vous lisez sur un appareil portable, reportez-vous à la dernière page pour noter *Night Owl* et partager votre avis sur Facebook et Twitter.

Vous pouvez me suivre sur Twitter à @pierce-fiction.

Venez découvrir mes prochaines parutions sur mpiercefiction.com.

Merci pour votre soutien.

11666

Composition
FACOMPO

Achevé d'imprimer en Espagne (Barcelone)
par CPI BOOKS IBERICA
le 18 décembre 2016.

Dépôt légal : décembre 2016.
EAN 9782290128497
OTP L21EPLN001993N001

ÉDITIONS J'AI LU
87, quai Panhard-et-Levassor, 75013 Paris

Diffusion France et étranger : Flammarion